现代与传统

中国现代文学浅思

贺仲明◎著

广东高等教育出版社
Guangdong Higher Education Press
·广州·

图书在版编目（CIP）数据

现代与传统：中国现代文学浅思/贺仲明著. —广州：广东高等教育出版社，2023. 11

ISBN 978 - 7 - 5361 - 7343 - 9

Ⅰ. ①现… Ⅱ. ①贺… Ⅲ. ①中国文学 - 现代文学 - 文学研究 - 文集 Ⅳ. ①I206. 6 - 53

中国版本图书馆 CIP 数据核字（2022）第 214696 号

现代与传统——中国现代文学浅思

XIANDAI YU CHUANTONG——ZHONGGUO XIANDAI WENXUE QIANSI

出版发行	广东高等教育出版社 社址：广州市天河区林和西横路 邮编：510500　　营销电话：（020）87554152 http://www.gdgjs.com.cn
印　　刷	广州市友盛彩印有限公司
开　　本	787 毫米 × 1092 毫米　1/16
印　　张	16. 75
字　　数	250 千
版　　次	2023 年 11 月第 1 版
印　　次	2023 年 11 月第 1 次印刷
定　　价	58. 00 元

目　录

中国现代文学中“父亲”形象的嬗变及其文化意味[①]

一

从一开始，五四新文化先驱就觉察到封建父权与现代个性解放格格不入，对以“孝”为中心的封建家庭制度展开了猛烈的思想抨击。在《一九一六年》（陈独秀）、《万恶之源》（傅斯年）、《对旧家庭的感想》（顾颉刚）等文中，他们纷纷指出了封建的家与国间的血脉相通的联系与观念结构的一致——在家讲孝，在外言忠，忠和国，只不过是孝和家的社会化与外围延伸而已，因此，五四新文化先驱得出了“家族制度为专制主义之根据”[②] 的结论，并进一步将对封建父权的批判上升到对整个封建制度的猛烈抨击。

应和着这种思想批判与文化批判，五四作家也在自己的创作中将父权推向了历史的审判台，选择了与父权紧密相连的父亲形象作为他们反封建思想与封建礼教的主要靶的。胡适《终身大事》中的田先生、田汉《获虎之夜》中的魏福生、冰心《斯人独憔悴》中的化卿，虽然面貌个性各异，可无一不是被作家们当作封建父权专制思想的代表者进行塑造的。作家们

---

① 本文 1999 年发表于《首都师范大学学报（社会科学报）》第 4 期。

② 吴虞：《家族制度为专制主义之根据论》，《新青年》第 2 卷第 6 期，1917 年 2 月。

通过描绘这些父亲们同其争取个性解放自由的儿女们的冲突，凸现出他们所有的冷酷、虚伪、专横等特征，并以此为突破口，达到对封建专制思想的形象揭露与文学批判。

思想往往是形象的先声，但思想进入文学常常又有更复杂的表现。与五四思想文化先驱对封建父权专制的猛烈而集中的思想抨击相比，五四作家对封建父权的文学抨击似乎要软弱、分散得多。父亲形象的缺少，描绘父亲形象角度的单一，形象感的不足与当时的思想文化界对“孝”、父权的众口一词的思想攻击形成了鲜明的对比。这种状况的出现，除了中国文学正处于古典文学向现代文学的转型时期、新文学家的艺术表现力尚嫌不足以外，原因是多方面的。首先，父亲一方面固然是封建父权的主要代表者与具体实施者，但另一方面也是具体的人，特别是居于社会下层的普通父亲，自己也受到封建思想与封建制度的压迫，在强大封建势力的压迫下，他所秉有的封建父权，更多地被其他封建权威所取代和消解。所以，尽管鲁迅在《伤逝》中也曾写下“她以后所有的只是她父亲——儿女的债主——的烈日一般的严威和旁人的赛过冰霜的‘冷眼’”式的句子，可先生在写到做了父亲的闰土、华老栓等人物时，却寄予了深深的悲悯与同情——这些父亲与他们的儿子们一样，同样牺牲于封建的政权和神权。正因为中国的父与子都是更高专制统治者的牺牲品，所以当作家有了脱离男女青年争取婚恋自主、个性解放的相对狭窄的题材与主题领域，从一个比家庭冲突更大的角度反映现实时，作家们便塑造出了迥然不同于封建父权专制代表型父亲形象的普通被压迫者父亲形象。特别是，正如鲁迅在《中国新文学大系·小说二集序》中所说的，五四时期的乡土文学作家，大都远离了故乡，当他们抒写着故乡的人和事时，是“隐现着乡愁”，带着几分不无温情的回顾和依恋的。与故乡的时空间距，使五四乡土文学作家对父亲——哪怕是专制父亲——普遍多了几分宽容和温和，而少了几分苛求和严酷，这也就使五四乡土文学中的被压迫者父亲形象成为《终身大事》中那种既具有血缘意义又富有文化象征意义的父亲形象的有力补充，一定程度上丰富了五四文学中父亲形象的人物画廊。

造成五四文学中父亲形象的相对缺少、形象感不足的另一个重要原因，是作家们在创作中常面临情与理、形象描绘与思想批判间的矛盾和冲突。五四作家对以孝为中心的父权制发起攻击，一方面自然是要清算长者本位与利己思想，建立起一种人格平等、互敬互爱的父子关系；另一方面，则是要由对父权思想的批判，进入到对君权乃至整个封建专制思想的批判。因而在五四时期，对孝和父权的批判，常常是对整套封建礼教和封建专制思想进行批判的一个突破口，文学中的父亲形象更多的也是以文化象征符号的面目出现的。应当说，以孝为中心的专制家庭制度，一定程度上确实是整个封建专制制度的基石和基本构成单位。因为封建专制制度的制定者和执行者都知道，家的名分和礼仪定了，国的名分和礼仪也就定了。待到移忠作孝时，作为“总家父亲”的君面对的就只是一班“敬父莫如子”的顺民和奴隶。所以，封建专制君主和国家为了自己的长治久安，总是想将父子关系秩序类推到一切社会关系之中去，在父子关系与君臣关系、官民关系中建立起一种简单的类同对等关系，使君对臣的统治、官对民的压迫，统统笼罩和掩饰在由父子血缘关系而生的脉脉温情之中，并使君对臣、官对民的统治和压迫的正当性，得到父子人伦关系的自然属性的合理论证。封建礼教鼓吹“君要臣死，臣不得不死；父要子亡，子不得不亡”的秘密正在这里。但问题的复杂性在于，封建礼教对父权的推崇，是服务于巩固封建专制制度的外在目的的，家庭中的“父”的地位再高，照样不过是家庭外君与官的“子”。封建的孝，归根结底，不过是封建礼教束缚、统治人们的一副既温柔又虚伪的锁链而已。即使是封建时代，也是多有君要臣死的君，而少有父要子亡的父。这样，当五四新文学作家经由对父权的批判进入到对整个封建专制制度的批判时，便陷入了情与理、文学描绘与思想批判的矛盾和冲突。理智上，他们觉悟到对代表封建父权、作为文化象征符号的父亲必须展开毫不妥协的揭露和批判；在情感上，他们对现实的、血缘意义上的父亲又不无依恋；在思想批判的意义上，作家们可以对观念上的、以集体面目出现的父亲展开猛烈轰击；在文学描绘的意义上，作家们却难以对具体的、以个体形象出现的父亲妄加褒贬判断。因为，即使在现实生活中，父亲对子女的正常的必要的严与教，同代表封建父权的严酷与专横之间的界限，本就难有明确的界线和标准，这在客观上就给作家们的文学描绘设置了一道颇费踌躇、难于妄加判断的难题。赞美父亲不免有几分为封建父权专制歌功颂德之嫌，抨击父亲又不免陷入目标不明的窘境。面对这一两难境地，五四作家在创作中于是有意无意地回避父亲形象的塑造，从而一方面导致了文学作品中父亲形象的相对缺少，一方面带来了“隐形父亲”形象的出现。

五四文学中，许多张扬个性解放、争取婚恋自由的青年男女的父亲都是缺席的，或者早逝，或者未做明确的交代。然而，父亲的不在场并不意味着父权的不在场，父权作为家庭中高高在上的、不可动摇的权威，依然活跃于家庭成员的生活之间，其权力只不过改由母亲、兄长与其他家庭长辈代使而已。罗家伦《是爱情还是苦痛》中的母亲，便多次乞灵于“你爹爹”的遗命，要求儿子接受那包办的婚姻；冯沅君《慈母》中的母亲，也以“我要是这样做了，怎有脸再见你们的伯叔们”奉劝、控制自己的女儿。表面上看，这些作品中确实没有父亲形象出现，但实质上，父亲的阴影始终笼罩于每一个家庭成员的头上，母亲和兄长、叔伯一定程度上成为父亲的化身，他们以“父”之名，代使着父权的职能，从而构成了五四文学中独特的隐形父亲形象。

从其形象的实质来讲，隐形父亲形象与封建父权专制思想代表型父亲形象有着高度的一致。不同的是，这一类型的父亲形象由于其外在形象在作品中的消隐，更显示出了父权的广泛性与隐蔽性。在中国，作为父权中心“孝”意识的横向延伸与纵向下衍，母亲、叔伯、兄长均有权代使父权的职能，俗谚“长兄为父，长嫂为母”得以成立的理论基础即在于此。因此，五四新文学作家通过隐形父亲形象的塑造不自觉地触及到了封建父权力量的广泛性、潜在性和顽固性。

从创作主体来讲，隐形父亲形象的出现，又透露出五四作家复杂而矛盾的文化心态，说明五四作家有意无意地回避对父与子正面对抗、冲突的文学描写。五四一代的尴尬在于，他们无一不是身在传统中来反传统，在父亲的阴影之下去反父权。他们虽然大多数都经过西风美雨的陶染，在西方现代文明的观照中，深刻地认识到中国传统文化的诸多局限，认识到包括父权思想在内的封建专制思想是使人不得成其为人的巨大障碍，认识到孩子要想成为“完全的人”便首先需要有“‘人’之父”[1]；但是，五四一代的绝大部分，又身受过传统文化教育的濡染，传统文化的巨大渗透力使他们无可避免地受到潜移默化的影响，这种潜在的影响，使五四一代犹如传统文化的尚未割断脐带的婴儿，难以挣脱“子不言父之过”的沉重枷锁。再加上五四时期仍是一个传统势力还相当强大的时期，传统的重负与旧的牵连，几乎无时无刻不使新文化先驱在反抗以孝为中心的父权专制时产生道德上的焦虑与心理上的犹疑。这样，种种看似矛盾的心理与言行便出现于五四人身上。五四一代青年，不乏写信否认自己父亲的，作家章铁民就是这样的青年之一。但当 1921 年父亲在家乡去世时，铁民因贫未能归，却作“孤儿思归引”，情调甚为凄惨。[2] 同样矛盾的言行也表现在鲁迅、郭沫若、胡适、茅盾、郁达夫等人身上。这些五四文坛的骁将，曾在一系列论文、演讲中，对封建的孝道，展开过猛烈的抨击；可在实际生活中，他们对父母包办的旧式婚姻却未做有力而彻底的反抗，最终都成了那无爱的婚姻的最直接的“受惠者”。这种对父母的并非出自内心的顺从，一定程度上自然源于对父母因血缘关系而生的一点孝心之爱，可在更大的程度上，则是由于对旧式女子的人道主义的同情、反抗父母时的道德上的焦虑阻断了他们去寻求更美满的婚姻和更大的个人选择自由。鲁迅在《热风・随感录四十》中便说：“爱情是什么东西？我也不知道。”又说：“但在女性一方面，本来也没有罪，现在是做了旧习惯的牺牲。我们既然自觉着人类的道德，良心上不肯犯他们少的老的的罪，又不能责备异性，也只好陪着做一世牺牲，完结了四千年的旧帐。”[3] 这是怎样的大悲苦！对旧式女子的人道主义的同情，恰证明五四一代人人格的伟大、深沉，过多的道德上的考虑，“良心上不肯犯他们少的老的的罪”，却也使他们不能获得更大的个人解放，“只好陪着做一世的牺牲”，让内心的痛苦、矛盾和焦虑，

---

① 鲁迅：《热风・随感录二十五》，《鲁迅全集 1》，人民文学出版社 2005 年版，第 312 页。

② 周策纵：《五四运动：现代中国的思想革命》，江苏人民出版社 1996 年版，第 254 页。

③ 鲁迅：《热风・随感录二十五》，《鲁迅全集 1》，第 338 页。

时时刻刻地吞食着自己的心。这也就无怪乎鲁迅曾多次以“鬼打墙”“鬼画符”为喻，去刻画自己内心的巨大惶惑，而作为五四先锋的胡适，在死后会被人盖棺定论为：“观其一生所表现的行为，则为一个服膺旧道德、实践旧伦理的纯正儒士。他是一个孝子，一个慈父，一个标准丈夫……”①

总之，写不写父亲，如何写父亲，对五四新文学家来说，绝非是轻易的决断，它还潜含着作家沉重的文化选择与复杂的情感态度。

二

作为中国文化中深富道德和权威原型意味的“父亲”，在被五四思想文化先驱押上历史的审判台后，于 20 世纪三四十年代文学中有了新的发展。其中一部分作家作品继续沿着五四文学社会批评与文明批评的传统，将父亲作为封建专制思想的代表者加以批判，一部分作家作品则感应着时代和社会的急剧动荡变化，将父亲作为政治的和阶级的典型去表现。

20 世纪三四十年代中国文学中的封建专制思想代表型父亲形象，很大程度上是五四文学中封建父权代表型父亲和隐形父亲两类形象在三四十年代文学中的历时延伸。由于三四十年代中国作家普遍突破了五四作家单纯从恋爱婚姻角度刻画专制父亲形象的囿限，把父亲置于更广泛的时空背景和社会联系中去塑造，文学的体制得以迅速地扩大，出现了“激流三部曲”、《财主的儿女们》这样的长篇巨著，专制父亲形象的塑造因此得以丰满厚实。封建专制家长的一个本质特征，是可以凭借家族血缘关系对子女、妻妾进行不受约束、漫无边际的控制、管理和处罚。巴金、曹禺、路翎笔下的高老太爷、周朴园、蒋捷三就是如此。在他们身上，无不凝结着专横、冷酷、虚伪甚至腐朽等特性。五四时期，作家们虽然也曾塑造了讲礼教的封建专制父亲形象，但当时的作家似乎更着力于与“父亲”相对立的“自我”形象的塑造，甚至由于复杂的文化心态、矛盾的情感态度所决定而有意无意地规避着对父亲形象的正面刻画，因而对专制父亲的文学描

① 陈敬之：《中国新文学的诞生》，台北成文出版社有限公司 1980 年版，第99 页。

绘还显得不够。三四十年代作家塑造的高老太爷等有棱有角、血肉丰满的封建专制父亲形象，无疑丰富了中国现代反封建文学的人物画廊，并促使人们更进一步地认识到五四一代在当年为什么会对封建的专制制度痛心疾首。而当觉慧发出“家，只是一个狭的笼”的慨叹，蘩漪发出“监狱似的周公馆”的诅咒时，人们一方面感觉到了五四反封建精神在三四十年代文学中的激荡和回响，一方面也感受到了当后起作家将五四一代的思想批判深化为具象的文学描绘时所散发出的特殊美学魅力。

如果说高老太爷等专制父亲形象还只是五四文学中同类形象的历时延伸，那么，高觉新等形象的塑造，则是三四十年代作家的独创了。觉新作为一个“历史中间物”形象，一方面是家长专制的可怜的牺牲品；一方面，在父亲“缺席”的情况下，他又担当起了“长兄为父”的职责，但他并不像《狂人日记》中的大哥那样自立于“吃人者”的行列，而是像鲁迅《我们现在怎样做父亲》中所主张的那样，“自己背着因袭的负担，肩住了黑暗的闸门，放他们到广阔光明的地方去：此后幸福的度日，合理的做人”。这种“历史中间物”父亲形象的出现，表明封建的父权专制思想虽然仍根深蒂固，但其基础却已出现松动，队伍已出现分化，新型的父亲形象和父子关系正在艰难地孕生。这种新型的父子关系即是鲁迅《我们现在怎样做父亲》中所主张的基于“爱”而不是基于“恩”的父子关系，而新型的父亲则是胡适笔下高唱“我要你做一个光明的人，不要你做我的孝顺儿子”（《我的儿子》）式的父亲。

但觉新式的“历史中间物”从吃人者行列退出，并不能对高老太爷们的专制统治构成毁灭性打击。觉新不仅将自己的生命销蚀于高公馆“狭的笼”里，而且也无法阻止其他专制家长的吃人。真正对专制“父亲”的统治构成强有力冲击的，是那以“我是青年，我不是畸人，我不是愚人，我要给自己把幸福争过来”相激励的觉慧们，同面对父亲的压制只能唉声叹气、抱头痛哭的颖石、颖铭们相比，觉慧、蒋纯祖们对封建家庭专制的反抗要大胆得多，也表现出了更大的道德勇气。他们从个人婚恋的狭小圈子中投入到更大的社会改造与民族解放的洪流中，构成了对封建专制统治的毁灭性冲击。由于 20 世纪三四十年代作家一方面加强了专制父亲给儿子的精神摧残后果的描绘（如以大量笔墨描绘觉新、周萍、焦大星的软弱、萎靡，蒋蔚祖的病态），一方面加强了儿子们对专制父亲的义无反顾的背叛和不妥协的斗争的描绘，因而在很大程度上从侧面丰富了父亲形象的精神、文化内涵。

当巴金、曹禺、老舍等作家沿着五四作家的思想路径，对封建父权和国家专制展开持续而猛烈的抨击，将封建专制思想代表型父亲形象推上一个新的层面的同时，20 世纪三四十年代的作家更多的则是立足于人以群分的思想基础，将父亲作为政治的和阶级的代表者进行塑造。这类作品中的父亲形象往往寄托着作家较多的政治意识和阶级意识，形象本身常常成为不同阶级阵营和政治势力的替身。

政治阶级代表型父亲形象，最先是随着革命文学和普罗文学的兴起而出现的。左翼作家在那些反映农村暴动和知识分子上求下索的作品里，常常触及两种类型的父子冲突——统治阶级内部的父子冲突和被统治阶级内部的父子冲突。前一种类型的父子冲突表现为获得了革命意识的年轻一代，积极投身于解放大众的事业，起而同自己的父亲做斗争，这就带出了对统治阶级父亲形象的塑造，丁玲的《田家冲》、高歌的《生之旋律》、蒋光慈的《咆哮了的土地》、白薇的《打出幽灵塔》等作品均是如此。当蒋光慈笔下的李杰毅然决定烧毁父亲李敬斋的庄园时，显然是将父亲作为一个阶级的代表者来对待的，他下令放火前的那段内心独白，典型地反映出五四时期的知识分子反抗“百善孝当先”的观念，大多出于个性解放的立场，而 20 世纪三四十年代的知识分子对封建家庭专制的反叛，大多出于争取阶级解放和民族解放的动机。这里实际上隐含了中国现代知识分子反封建斗争的一个必然趋势：知识分子从自身个性解放的要求出发而开始的反封建斗争，在经受了五四退潮的重重挫折之后，必然同那些要求土地和阶级解放的工农大众的反封建斗争汇合到一起。因为，五四时期最先觉悟起来的知识分子，大多数是从封建宗法制的大家庭和大家族中冲出来的，是封建专制家长的叛子逆臣。封建宗法制家庭和家族，为了维护整个家族和家庭的骄奢生活，并防止家道中落，总是以压抑子弟的个性发展和自由选择为代价，通过联姻或者获取官职扩充、稳固家庭和家族的经济实力和社会地位。这就意味着，当中国的封建地主和官僚在获取更多的土地和更大的权势时，不仅以大多数人失去土地、受压迫受剥削作为它的基础，而且以封建专制家庭的子弟的个性得不到多方面发展、婚姻得不到自由选择作为它的前提。因此子君、觉慧式的知识青年在冲出家庭以后，能在多大程度上做到“我是我自己的”，就不仅仅取决于他们是否获得了个性解放、人格独立的自我意识，还取决于他们能在多大程度上打破封建专制家庭所给予他们的经济保障和生活安定感，取得经济上的自由和独立。而一旦争取个性解放的知识分子勇敢地跨出家庭的门槛，进入争取经济上的自由和独立的斗争，他们的反封建斗争便在客观上与现代工农大众的革命斗争取得了一致的方向，至少是达成了暂时的同盟。李敬斋与李杰、胡荣生与萧月林之间的父子冲突，因此也成为势不两立的“弑父”与反“弑父”的斗争。

与统治阶级内部的父子冲突不同，被统治阶级内部的父子冲突主要表现为年轻一代的农民由于不堪饥寒交迫的生活，基于一种生物学上的必然性的选择，毅然起来参与夺取粮食和土地的斗争，而老年农民父亲由于长期扮演被雇佣者的角色而容易对统治阶级的特权产生认同，其价值观以忍耐和顺从为最大特色，习惯于将自身的苦难归诸天命，王荣发（《咆哮了的土地》）、魏大叔（戴平万《村中的早晨》）、老通宝（茅盾《春蚕》）、云普叔（叶紫《丰收》）等，即是这样的农民父亲形象。这些农民父亲最先怀疑甚至阻挠儿子们的革命行动而形成父子间的冲突，而最终又在共同的阶级利益的基础上皈依了儿子的反抗道路，使父子间的冲突得到和解。这也就不难理解，在一定情形下，三四十年代文学中的父子之间也常存在着一致与和谐。换言之，在三四十年代文学中，无论是地主父亲还是农民父亲，往往都被塑造成他所属的那个阶级的类型化人物形象。

政治阶级型父亲形象的出现，鲜明地显示出政治文化对中国现代文学的渗透。20 世纪 20 年代末，中国现代文学出现了第一次大的方向转换——由着眼于启蒙的人的文学到着眼于救亡的革命文学、抗战文学的转换。伴随着这种转换的，是大量的知识分子急剧地“左”倾。在这些知识者看来，五四式的思想启蒙太过于缓慢和落伍了，在一个大多数人的温饱尚得不到解决的社会，少数人的个性解放也只能流于空谈。因此，与五四作家选择文学作为思想启蒙的工具不同，这些作家自觉地选择文学作为政治批判与民族救亡的武器，把文学视为传达无产者目的意识、拯救民族危亡的工具。而这些作家当时所信奉的，是倾向于将中国社会中的所有人分为黑白分明的二元的，“我们”和“他们”、“同志”和“敌人”的分野与交战，在这些作家看来已到了最关键的时刻。因而，这些视文学为宣传的作家，在创作中自然而然地注入较浓厚的阶级分化意识和政治斗争意识，不再只是从婚恋自主与个性解放的较狭小角度去看待社会生活中的父子冲突，而是将父子冲突放到阶级解放与民族救亡的大背景下去表现。父子间的血缘情感关系于是被淡化了，父子间的阶级界限被突出出来。父亲不再只是血缘意义上的父亲，儿子也不再只是血缘意义上的儿子。父亲形象的塑造因此呈现出了鲜明的政治化特征。文学中的父亲往往成为某个阶级的“父亲”，某个阶级的代表者。形象身上的阶级性常常遮蔽了形象本身的“父”性，对父亲的思想批判往往衍变成了政治批判或政治歌颂。

中国现代文学中父亲形象塑造的这种变化，由20世纪20年代末开始，在40年代中国文学特别是解放区文学中达到顶峰。由于受客观历史条件的影响，40年代中国文学分化为国统区文学与解放区文学。国统区作家们塑造的父亲形象，大多属于封建专制思想代表型形象，他们大多生活于阴冷、沉重的现实境遇与文化气氛之中，与旧的、老的传统有各种各样的联系，如杨老三（巴金《憩园》）、曾皓（曹禺《北京人》）、蒋捷三（路翎《财主的儿女们》）即是如此；解放区作家对父亲形象的描绘则呈现出更多的轻松与明快色彩，国统区文学中压在儿子们头上的沉重的父权阴影在解放区文学中已相当薄弱，儿子们不但敢于挺直身子与父亲斗争，而且往往取得最终的胜利，在解放区明朗的天下，父亲们自身与旧的联系也弱化了，二诸葛式不觉悟的父亲们失去了生存的市场，受到了普遍的调侃与嘲弄，更多的农民父亲则呈现出新的精神境界，成长为社会的新人。于黑丁《母子》中的申老汉、西虹《英雄的父亲》中的张大爷，甚至能以一种骄傲的心情，坦然面对儿子为“革命”的牺牲。

在阶级社会里，“人不是作为个人而是作为阶级的成员处于社会之中的”[①]，20 世纪三四十年代作家从父亲的阶级性入手，无疑把握到了作为阶级社会中人的“父亲”的主要社会属性。但是，由于受整个文学创作政治化倾向的影响，三四十年代中国作家所塑造的父亲形象，还存在着过分类型化的弊病，作家们写出了农民父亲迅速成长的一般路径，却没有能写出他们思想转变的个人过程，对敌对阶级父亲形象的刻画，更是流于脸谱化和漫画化。李敬斋、胡荣生等，看上去都不过是他们那个阶级的影子而已。相比之下，巴金、曹禺、老舍等塑造的父亲形象，其个性特征则明显得多。在《雷雨》中，曹禺便展示了周朴园作为妻子的丈夫、儿子的父亲、矿工的资本家等多重形象，形象的立体感因而很强。相反，西虹为了强调新型父亲作为“英雄”的一面，让张大爷发出“孩子，你死的好！死的名誉！爹就盼着你这样活，这样死！”的叫好声，而完全置父亲的正常人性的自然流露于不顾，结果使张大爷成为一个十分平面化的人物形象。人物塑造的这样两种截然不同的境界的形成，除了中国新文学对封建专制思想代表型父亲形象的塑造已积累了较多的经验，巴金、曹禺等都曾生活于封建家庭、对封建父权的压迫感受很深等原因外，一个更重要的因素，还在于老舍、曹禺等作家身处相对独立的革命民主主义立场，没有简单地将文学视为宣传的工具，也没有简单地将五四文学视为落伍的文学潮流。从形象的源流来看，三四十年代文学中的新型农民父亲形象，既丧失了五四文学中普通被压迫者父亲在他们儿子面前所有的那一份精神优势，其自身的精神弱质也基本上看不见了。这种对新型父亲形象的塑造，一方面自然显示出一种父性权威在社会变革中被削弱乃至被推翻的轻松，给作家们的创作带来了一些明快色彩；而另一方面，作家们显然也忽视了新文学反封建斗争的长期性和艰巨性，忽略了被压迫者农民身上也有一个时代占统治地位的统治者的思想这一事实，忽略了农民父亲要想抛弃这种沉重的精神负担并不是轻而易举的事。忽视国民精神蜕变的长期性与艰巨性，一方面容易造成五四文学批判精神的断裂，另一方面也容易造成现代悲剧精神

① 马克思、恩格斯：《马克思恩格斯全集》第 3 卷，人民出版社 1956 年版，第 84 页。

的消解，使文学创作重归传统文学的大团圆结局。这一点，在三四十年代中国文学中的一种独特的父亲形象——精神父亲形象的描绘中，表现得更为明显。

三

20 世纪三四十年代中国文学中，还存在着一种十分特殊的“父亲”形象。从人物形象之间的关系来讲，他们同“子女”们之间并不存在一种血缘亲属关系，但这一类型的形象往往拥有比血缘父亲更强大的权威，常常获得“子女”们如同对待父亲般的崇敬与热爱，甚至频繁地被“子女”们用来作为背叛血缘父亲的锐利武器和精神倚靠。因此，不拘泥于“父亲”的血缘意义，我们不妨称这类“父亲”形象为精神“父亲”型形象。

精神“父亲”型形象的出现，是封建专制思想代表型“父亲”被打倒和政治阶级型“父亲”失去权威之后的必然结果。五四时代的青年既在寻求个性解放的基础上将父亲推上审判台，又在阶级解放的意义上表现出与父辈迥然有异的选择，其结果必然走上对新的精神倚靠的寻找。在 30 年代部分革命文学作品中，一些获得革命意识的青年，为了脱离家庭投身革命，首先往往求助于时代精神之名。这样，一旦进步的青年投身阶级解放与民族解放的队伍以后，他们便容易在自己的实际生活中寻找时代精神的代表者，将革命队伍中强有力的领导者视为精神上的领袖，对他们产生出近乎子女对父亲般的崇敬和依恋。茅盾《虹》中的革命者梁刚夫之于梅女士，叶圣陶《倪焕之》中的王乐山之于倪焕之，丁玲《一颗未出膛的枪弹》中的军长之于小红军，无疑都起到了精神父亲的作用。

20 世纪 40 年代文学中的精神父亲形象，与 30 年代文学中的同类形象一脉相承。只是这时与精神父亲相连的子女们，多数已衍变为获得拯救和翻身的工农大众。因为这时的知识分子已找到新的精神依托——人民，并在文学中建构了“人民—母亲”的文学母题。而那些获得土地和翻身的群众，则普遍地将帮助自己改变了命运的“工作同志”视为再生父母。李纳的《煤》中的主人公，就明确地对帮助、拯救过他的矿区主任说：“主任，你真象我老爹!”主人公的妻子也说：“你比我亲爹还强!”矿区主任听了也并不谦逊，只是他将“荣耀”归到了自己的政党身上：“这不是我的功，是共产党的功!”这里当然是写普通百姓的质直的思维和纯朴的情感，但更重要的一方面似乎是要确立新的精神偶像和精神权威。因为30年代文学中精神父亲形象的出现，更多的是出自知识分子的自觉追寻，带有寻父的倾向；而40年代解放区文学中的精神父亲的诞生，则出自普通群众的不自觉的感恩心理，并得到精神父亲的自我认可。

精神“父亲”型形象，在20世纪三四十年代文学中的数量并不太多，文学的形象性也嫌不足，有时是以诸如时代“父亲”的隐形形象出现，有时才是以独立的文学形象的面貌出现，但不论表现形态如何，这类形象身上所具有的父性的权威，显然蕴含着时代精神和文学精神的巨大递嬗变异。

20世纪30年代文学中知识分子对精神父亲的寻找，源于五四高潮过去之后知识分子的精神迷惘和彷徨，以及彷徨过后的新的探求。五四一代是全盘打破传统的一代。他们提出自我来与“父亲”相对抗，我就是我，我就是一切，我就是时代精神的代表，他们要打破一切精神的偶像和外在的权威。因为这一代的精神之父本就是自我，所以五四时没有出现精神父亲型形象是必然的。然而，随着五四高潮的过去，知识界出现了普遍的彷徨和失望，知识分子的自信心下降了，不再敢自信自己就是时代精神的代表者了，也难以以狂呼呐喊的方式高唱“我把日来吞了，我把月来吞了”。他们开始了对新的精神依托的寻找。而从文学与时代的关系看，精神“父亲”型形象正是未能把幸福给自己争过来的一代青年寻找新的精神依托的一个结果。

20世纪40年代文学中的精神父亲形象一定程度上是血缘父亲丧失权威而新的精神权威开始确立的一个必然。30年代文学中，血缘父亲的权威在儿子们那里便已发生动摇，因为父亲们所信奉的生活信条在儿子眼里已不符合现代的生活潮流。40年代，血缘父亲的权威进一步地丧失，泥古不变的父亲们甚至成为儿子们嘲笑的对象，而与此同时，共产党人作为一股新兴的政治势力，他们在解放区的所作所为，越来越得到下层人民的瞩目和认可。在解放区，许多由血缘父亲无法办到的事，共产党人轻而易举地办到了。《白毛女》中父亲杨白劳已无任何力量拯救自己女儿，而共产党人的到来却使她由鬼变成了人。在这里，党很自然地取代了血缘父亲的佑护者地位。正是这种鲜明的对比，促使人们将对血缘父亲的那种尊崇、敬畏转移到新的精神父亲形象身上。

除了历史所带动的这种父性权威的转移以外，解放区作家自觉地运用文学做意识形态宣传的工具也是影响文学创作中精神父亲形象出现的一个重要原因。20 世纪 40 年代解放区的意识形态中心，已不再是反封建思想与父权专制，而是要在政治上推翻国民党统治，建立起自己的新的权威。所以，自觉将文学视为意识形态之一支的解放区作家，在创作中着力的便不是对传统父权的批判，而是对新的精神权威的扶持与歌颂。他们有意识地在创作中运用文学的修辞手段去服务于这一目的。在文学的换喻轴上，他们展开对解放区现实生活的形象描绘：打土豪，分田地，旧社会把人变成鬼，新社会把鬼变成人……在隐喻轴上，则确立起“党—父（母）亲”的文学母题。这一隐含其中的母题事实上也始终引导着作品的人物塑造、故事情节等的流向。精神父亲形象因此诞生了。

精神“父亲”型形象的出现，从一个角度说，是时代发展的一个必然。从另一个角度来说，又是中国现代知识分子和中国现代文化的一个悲剧。五四知识分子，从西方借来了自由平等、科学民主等现代文明的圣火，力主婚姻自主与个性解放，试图将自己从“父亲”那里解放出来，获得独立的社会地位和人格，作为真正的“人之子”站立起来。可是在中国这样一个专制思想十分浓重的国度，成为真正的人之子何其之难！事实上，五四知识分子只不过使自己进入了一个精神的“断乳”期，一旦受到挫折和阻碍，他们就有可能回归传统，或是寻找集体性的社会和政治力量来支持。

综观中国现代文学，尚有另一种类型的父亲形象值得一提，即人性美的理想型父亲形象。这类父亲形象一般出现于田园诗风的乡土文学之中与京派作家笔下。作家们大多从人性和人情的角度，描绘父亲的慈爱与温情。中国古代文化（学）中，父亲历来是以“严”著称的（所谓“父严母慈”)，中国现代文学中的专制思想代表型父亲，突出的也是“父严”的一面，而政治阶级代表型父亲，其思想意义明显大于审美意义。所以，人性美的理想型父亲形象，由于着眼于父亲作为人的一面，凸现出父亲身上的人性美与人情美，使父爱这一在中国文学中很少得到描绘的人类情感得到表现，无疑是对中国现代文学中父亲形象塑造的有力补充，具有较大的文学史意义。限于篇幅，这里就备而不论了。

无“根”之累[①]
——中国新文学与传统文学精神关系试论

一

中国文学的20世纪是新文学的世纪。自从中国新文学以全新的姿态崛起于五四新文化运动，就迅速击败了传统文学，取代了传统文学在文坛的主导地位。然而，新文学此后的成长道路却远不是一帆风顺的。应该说，新文学发展的艰难与多变的时代息息相关。但从更根本也更内在的角度看，新文学自创始伊始即形成，并在以后的发展中不断加剧与传统文学精神的巨大断裂，造成了新文学事实上始终匮乏民族传统文学“根源”的滋养，是新文学几度徘徊并日显惨淡的根本原因。可以说，新文学几十年的发展历史，始终艰难地承受着无源之苦、无根之累。

中国新文学诞生在中国历史的巨大忧患和传统文化的剧烈转型中。19世纪末，中国社会受到西方的深重压迫和严峻挑战，衰微腐朽的封建制度和早被封建化的传统文化在挑战面前显得无力，屡屡失败。这些失败，不但严重损伤了国力，更激起知识分子对传统制度和传统文化的积极反思，他们急切地希望从西方文明中借取火种来疗救中华文明。通过改革中国社会以挽救民族，“要救国，只有维新，要维新，只有学外国”，是当时知识

---

① 本文1998年发表于《社会科学辑刊》第1期。

分子的共同感受。在经历科技、政治救国的失败后，他们选择了更为根本性的文化救国，他们盼望通过对传统文化的彻底转换来振兴民族。从洋务运动、戊戌变法到辛亥革命、五四运动。从张之洞“中体西用”、梁启超“中西合一”，到胡适之“全盘西化”，我们可以看出近现代知识分子对传统文化的日益决绝和向西方文化学习的日益迫切。五四新文学运动把近代知识分子的这一文化心态发展到极端，知识分子们对传统文化的彻底否弃和对西方文化的无条件迎取是其突出表现。

时代决定了作为新文化运动之一部分的五四新文学的价值取向。五四新文学的建设者们大多是新文化运动的主将，现实的危难和亟切改革中国的愿望使他们首先很自然地把文学当作文化革命的工具来看待。五四的文学革命与梁启超“小说革命”一脉相承，都赋予文学建设以非文学的强烈的意识形态性和工具性。而他们迫切地弃旧迎新的文化心态又促使他们一切以西方文学为是，以“十九、二十世纪的西洋文学眼光”[①] 来评判审视中国传统文学，这一文学评判的基本主体是另一种文化下的“他者”。这样，政治功利和异己文化的双重限定，使新文学建设者们忽略了文学与一般文化相比所具有的独特性，忽略了文学建构的民族特征前提。于是，中国传统文学不但被人为地抹上了强烈的意识形态色彩，被作为封建文化的典型成为完全否定的对象，而且也被自然地看作远远落后于西方文学的时代的落伍者，被认为“都该退居到历史的地位”[②]。

当然，任何判断都难免有绝对化的局限。尽管五四作家极力倡导废除传统，但实际上，在五四新文学身上都还留着传统文学的深深印迹。因为一方面有深厚民族之根的传统断裂并不可能遽尔即成，另一方面五四一代作家尽管身沐欧风美雨，倾慕西方文明，但他们年轻时大多饱读传统诗书，传统文学的潜移默化使他们不自觉地受到影响并在新文学创作中有所表现。所以，不但五四新文学最根本的现实关怀性（非是脱离于文学的意识形态性），可以直溯《诗经》以来的中国传统文学的现实精神；五四文

① 陈独秀：《答钱玄同》，《新青年》第3卷第6期，1917年8月。

② 钱玄同：《答胡适之》，《中国新文学大系·建设理论集》，上海良友图书印刷公司1935年版，第88页。

学的基本艺术风格特征，如主体色彩、抒情风貌等，都对传统文学有所承传。在某种程度上可以说，五四作家正是赖以其深厚的传统文学根柢，才能在运用新文学的西方新形式新技法时很快地驾轻就熟、于发轫之际即取得较高成就。但是，从总体上，五四新文学是与传统文学形成巨大的断裂的，尤其是它的理论倡导，更决定了它发展的总体西化倾向。在这种情况下，传统文学于新文学建设的功绩往往为人所忽略，并掩盖了五四新文学匮乏传统文学根源滋养的严重缺失，给人以五四文学完全拒绝传统、沿用西方模式亦可照样成功的错觉。这一反讽性的错觉，使五四断裂传统的遗患在当时尚显不太突出，但在新文学此后的发展历程中，随着它与传统距离的一步步拉大，作家们传统根柢的一步步变疏浅，这一内在的缺失就逐步毕露无遗，并最终有了总体的爆发。

二

当然，对于新文学的断裂传统、力倡西化的缺失，新文学作家们并非完全没有自觉。对于曾深受传统熏染的五四一代知识分子来说，欲借文化改革以振兴民族、摆脱现实困境的强烈愿望和内心的传统力量势必形成剧烈的冲突。五四之时，郑振铎即在《新文学之建设与国故之新研究》一文中这样论断："我以为我们所谓新文学运动并不是完全推翻一切中国的故有的文艺作品，这种运动的真意义，一方面在建设我们的新文学观，创作新的作品，一方面却要重新估定或发现中国文学的价值，把金石从瓦砾堆中搜找出来，把传统的灰尘，从光润的镜子上拂拭下来……"① 闻一多也针对《女神》创作的过于西化、滥用洋文倾向提出了强烈批评，并强调了新文学建设中汲取传统文学精华的重要性②。这些论断在五四时固尚属少数之见，但在五四退潮、知识分子"文化救国"愿望落空之后，就有了更多的同道开始对五四反传统进行反思。与此同时，在20世纪三四十年代成

① 郑振铎：《新文学之建设与国故之新研究》，《小说月报》1923年第14卷1号。

② 闻一多：《〈女神〉之地方色彩》，《闻一多全集》（三），生活·读书·新知三联书店1982年版。

长起来的一些优秀作家、批评家，目睹五四的幻灭，在对传统重估的基础上，有意识地向传统文学精神归依。在他们的创作中也已呈现出浓郁的中国特色的传统美趣向。

五四一代反思的典型代表首数鲁迅。浸润传统文学精神颇深的鲁迅虽曾在五四时激烈抨击过传统文学，但他也曾为“听将令”创作而感到苦恼过，五四退潮之后他虽然对传统文化总体批判态度未变，但对传统文学显然有了更深刻的理解。如他在论述新文学与传统文学关系时的论断：“我也以为‘新文学’和‘旧文学’这中间不能有截然的分界”①，“新文化仍然有所承传，于旧文化也仍然有所择取”。② 即已包含着对传统文学的客观取舍。20 世纪 30 年代鲁迅对民族性和世界性关系问题的科学论述，更包含他对新文学与民族文学传统关系问题的进一步思索。在创作的实践上，鲁迅更从外国文学的模式影响下挣脱出来，努力向民族化传统文学精神回归，不管是外在的写作技巧、语言表述，还是内在的发愤精神、抒情风貌，都可看出鲁迅对传统文学精华的融会和继承。所以鲁迅在谈及他后期的小说创作时就曾说：“脱离了外国作家的影响，技巧稍为圆熟，刻画也稍加深切。”③ 对传统文学的深刻理解和现代转化，是鲁迅小说和散文尤其是其后期优秀作品取得成功的重要原因。

曾作为五四反传统主将之一的胡适，五四后尽管还坚持反传统文学的立场，但亦感到新文学无“根”的深深寂寞，他撰写《白话文学史》客观上即寓含为新文学寻找根源的企图。另一位主将周作人，更幡然悔悟，完全重返传统文学的怀抱中（姑且不论这一重返的正误）。他不但明示“传统之力不可轻侮”，而且试图在《中国新文学的源流》中努力实现他“融化”传统的理想。

20 世纪 30 年代作家对传统文学精神的回归，京派是突出代表。理论上，周作人、朱光潜、宗白华等对传统美学精神进行了开拓性总结和积极的提倡。在他们的倡导和影响之下，废名、沈从文等小说家，力图在创作

---

① 鲁迅：《准风月谈 · “感旧”以后（上）》，《鲁迅全集 5》，第 347 页。

② 鲁迅：《集外集拾遗 · 〈浮士德与城〉后记》，《鲁迅全集 7》，第 373 页。

③ 鲁迅：《〈中国新文学大系〉· 小说二集序》，《鲁迅全集 6》，第 247 页。

上贯彻他们对传统美学精神的理解，废名的浓郁抒情意蕴、沈从文的湘西文化特征以及他们作品的共同的对传统意境美、中和美的自觉追求，都洋溢出独特的传统审美气息。京派之外，老舍、张爱玲、赵树理等人的创作中也传达了传统文学的一些精神气质，并在他们的创作中充分表现了中华民族的独特文化特征。张爱玲的外柔内刚，含而不露，饱含传统美“怨而不怒”的底蕴；老舍以北京文化为基点，描绘了深具民族特色的生活风情画，初步显示了中国传统文学与现代观念相融合的深在魅力；解放区的赵树理则对传统民间文学情有独钟，对大众化的“地摊文学”表露出执着的感情。他有意识避开“在农村中根本没有培活了”① 的五四新文学影响，试图以通俗的人们喜闻乐见的民间文学形式表现鲜活的现实生活。他的明快自然、乐观主义和故事化，尤其是他完全大众化、带着真正泥土味的语言，都显示出中国传统民间文学在中国新文学中找到了它的代言人。

上述所列理论家、作家都还仅是一些代表，事实上，对传统文学的重新认识和对文学传统的有意识归属，正成为20世纪三四十年代新文学自觉不自觉的主导性潮流。贯穿此间始终的“大众化”“民族形式问题”的大讨论，尽管内容芜杂，但无疑明确表露出人们对新文学断裂传统与全盘西化的时代性反思，并内在地包含人们弥补五四断裂传统的沟壑的心理需求。可以说，五四退潮之后开始出现并在三四十年代达到高峰的这一对五四文学反传统的反思和向民族文学精神回归的潮流，是深受传统浸润的一代对传统的本能性依归，它既体现出传统文学的巨大生命力，也彰示出新文学对拥有自身传统、建立自我主体性的迫切要求。如果说，五四时代尽管有着许多过激的缺点但终究力促了中国文学的现代转型的话，那么三四十年代对传统的重新审视与回归，则是对五四过激的一个良好的反拨和补正，如果能沿着这股潮流继续向前发展的话，中国文学从此走向现代化的成熟，并因此而重新焕现出独特特色和鲜活生命力是完全可能的——事实上，在三四十年代某些优秀作家的创作上已可看出这种趋向。

在为新文学寻找源泉、向民族文学精神回归的道路上，20世纪三四十

① 赵树理：《赵树理文集》第4卷，工人出版社1980年版，第1362页。

年代作家们确实迈出了探索性的却是坚实的一步。遗憾的是，由于众多外在原因的影响，作家们的这一回归受到了严重的阻遏，三四十年代的文学繁荣成为尚未完善的昙花一现，五四时的彻底反传统经过强烈的意识形态包装和倡导后重又成为文学界新的精神指南和时代风尚。此时，尽管西方文学的强烈影响被逐渐削弱，但另一个更强大的“他者”——苏俄文学影响又重新控制了新文学的主体精神地位，从此，新文学中尽管也偶有体现某些传统文学精神的作品出现，但从整体上，新文学距传统文学精神越来越远，作家们的传统文学根基越来越薄弱，直至60年代的“文化大革命”浩劫把新文学与传统文学两者的距离拉至极端。

三

“文化大革命”的危害绝不仅仅是它的现实破坏，它更大的危害是潜在的，对人的心灵的戕害。就它对新文学与传统文学关系的影响而言，它最大的戕害也是在作家们的心灵上。在“文化大革命”的恐怖下，年老一辈作家固然是被迫疏隔了与传统文学的联系，年轻的在“文化大革命”前后文化荒漠中成长起来的数代人对传统文学与其说是隔膜，还不如说是长期政治影响下的本能敌视。传统的素养和影响力离他们已很遥远了。所以新时期的作家们已严重匮失五四先辈们的独立人格和独立思维能力，他们在“文化大革命”结束后所兴起的思想解放运动中早已显不出任何锐气。传统的长期隔绝，文学自主性的长久窒息，使新时期文学的激情显得苍白和虚空，它追求的脚步也显出蹒跚和盲目。而当国门逐渐打开，新文学一旦面对强大的西方文学世界，就不由自主地很快陷入了茫茫不知所措的巨大焦虑中。新时期之初的介绍外国文学理论和作家作品，是不分良莠、泥沙俱下的；创作上，一些粗浅的模拟作品也往往领一时之风骚。应该说，这是新文学长久被禁锢、与西方文学长期隔绝之后难免的现象，然而，没有自己的文学传统为坚实后盾，没有充分的文学自主性为信心，是新时期文学面对西方文学时完全失态的根本原因。

“寻根”运动就是在这种情境下应运而生的，感同身受现实的文学创作困境，同时受到拉美文学崛起和当时文化讨论的启迪，以韩少功、阿城等为代表的一批知青作家开始反思新文学匮乏传统的内在缺陷，他们希望能够从传统文化中为新文学觅得根源，疗救现实的文学困境。所以韩少功说："文学有根，文学之根应深植于民族传统文化的土壤里，根不深，则叶难茂。"① 阿城在明确提出弥补五四文化断裂的愿望的同时也强调："中国的小说，若想与世界文化进行对话，非有体现出自己的文化不可。"② 郑万隆、李杭育等也表示过类似观点。应该说，这些作家从自己的切身感受出发，体察到新文学内在的无根之累，是相当深刻而迫切的。但是，由于历史和时代的限制，这一代作家未能承担得了这一重振新文学的历史重任，时代注定他们只能是悲剧的一代。

出生于20世纪50年代的这一代知青作家，幼小时多少受过一些传统熏染，长大后在农村插队时也不可避免地受到传统文化气息相对浓厚的乡村文化的影响，同时，中国新文学在乡村中影响力的微弱也促进了他们对新文学与民族文化相隔离的反思，这使他们对新文学缺失传统之根感触相当敏锐，对新文学提出的"寻根"要求也切中肯綮。但是，他们毕竟是在文化大批判中成长起来的一代，"文化大革命"对传统的彻底批判在他们心灵上留下了难以磨灭的印痕并成为他们心灵的重负。同时，他们的传统根基也远非深厚，他们对传统文学的自信心也不可能很稳固。在他们的潜意识中始终感受着西方文学的巨大焦虑，异质而强大的西方文学是他们内心抹不去的阴影和潜在的影响者。对于传统文学，他们的潜在目光是批判而挑剔的，他们的内在目标与其说是"寻根"、向传统回归，还不如说是"审根"、向西方文学靠拢。所以，"寻根"者们的手段和目标之间原就存在着深刻的悖论。另外，"寻根"者们非从文学本身而是从文化角度出发的行径也使他们难以真正汲取到传统文学精神的养料而不免走入歧路。所以，"寻根"的失败是有深刻必然性的。尽管"寻根"者们吸取了传统文化中的一些营养，丰富了新文学的历史文化内容，但它最终未能真正续上传统文学精神的深厚源泉，为新文学寻到希望之"根"。现实和历史的误

---

① 韩少功：《文学的"根"》，《作家》1985年第4期。
② 阿城：《又是一些话》，《中篇小说选刊》1985年第2期。

会使它走上了与他们的起始目标相反的路途，“寻根”者们的初衷是想挖掘中国传统文化中的美，展示它的魅力与价值，对五四反传统进行反拨。而事实上，他们得到的结果却是审丑，是与五四一代同样的对于传统文化的批判。以“寻根”始，以“审根”终，这一结果显然是“寻根”者们始料不及的，也构成了对他们“寻根”的巨大反讽。并且，这反讽不但嘲弄了“寻根”者，也严重损伤了“寻根”本身。

“寻根”失败之后，向传统文学吸取养料振兴新文学之路被许多人视为畏途，一部分作家转而更疯狂地向西方文学追赶模拟，力求以更形似以达神似。另一些作家则因之对新文学的前途命运丧失了信心，并进而严重影响了他们的文学责任感，“玩文学”成为一些原本虔诚于文学的作家们失望之下的无奈遁词。

所以 20 世纪 90 年代初文坛上文学责任感普遍性的丧失，固然某种程度上缘于时代商业精神的影响，但更是 80 年代末“寻根”失败之后作家们不满新文学的无根状况又找不到出路的失望与疲惫心灵的延续，是作家们缺乏深厚传统文学素养的必然结果。“新写实”可以视为“寻根”一代对文学的最后坚守，它的“新”反映出作家们的创新尝试，而仍然命名为“现实主义”则显示了它的滞重和无力。“新写实”之后，《废都》成为他们正式的降书，《废都》中充斥的深刻矛盾正反映了这一代知识分子的内心冲突，作品的最终商业化彰显出这一坚守的最后失败。比“寻根”一代更年轻、受传统文学影响也更浅薄的王朔们对传统新文学的反讽和调侃，实质与阿城们“玩文学”一样，根源于对新文学失望下的愤激，只不过王朔们比阿城们因为少了传统的滋育而少了探索的沉重，却多了局外人的轻松。传统文化对这一代人的先后天培植都是不足的。历史所造成的这一代传统素养的匮乏，给他们的文学创作和精神修养都带来了很大局限。表现在创作上，是他们普遍缺乏汉语言的丰富表现力，也缺乏浸润丰厚民族文化精神的深刻思想，并因而很容易感受西方文学的强大影响，陷入对西方文学的模仿中去。我们只要看一看 90 年代的每一次文学潮流都可在西方文学中找到相应的祖先就不难理解这一点。表现在作家精神上，是他们普遍对文学缺乏庄严感和责任感，易于浮躁和自卑。这使他们中的许多人，伴同前几代同样传统根基不牢的部分作家，在90年代的时代社会转型、价值观念大变动中，在巨大的失落中很快认同于时代的世俗化潮流，将文学或作为远离现实的个人表现工具或作为纯粹的商品操作，从而构成了与世俗价值强烈合流又深受西方文化巨大影响的90年代文学景观。种种情形，标示着生存发展了近80年的中国新文学在与自己民族的传统文学精神疏隔多年之后正受到这疏离的报复，步入自己生存的深在危机。

所以20世纪90年代文学陷入当前的危困局面，从根本意义上说是新文学自身发展的必然结果。它自创始之初与民族传统文学精神的断裂原已留下了深刻的内伤、包含着自毁的契机，它沿着此路途的后期发展更加深了这一创口，90年代商品意识的刺激只不过给予它最后的推动力而已。无“根”，是新文学难以自言的内在之痛。

四

中华民族拥有灿烂的文明，也创造了自己成就辉煌的优秀传统文学，这些传统文学不但形成了自己的独到特色，也孕育了自己悠久的文学精神。这些文学精神博大深广，简单地概括显然是勉为其难的，但其最突出之处仍历历可见：一是强烈的现实精神和深刻的忧患意识。中国文学历来强调文学的社会作用和现实意义，从现实生活出发，为现实生活服务，是从《诗经》和《离骚》以来的中国传统文学的最根本特点，《诗经》被尊为“经”，杜甫被奉为“诗圣”，都与其强烈的现实参与精神密不可分。同时，对现实、对人民生活的关注，使中国传统文学（包括传统民间文学）始终受到社会和大众的喜爱和认可，拥有旺盛的生命力和广泛的现实基础。二是注重文学的教育作用和对作家自身素养的强调。徐复观先生在概括中国艺术精神时特别强调了中国艺术家的艺术素养与人格素养的一致性特征。其实，中国的传统文学精神亦然。“文如其人”“以意逆志”等传统文学批评固然是特别注重对作家自身修养的强调，历代的文学家们在进行文学锤炼时也十分注意加强自己的道德人格修养。与之相应的是，中国文学对文学的教育作用十分注重，“兴观群怨”“文以载道”批评理论影响深远，造就了中国文学严谨厚重的品格。三是独特的审美风格。中华民族传统文学的审美风格与东方文化息息相关，具有中华民族文化的独特性，如中国文学中色彩浓郁的意境美、含蓄美、中和美等，都是中华文化的独特结晶，具有与西方文学各领风骚的独特审美风貌，并创造出了堪称人类精华的优秀文学作品。受此影响，中国文学还形成了在情感的表述上重深沉蕴藉，在故事的叙述上重情节、重人物、动作性强以及注重乐观精神等文学特征。限于篇幅，上述的概括远非全面。我们也并不是说中国文学的每一个作品都体现出了上述文学精神，但这些精神无疑是中国优秀文学创作的集中概括和体现。中国文学的基本精神是中华民族的宝贵精神财富，它不但寄寓了中华民族独特的文化生活习俗和民族特点，更是中华民族在漫长的文学历史中形象生动地再现了中华民族丰富多彩的生活、弘扬中华民族精神的重要手段。同时，它所体现出来的独特审美和文化特色，使中国文学在世界文学之林中占有自己卓越而独特的位置。

当然，我们说中国文学精神具有持久的独立性，并不是说中国文学是自足的，不需要发展和改进的。相反，中国文学的丰富特征正是不断吸收外来文化的影响而发展起来的。但它接受这些影响有一个首要前提，那就是不失去自己的主体地位。只有不失主体性地丰富自我才能保持自己的特征，拥有自己的独立位置，这是中国文学在漫长的发展历史中给我们留下的宝贵经验。

所以，在中国新文学诞生之际，中国传统文化在封建卫道者们的肢解利用下已失去了原有的光泽，也逐步委顿了曾旺盛的生命力，中国传统文学（尤其是被封建文化严重腐蚀了的封建社会后期文学）也显示了它的脱离时代和贵族倾向等严重不足。传统文学正面临向现代转化否则将难以新生的重要契机，所以五四新文学建设者们对传统文学的严厉批判，对于冲击传统文学身上的保守性和封建性，促使它走向现代和新生，是很有历史意义的。他们主张向西方文学学习，以异质的西方文化来观照自己也无可非议。但是，五四先驱们以“他者”为主体对传统文学的彻底否定和完全的西方化倾向，显然是忽略了文学发展规律的独特性，忽略了文学和文学精神于历史的独立性，更忽略了民族文学应建构于民族精神之上的基本规律，他们的这种在对西方文学“横移”和对传统文学断裂基础上进行的新文学建构，从根本上说是缺乏成功的前提的。

失去了文学的独特民族性，就失去了民族文学的生命。汤因比在《历史研究》一书中所揭示的以往许多文明被其他文明所同化的惨状是具有一定警醒意义的。[①] 中华民族欲拥有自己的独特文化，中国文学欲保持自己的独特民族性，在立足于现实民族生活的基础上，承续汉民族优秀的民族文化精神和传统文学精神，并对之进行现代性转化，从而形成既具现代意义又有民族特色的民族文化和民族文学，是其至关重要的前提。尤其对于当前正走入深在困境的中国新文学来说，反思自己与传统文学疏隔的历史，加强自己对传统文学的认识了解和联系，并努力实现传统文学精神向现代的转化，使自己融进民族传统文学和民族现实生活的广阔海洋中去，是它重新振作走向新生的必由之路。当然，我们说要续上新文学与传统文学精神的血脉，并不是主张不加批判地完全复古（事实上这也是不可能的）和闭关自守，完全否定新文学和五四文学传统，相反，对传统文学的糟粕之处我们仍然要坚决批判，五四文学的开放之风我们今天仍然要大力继承，我们希望能够承续的是优秀的中国传统文学的精神而非传统文学本身，而开放性正是中国传统文学精神的一个重要特征。

当然，向传统文学精神回归之路是艰难而漫长的，也需要我们不断地研究与探索，但是，对于面临当前文学的深在困境，肩负振兴中华民族文学的历史重任，同时又要抗击西方文化强大压迫的中国知识分子而言，向传统文学精神汲取精神源泉，向民族精神回归，是时代和历史的必然选择。

---

① 汤因比：《历史研究》（中），刘北成译，上海人民出版社 1962 年版，第 32 页。

启蒙与自我启蒙[①]

——对中国启蒙运动的一种解读

首先要声明的是，我绝不反对启蒙，相反，我认为，对中国大众进行现代性的启蒙，是中国社会从传统文明步入现代文明必不可少的思想文化措施。但是，我在积极认同启蒙必要性的同时，还更为关注启蒙的可能性问题——具体地说，就是谁进行以及如何进行启蒙的问题。

因为，正如启蒙的先师康德所说的："启蒙是人从自我招致的依赖监护的状态中解脱出来。依赖监护是指人在没有他人指导的情况下没有能力运用他自己的理解力。这种依赖监护的状态是自己招致的。"[②] 启蒙是艰难而复杂的，它尤其对启蒙运动的主导者——启蒙者自己提出了严格的规范与要求。首先，最基本的是，作为启蒙者，他必须自己是已经"解脱"了的，是一个已经完成（至少是初步完成）了"自我启蒙"的确实的先行者；其次，启蒙者必须要有良好的思想和行为准备，要拥有比较成熟的启蒙武器。这样，他才能从事好启蒙——当然，我们并不是说在知识分子没有彻底完成自我启蒙之前就不能从事对他人的启蒙工作，但毫无疑问，启蒙者的自我启蒙工作应该是始终处在对他人的启蒙之前的。启蒙者以不断的自我建设和完善对启蒙进行导引，是启蒙运动完成的重要前提。而作为理想的启蒙状况来说，启蒙者最好是能够具备比较系统稳定的政治、思想、文化观念，有对自己较充分的自信和耐心，有坚强的自我牺牲精神和

---

① 本文2000年发表于《文艺争鸣》第6期。

② 康德：《什么是启蒙》，刘皓明：《启蒙的两难》，《读书》1995年第3期。

奉献的勇气，以作为启蒙的坚定稳固的思想支援——只有上述两个基本条件都具备了，启蒙者才算真正具有了“启蒙”的资格，也才可能会导引一个健康的、可行的启蒙。否则，就可能是“伪启蒙”，是不完善的“启蒙”。

从这个角度去考察19—20世纪的中国现代启蒙运动，就可以发现它所存在的严重不足。换句话说，在中国现代的启蒙主义上，启蒙的主导者问题一直是困扰着中国启蒙运动的关键性问题，甚至可以说，也许这一点正是导致中国现代启蒙运动未能取得最终成果的关键原因。

中国现代启蒙运动是在鸦片战争后正式开始的。这时候，中国社会的政治和文化观念，确实是已经处在了崩溃的边缘，民族文化素质也亟待更新。以戊戌变法、辛亥革命等为代表的几次知识分子革命活动的失败，其原因也从根本上关联着中国现实的民族文化素质，关联着中国传统文化惰性对中国民众的巨大侵蚀和影响。这期间以梁启超、孙中山、陈独秀等为代表的几代知识分子对社会文化启蒙重要性的自觉，正反映了历史的大势所趋，也体现了受到西方文明影响的先进知识分子的敏感和觉悟力。

值得提出的是，在中国的启蒙运动当中，最首要的当务之急和最关键的启蒙应该是知识分子的自我启蒙。知识分子能否完成对自我的艰难蜕变，能否在批判的基础上完成对中国传统文化的转型，建设起（至少是初步建设起）针砭中国社会现实、适应中国社会需要的现代文化，并培植起坚定独立的自我人格和道德，使这一道德成为对社会民众具有强烈感召力的精神楷模，是中国启蒙运动能否真正成正果的决定因素，也决定着中国知识分子能否有资格真正担当起对其他阶层启蒙的责任。

因为往往易于为我们忘却的是，在中国传统社会之中，建构和卫护封建文化的不是别人而正是中国的知识分子，他们是传统封建文化的建构者，也是这一文化的基本载体。比较之下，中国的农民——后来被命名的主要启蒙对象，虽然受中国传统封建文化的毒害较深，但他们一直是处于被动的地位，他们所受的影响之深重并不会超过知识分子本身。如果说知识分子是中国封建文化的积极参与者和制造者的话，那么，中国农民则更主要是以受害者的形象而存在的。在中国这样一个文字长期为少数人所控制、广大的农民阶级由于历史原因而远离现代文明的社会里，首先必须是知识分子的觉醒，在他们对传统文化的改造和对现代文化的建设进行到一定程度之后，以之作为启蒙的良好中介，才有可能进行好全民性的现代启蒙，完成中国社会与文化的转型任务。

其次还因为，虽然知识分子曾经是中国封建文化的参与制造者和受影响最深的阶层，但由于他们的文化地位，他们——也只有他们——才有可能最早从传统文化的窒息中醒悟过来，成为传统文化的掘墓人。在一定程度上，他们是中国社会可能发展和变化的唯一启蒙性力量。他们可能对传统文化进行反戈一击，从西方文化中得来火种，来救治中国社会这艘庞大而破旧的巨轮。在中国社会转变的时代契机中，知识分子所担负的时代责任和命运都是无可替代的。所以，中国的启蒙运动，其基点和重点都应该首先定位为知识分子本身，在这一启蒙有了一定的成果和基础之后，才能进行对其他阶层的启蒙。

应该说，中国近现代的先进知识分子们对于知识分子自我启蒙的重要性并非没有清醒的自觉。从 19 世纪下半叶开始的漫长启蒙历史中，知识分子在进行社会变革尝试和启蒙其他阶层民众的同时，都始终关注对自我的启蒙和文化建设。改良和革命等各种政治思想的纷争，传统与西化等多种文化立场的讨论，虽然反映了知识分子自我精神的不成熟状态，但也正体现出近代社会知识分子对现代西方文明不同角度的借鉴和吸收，体现了知识分子自我启蒙的正在进行时。中国知识分子的思想正是在这不断的相互论争和自我的检讨中逐步走向成熟的。五四一代具有较强现代性思想的优秀知识分子的出现，就是中国早期启蒙运动的成果和产物。

但是，迄至五四，知识分子的自我启蒙还远远没有彻底真正地完成。正如我们在前面已经提到过的，五四知识分子的现代性思想已经大幅度地超过了他们的前人，对传统文化的认识和批判也更为坚决和彻底，但是，正如这一文化的中坚力量鲁迅所反复强调的，他们只是历史的中间物，是历史过渡过程中的过渡者，他们这一代人在思想文化上，还肩负着过去的重负，不可能彻底地建设起真正现代性的文化。他们在历史中所担负的主要是批判和摒弃的任务，在这一基础之上的文化建设还有待于后来者的继续——这不是五四一代人的缺陷，而是历史正常的进程。因为任何时代的文化转型都不可能在一代人中间、由一代人建设而成。所以，五四一代人的传统文化批评在今天看来也许有过激之处，但它却是历史所必需的。事实上，五四选择这种“矫枉过正”的理由早已为个中人，如鲁迅等人所明确指出，他们的做法是适应历史需要的一种权宜之策。我们在今天没有必要过分纠缠他们的反传统，也没有必要对他们过分的美化，我们应该把它看作是一种发展中的事物，它既有自己的贡献，也有自己不可避免的缺失。

所以，我们认为，五四是中国启蒙运动的一个必备阶段，一个重要的甚至是关键性的阶段，但是，如何在承继五四成果的基础上对五四进行完善与超越，克服五四的局限，完成五四一代人未完成——事实上也不可能完全由他们来完成——的自我启蒙和文化建设事业，是当代知识分子正确对待五四运动的一个重要思想前提，也应该是后来的中国知识分子进行自我启蒙的主要内容。

在五四运动的初期，知识分子的自我启蒙运动得到了良好的继续和发展。在五四之初的各种社会思潮中，知识分子的自我启蒙都是其中的主体内容。“个性解放”成为五四思想的主导，“民主”与“科学”在知识分子思想中引起的巨大反响，“新村运动”“科学救国”“文学救国”“教育救国”等多种思潮的出现，以及五四知识分子小说中普遍的自我剖析倾向，都可看作是五四知识分子对自我蜕变和发展的典型表现。

但是，遗憾的是，五四并没有将这一启蒙使命很好地继承，相反，在五四后期的思想运动中，知识分子的自我启蒙已经在很大程度上被夭折。知识分子的自我启蒙，在五四时期经历了一个实质性的变异与转移，五四之后，它更陷入了长期的中断。

这一变异有两种具体的表现，之一是部分知识分子以彻底公开的姿态，摒弃了曾经在社会文化中的主导地位，放弃了以自我和现代性思想为主体的启蒙文化精神，转而依靠其他文化（主体上是农民式封建文化），成为这些文化的摇旗呐喊者。这一文化态度在五四中后期初露端倪，在20年代后期和30年代更成为知识分子的常态。其范围之广，影响之广，这里已无须赘言。另一种则表现得隐晦与曲折些，知识分子还继续主张启蒙，只是他们的启蒙对象不再是自我而是完全转移到了下层社会大众，他们在启蒙运动中的定位，不再是一个自己启蒙的角色，而是以一个先觉的启蒙者自居，以启蒙指导者的身份对社会大众进行启蒙——应该说，知识分子对其他阶层的启蒙在五四前就已出现，我们也不否认这一启蒙应该是启蒙运动中的一个部分。但是，知识分子以对他人的启蒙来取代对自我的启蒙，无疑是一种逃避与放弃。这一情形成为一种时代性趋势，正是从五四后期开始的。

上述两种变异方式外在表现上两样，但内在精神却有着大的一致性。它们的内在心理机制是匮乏自我信心，缺乏坚定的韧性。知识分子们放弃自我启蒙而急切地将启蒙对象转移到其他人身上去，正是因为他们对自己的力量已经不自信了，他们迫切地希望借助其他阶层的力量来卸除自己的责任。而在现实中这一“启蒙”是不可能迅速见出成效的，急切之下，他们就彻底放弃了自己以往的文化建设，转而投往农民文化和政治功利式革命（这一革命实际上融合了中国传统的农民革命的诸多因素）。——事实上，在五四一代人身上，这两种表现并不是截然分开的，而常常是二者的合一。比如陈独秀、郭沫若的创造社群体，甚至包括鲁迅，在五四初期，都曾经担任着对他人的启蒙指导，或是“为艺术而艺术”的鼓吹者，他们都曾表示过明确的指导或鄙弃大众的思想倾向，但在稍后不久，他们又转而表示了对大众思想文化的热切认同，并在五四之后逐步表示对大众力量的臣服，成为工农文化的热烈宣传者和膜拜者。

可以说，五四知识分子自我启蒙转移至中断的原因非常复杂，其中，也包含着知识分子自身的原因。

正如前所述，中国知识分子长期依附性而致的自主性丧失、缺陷的潜在影响，都决定了知识分子的自我启蒙的艰巨、长期和曲折，而中国的纷繁多变、灾难深重的近代史却没有余裕来让知识分子自如地擦洗自己的伤口，悠闲地进行对昔日自我的蜕变。在这种情况下，知识分子所进行的思想文化往往会出现两方面的发展趋向。一方面，他们往往容易变得急迫和功利，会舍弃虽然是有效和必不可少的但却显缓慢而艰难的道路，而选择急功近利的竭泽而渔的方式（康有为、孙中山和鲁迅等都有过类似的道路转化经历），甚至为了眼前的局部的利益而放弃更长远更彻底的建设；另一方面，他们又往往是脆弱的，是缺少自信心的。康有为在戊戌变法中的色厉内荏、外强中干，梁启超的缺乏主见、书生意气，以及众多启蒙者们自我思想的持续倒退（如严复、康有为、梁启超等都是如此），五四一代人对传统文化不无偏激地彻底摒弃，都可以看作是这一思想趋向的突出表现。当这两种趋向发展到一定程度，自信心的匮失和功利心的膨胀达到一定限度时，知识分子就可能会以放弃自我启蒙的极端方式来缓解他们的内心重负。

启蒙知识分子的这种思想状况，在五四时期体现得最为突出。因为虽然他们吸取了前人的启蒙成果，在思想的现代性上有了进一步的发展，但在精神的脆弱和缺乏自信上，他们与前人并没有两样。甚至由于他们经受了比前人更多的失败（尤其是辛亥革命的失败），他们心情的急迫和功利心更强，自信心却更弱了。像五四运动的主将陈独秀、鲁迅等在五四前都经历过内心的强烈溃败感和虚无感。而尤为重要的是，正在这时候，苏俄的十月革命的胜利，更激发了知识分子们想要快速成功的心理，也使他们倾向于放弃对自我文化力量的信心和力量，却以一种依附心态去寻求和依靠下层大众[①]。时代似乎给予了他们放弃自我启蒙的理由和契机，于是，在时代的激励下，他们将前人曾经主要是表现为潜在性的弱点充分而显在地表现了出来——这，就是在五四文化运动中后期开始表现出来的知识分子放弃自我启蒙的文化潮流。

中国知识分子自我启蒙运动的中断，并不单纯是知识分子自己的责任，但客观上，知识分子自我启蒙的中断构成了一个确实而影响深远的事实。在五四结束之后，中国知识分子继续进行自我现代性文化建设的已经成为罕见的少数，依附各种政治势力者成为主体。并且，在时代社会的压力下，真正独立的文化建设者生存环境愈显困难，社会影响也日渐减少，他们已经构不成知识分子思想的主导方向。

---

① 李大钊的《庶民的胜利》等文明确地表达了这种思想。

这一中断的后果是严重的。最直接的是它阻断了五四启蒙运动的深入进行，也导致了五四的启蒙没有取得系统完备的成果，没有完成真正切实可行的文化建设①，而是如昙花一现，在留下一些破碎的印象之后就迅速淡出历史舞台。五四以后，这一文化建设更是长期呈现停滞和倒退的局面。

更重要的后果还在于它对启蒙运动的主体——知识分子主体精神产生的巨大戕害上。正如前所述，五四一代知识分子在早期启蒙运动的熏染下，已经初具现代思想形态，但这一成果在五四后却受到了很大程度的损伤。五四的失败，不但使知识分子的思想文化发展少有突破，而且在知识分子的道德人格发展上，也呈现下滑的趋势。在此后的岁月中，随着社会政治环境的驱动，知识分子的下滑路途走得更快也更远，五四一代知识分子初具的现代性思想和独立的批判性逐步被时间淘洗干净，启蒙前的传统知识分子对权力的依附谄媚陋习又回归到知识分子身上（我们可以比较一下蔡元培先生对北京大学学生“不做官”的期待和30年代后知识分子对政治热衷的现实）。许多知识分子逐步完全失去了自我主体性，失去了对事物独立而清醒的判断能力和批判性，渐渐沦为政治力量的工具和奴隶——这是中国现代以来数代知识分子自我思想和命运的真实写照，也是中国启蒙运动以来知识分子的一个巨大倒退。

启蒙者以这样的启蒙准备去进行所谓的大众“启蒙”，其结果是可想而知的。所以，五四之后，启蒙运动貌似在继续，实质上却是知识分子的屈辱和精神倒退史，是知识分子和大众的始终分离。在中国现代历史中，知识分子没有表现出其独特的精神力量和清醒思辨能力，没有以其独立的精神姿态和思想立场成为大众的楷模和精神引导者，相反，他们如大众一样，尽显软弱、幼稚与卑微。所以，在这段历史中，中国知识分子不但未能使民众走出愚昧和封建，相反，是知识分子屈服于愚昧之下。现在，众多的批评家们都把这段历史称为是知识分子的屈辱史，把它定名为“启蒙与被启蒙的错位”，但他们忽略了知识分子在其中的表现及其社会影响，

① 汪晖：《预言与危机》，《文学评论》1989年第3期。

以及应该承担的责任。在中国现代知识分子被“改造”被奴化的过程当中，除了被形势所迫，其中是否也包含着自觉地皈依的因素？我们在为知识分子的惨痛历史抱屈诉苦的同时，是不是也应该对知识分子本身提出一些缺失供他们自己反思与咀嚼呢？——正像我们的知识分子们，在对中国历史与社会的悲剧进行反思时，往往喜欢将责任推给悲剧的直接制造者。

这里，我们想起了著名的启蒙者鲁迅在开始其启蒙事业时的一个著名比喻，即关于“铁屋子”的比喻。现在看来，通过“启蒙”，确实把众人从“铁屋子”中唤醒了，但是醒了之后如何呢？没有方向道路的指引，醒来者只有依靠自己原始的盲目的寻找，这样的知识分子必然会陷入如鲁迅的另一篇名作《聪明人、奴才和傻子》中的“聪明人”的尴尬境地。而其发展的最终结果必然是“唤人者”反而成了“被唤者”的精神奴隶，“启蒙者”变成了“被启蒙者”的附庸者。

当然，我们在这里评说五四和中国的启蒙运动，并不是对启蒙先驱们进行苛责。因为我们也知道，中国知识分子启蒙运动的中断，更关键的还是因为外在社会的影响和干预，知识分子首先是以历史的受害者形象出现的。我们评述历史，是为了关注现实——在很大程度上，当前的社会文化现实与中国启蒙运动的未完成状态之间有着直接而必然的联系。

我们首先来看看作为启蒙的主体——知识分子在当代社会中的形象和表现。正如我们在前面所分析的，知识分子昔日启蒙失败的历史，促使他们失去了以往的社会启蒙者的形象和地位（即使以往这一形象在很大程度上是知识分子自己加封的），并与社会大众形成了隔膜——强烈讽刺知识分子和“启蒙”的王朔小说在大众中的广受欢迎正典型地体现了这一点。对此，20 世纪 80 年代重新开始的新启蒙运动试图对之有所改观，并也取得了初步的成绩。但总体而言，80 年代的启蒙在很大程度上还是援用五四的知识分子指导式的启蒙方式，在内容和形式上都没有大的更新和发展。并且，80 年代启蒙的时间相当局促，他们的自我发展未能得到充分的展开。因此，他们并没有完全取得与大众的亲和，没有改变在“启蒙”历史中形成的弱者和陌生者形象。

20 世纪 90 年代市场经济中知识分子的表现，则不但没有改善知识分子以往的形象，相反是更促进了人们对知识分子的鄙弃与疏离，使自己的形象显得更加可疑。90 年代知识分子形象中，最突出（尽管并不占人数的绝大多数）的是利用自己的知识与权力和金钱相结合者。他们欣然地进入物欲文化与权力文化的勾结与合谋的世界，对它进行推波助澜，成为这一经济转型时期窃国者和物欲放纵者的帮凶和积极参与者。他们所关注的只有自己的利益，而抛弃了广大的普通大众。另有一些知识分子则以“后现代”文化为借口，宣称对于知识分子责任的完全放弃。他们不顾中国社会众多处于前现代的民众生活和政治体制，在理论上为营取私利者张目助威。而实质上，这种理论的精神实质是对于自我责任的彻底逃避，是他们迎合物欲时代的一块遮羞布。这些“知识分子”的行为与言论，无疑更促进了人们对他们的怀疑，也扩大了他们之间的距离。

而如果说，上述知识分子对金钱或权力的投靠并不能代表整个知识分子的话，那么，他们所代表的人格和道德的萎缩、精神气质的犹疑，就是当代知识分子集体性的表现了。就知识分子的大多数而言，他们并不都愿意放弃自己的人格和精神去投靠物欲或政治，但他们缺乏的是足够的勇气、信心和力量，他们往往是徘徊在金钱与精神之间。于是，他们如一片灰蒙蒙的没有特色和个性的群体，既缺乏个人道德的坚强自律，往往失落于物欲大潮中，只能表现为犹疑和无力的形象，显得非常的模糊含混。

于是，在人们的视野里，触目所及的“知识分子”已经完全失去了知识分子的精神和文化特质，以至在今天现实中，我们似乎已经很难寻找到具有真正奉献精神和无私品德，可以奉为精神和道德楷模的知识分子——顺便说一句，前一段时间，部分“知识分子”对“无私”一词做了大量的学理剖析，论证这一概念的伪善性。但这一论证正反映了知识分子理想的萎缩和心灵的狭隘。因为也许不存在彻底意义上的无私，但它作为一种品德、一种人格和一种行为方向，是完全具有现实性的。即在现实生活中，也确实存在着完全不为自己考虑的个人和集体行径。知识分子对这一概念的放弃，也反映了他们自己精神力量的无能为力——我们只要将这些“知识分子”与五四及更早一代知识分子的忧国忧民和“铁肩担道义”的形象比较一下，就可以看出当代知识分子的蜕变和萎缩是多么之厉害。可以说，他们中的相当部分已经成了当代文化中的精神侏儒，已经完全承担不了“先行者”的责任。

当然，我们不排除在当代知识分子当中，也有着少数承延着知识分子的自律传统，具有热血精神的道义之士，他们对社会物欲横流的现实状貌进行了激烈的批判，表现出知识分子的道德精神力量和对启蒙精神的复归（当然，我们并不是说持“批评”态度者与道德自律之间有必然联系，一般而言，他们的优秀只能体现在相对的比较上），但是，他们的启蒙呼声却没有得到社会的积极反响，也没有产生积极的社会效应。其原因是在于他们启蒙思想武器的陈旧，在于他们缺乏知识分子整体的精神和人格力量——实质上，也就是说，他们有社会启蒙的愿望，却没有了启蒙的力量，没有深厚的启蒙资源为支柱，他们承担不了启蒙的重任。所以，在当前的社会文化中，他们没有提出任何对当代社会有针对性和实效性的文化建设策略，他们面对社会的物欲狂潮的批判也显得非常勉力（更缺少有力的政治批评），甚至有人表现为以精神的倒退和绝望的诅咒来对抗现实①。他们的绝望姿态，其实又从另一个侧面表现出知识分子自我精神的滞后性，反映出他们主观理想与实际能力之间难以弥合的距离。

这一切，与中国知识分子自我启蒙的长期中断有着直接而必然的联系。知识分子在现实物欲面前的失态表现源于他们内心的软弱和匮乏独立性，其中的人格卑下更是长期以来部分知识分子精神劣症的集中爆发，而困惑着当前更多知识分子的精神方向问题，也与知识分子长期形成的精神萎缩症有密切相关。当前社会思想文化的迷茫困惑，精神信仰的虚无化表现，正是源于知识分子自身的迷茫和缺失，源于他们在长期失去自我主体之后无所依靠和无所选择的两难心境。精神的迷惘，使他们没有足够的勇气也没有足够的精神力量来对付现实，更无力承担对社会文化的引导作用。他们是知识分子自我启蒙长期中断的精神产物，是启蒙资源严重受损的现实表现。

而当代社会的现实文化又急切地需要引导与发展。社会文化的混乱、

---

① 这一传统，我们可以在鲁迅至高晓声的批判“国民性”的乡土文学创作历史中得到清晰的印证。

社会道德理想的丧失、精神信仰的缺失，以及对金钱利益的过分追求，导致了当前社会人际关系的淡漠和社会风气的纷乱——可以说，在中国社会中，尽管在经济政治上尚有很多方面处于前现代时期，但却涌现出了许多西方后现代的文化和精神病症。并且，个别人物质的富庶并没有促进社会的文明化，而是促进了社会对物质欲望的崇拜潮。这种状况固然与欲望的畸形膨胀有着直接的关系，但同时也显示出当代文化建设的严重不足。

时代对精神启蒙需要的迫切和知识分子令人失望的现状形成着强烈对比，于是，知识分子的自我启蒙问题又很显著很严峻地被提了出来。无论是历史的审视还是现实的需要，都要求中国知识分子进行一个对自我的艰难蜕变和文化建设，使自己在思想文化和人格建设上都有新的发展，才能适应时代精神建设的需要，承担起时代“启蒙”的重任。对于知识分子具体的自我启蒙方式，这里不多做探讨，我要强调的是，任何启蒙方式都不可缺少知识分子自我精神的磨砺，不可缺少他们自我道德和人格的建设，尤其是他们应该摆脱对于金钱和权力的附庸，树立自己独立的人格和精神面目，以真正具有现实针对性的方式面对大众——因为，当代社会所要求的启蒙，不是以往的高踞于大众之上，借政治权力的力量对大众指手画脚、颐指气使的“启蒙”，也不是自我责任推卸式的“启蒙”，而是真正意义上的现代启蒙；当代社会所要求的知识分子，不是以往借权力或金钱之手愚弄大众者，也不是现实的迷茫无措的自我精神匮乏者，它所需要的是以良好的自我人格和形象，以真正的文化建设和道路来引导人们改造社会、促进社会变革与发展的现代知识分子。

知识分子转化自我与建设自我的过程不可能是一蹴而就的，对于中国当代知识分子来说，这是一个艰难而严峻的挑战。但在艰难的时代面前，中国知识分子们已无退缩之路，因为在一定程度上，中国知识分子能否完成对自我的启蒙，能否以成熟的启蒙姿态参与对大众的启蒙，决定着当代中国文化发展的方向，也决定着中国社会能否在真正现代化的道路上健康前进。知识分子的这一使命，艰难、痛苦，却又是无可推卸与选择。我们期待着中国知识分子的“凤凰涅槃”式的再生，也期盼着中国进入一个真正的启蒙时代。

20世纪40年代战争规范与制约下的文学论争[①]

20世纪40年代中国所处的是艰难而紧张的战争环境，战争给这一时代所有的一切都加上了规范和制约，文学自然也不例外。战争对文学提出的特殊要求，不同政治力量对文学的争夺，使40年代文学的政治色彩异常强烈。在这之中，作为一种论辩形式本身就寓含着一定的对立因素的文学论争，战争政治的规范和影响体现得更为突出。总体而言，40年代的文学论争具有两个突出的特点：其一是论争频繁。从抗战开始，到新中国成立，文学论争贯穿了整个40年代，几乎从未中断过；其次是这些论争往往体现为不同政治思想、观念和势力的冲突和交锋。在这些论争中，构成论争的核心并决定论争的进程和方向的，不是文学自身，而是政治和战争。

一

与20世纪40年代的整体政治氛围一样，40年代的文学论争也经历了一定的阶段性，其中也包含着发展和变异。

抗日战争刚刚开始，文学界就爆发了关于“旧形式的利用”的文学论争。这一论争的现实前提是战争文化的现实需要与文学自身发展和完善间的矛盾。由于民族矛盾的特殊性和时局的紧迫性，与时代作家的团结抗战

① 本文2002年发表于《南京师大学报（社会科学版）》第1期。

态度相一致，参与这场论争的几乎所有人，都保持了基本观点的一致性，即以服从战争局势的需要为首务，借用“旧的形式”宣传抗战、鼓舞民众，认为这不但可行，而且是值得提倡之举。只有个别作家（如艾芜等）注意到文学与宣传间的差别，对利用旧形式提出了异议。双方意见虽有歧异，但方式却是平和的。

“旧瓶装新酒”的口号得到绝大多数作家的赞同，显示了抗日战争初期的文学论争与民族战争的密切联系，或者说，战争形势的紧迫、民族政治矛盾的激化，掩盖与缓和了民族内的政治矛盾，也使这时候的文学论争具有了在政治一致下的高度和谐。

紧接着进行的另一场文学论争——对梁实秋“与抗战无关论”的批评，显示了这一和谐一定程度上的持续。但是，在这一论争中，已经初步显示了整体和谐之中的一些不和谐音符，它表示出由于文学对于现实政治的独立要求，由于民族内部的政治纷争的介入，整体的抗战文学阵营内部已经出现了分歧。这场论争的激烈化和情绪化都远远超过了“旧形式的利用”的讨论。

从历史的角度看，这一批评的产生是有一定的时代合理性的。尽管我们在今天可以以“完整地理解前面所引述的那段文字，却无论怎么推敲，也不能说它有什么原则性的错误，把这段文字中的一句话孤立起来，演绎为‘抗战无关论’或‘要求无关抗战的文学’”① 来为梁实秋辩解，但是，如果我们考虑到当时所处的时代，就可以明白这一批评的必然性。

这一论争的发生是在 1938 年，中华民族正处于民族战争的艰难之中，国家和民族的生存遇到了很大的危机。在这种情况下，当时大部分作家都放弃了以前习惯的文学创作方式，将全身心都投入到抗日战争中来，有的作家直接从军，更多的作家则纷纷以适应现实宣传的需要，借用质朴、简单的“旧形式”来反映现实，为抗战服务。

尽管我们同意梁实秋对当时文学现状所做的成就不高的评价，也肯定文学自我发展和完善的追求愿望，赞同抗战文学应该有一个大的变革和发

---

① 柯灵：《现代散文放谈——借此评议梁实秋与“抗战无关论”》，《文汇报》1986 年 10 月 13 日。

展，但是，我们更应该肯定抗战文学作者们的这种现实奉献精神和所选择的创作方向，在现实民族存亡面前，文学向现实政治的倾斜无可非议。在这个意义上，梁实秋所提出的“于抗战有关的材料，我们最为欢迎，但是与抗战无关的材料，只要真实流畅，也是好的，不必勉强把抗战截搭上去”[①] 的说法，虽然反映了一部分忠于文学的作家对于文学为现实所羁绊的不满，表现出改变文学艺术性匮乏的现实的愿望，但是，它显然是对战争时代文学要求的一种悖逆和否定。所以，他的文章一出现就遭到众人的集体批判，是完全合乎情理的一种行为，也是时代文化的切实反映。

值得我们更为注意的是批评家们所采用的批评方式和批评话语，以及在论争背后所体现出的政治文化色彩。因为，时代的民族战争要求与文学自我完善愿望间的冲突固然是引发这一论争的主要原因，但是，从论争的程度和情绪化倾向看，原因显然更为复杂，战争时代其他政治因素的掺杂，是促进论争激烈化的重要因素。

这首先体现在批评家们对梁实秋所处位置的关注上。梁实秋的文章是发表在国民党的党报《中央日报》上，他本人任该报编辑，有一定的官方性质。批评家们对梁实秋和他的观点的批判实质上也蕴含有针对国民党政府的含义，其背后当然隐含着政党之间的利益争夺。正如有人曾指出的：“论争的矛头是直指国民党的喉舌《中央日报》。”[②] 至少有一些批判者抱有这样的意图：即通过对《中央日报》这一媒体的批判达到打击国民党势力的目的。这是导致批判家们对梁实秋的言论特别敏感，火力也特别集中的一个重要原因。

其次，梁实秋与左翼作家之间的宿怨，尤其是他始终坚持的自由主义文学观念，也是促使批评剧烈化的一个因素。梁实秋的文学观念一直是自由主义的，他反对阶级性和文学的功利性，强调文学的审美价值取向。在30年代就受到过左翼作家和鲁迅的批评。抗战中，梁实秋的自由主义文学观依然故我。如他曾说：“国家是需要统一的，对外是需要团结的。但是思想不需要统一。”“国家统一，对外团结，也只是在大处着想，人的私下

① 梁实秋：《编者的话》，《中央日报》1938年12月1日。

② 徐乃翔：《抗战时期文学发展的几个特点》，《抗战文艺研究》1983年第4期。

行为动态仍然各享自由，无须在任何方面皆求其清一色。”“运用自己的脑筋说自己的话，是我理想中的写作态度。”① 这一观点，与左翼作家思想显然是对立的，也容易使左翼作家们想起昔日的争论，从而将政治色彩带入论争中。

“与抗战无关论”的论争初步显示了抗战初期的和谐氛围是不牢靠和短暂的，在此后不久所进行的对沈从文“一般与特殊”、张天翼“歌颂与暴露”的种种论争中，都更大程度上反映出文学论争在战争政治影响下的激烈化发展。

对沈从文思想的批评，与梁实秋一样，沈从文始终疏离政治的文学身份起了很大影响，他的坚持非功利性文学的主张更与战争时局对文学的要求构成着尖锐冲突，对他的批评是战争政治对文学制约的典型体现。在对张天翼《华威先生》引起的“歌颂与暴露”批评中，作品的政治性功能和对现实政治的影响是论争双方最为关注和构成尖锐对立的地方，而这一文学论争对于国民党政府采取更为严厉的文化管制政策的直接影响，更体现了文学论争的强烈政治性，以及政治和文学间所存在的强烈互动关系。

二

抗日战争进入具有转折意义的“皖南事变”后，国民党进一步加强了对文学和文化上的管制，文学生存的政治环境更加严峻，文学上的论争也向更强烈的政治化方向发展。

1941 年前后进行的对“战国策派”的论争就是典范。在这一论争上，充分体现了国共政治双方对文学权力的争夺和政治势力的对抗，体现了国民党的战争专制和共产党及人民大众反专制、争自由思想的矛盾冲突。

这首先是由“战国策派”文学主张中的政治倾向和政治文化色彩导致的。作为一个具有强烈政治色彩的哲学文化团体，他们的思想受到尼采“超人”哲学的深刻影响，他们的文学主张具有强烈的民族主义倾向，他

① 梁实秋：《梁实秋文学回忆录》，岳麓书社 1989 年版，第 115 页。

们希望国家能够凭借强有力的文化和政治统治强盛起来，而文学应该承担为国家服务的这一任务。所以，他们提出“军事第一，胜利第一”“国家至上，民族至上”和“意态集中，力量集中”的政治文化主张，提倡带有强烈政治倾向色彩的“民族文学”，并在所创作的文学作品中大力歌颂“领袖”。这一思想倾向显然与执政的国民党政府极为合拍，受到他们的大力欢迎。所以，虽然历史已经证明“战国策派”成员与国民党政府并没有直接的联系①，但二者思想上的共通性是应该承认的。

这样的政治思想背景，决定了对“战国策派”的论争必然不是纯粹的文学意义，而是具有政治党派意识的斗争。所以，尽管从文学角度来看，“战国策派”的文学创作是并不成功的，其中的理念化，说教式的工具化，使他们的作品缺乏生活的真实性和形象性，存在人物形象单薄、内涵苍白的缺陷，但是，论争双方都不是将立足点放在这一方面，他们关注的是作品的现实政治意义，是它的思想内涵。

在“战国策派”提出他们的文学主张后不久，国民党政府就对他们表示了支持与回应。国民党政府宣传部长张道藩呼应“民族文学”的口号，强调“当前的急务”是“建树独立的自由的民族文艺”，并以各种方式支持“战国策派”作品在大后方的传播，使“战国策派”文学形成一时风潮。这些青睐，体现了国民党政府强烈的政治功利色彩。

与国民党的赞扬相反，左翼批评家们对“战国策派”进行了尖锐的批评，与国民党的赞扬角度一样，批评家们也极少着眼于文学艺术，主要从政治意义和内容方面进行批评。这些批评不只是带有强烈的政治意味，更直接导致了具有强烈政治色彩的文学行为。

我们以对陈铨的戏剧作品《野玫瑰》的论争为例。这一作品是“战国策派”文学的代表作，因其体现了强烈的民族主义文学特征而受到国民党政府的推崇，并受到国民党教育部学术审议会的“二等奖”奖励。而批评界的批判声音也是非常强烈的。戏剧界二百余人联名致函表示抗议，说：“《野玫瑰》曲解人生哲学，有为汉奸叛逆制造理论根据之嫌。如此包含毒

① 文天行：《重评陈铨抗战时期的文学创作》，《抗战文艺研究》1987年第1期。

素之作品，则不仅对于当前学术思想无功勋，其与抗战建国宣传政策相违，危害匪浅。……”还有文章进行了申讨：“战国策派理论是近几年来在中国大后方出现的一种法西斯理论”，他们“歌颂对内独裁、对外侵略的法西斯主义”“是法西斯的走卒”“为希特勒、墨索里尼、东条英机歌功颂德”。[①] 更有文章宣称：“《野玫瑰》是抗战以来最坏的一部剧作。……在意识形态上，它传播汉奸理论。……是最有毒害的一部剧本”，是“糖衣毒药”。[②] 强烈的政治宣判已经融入了文学批评之中。

如果说，关于“战国策派”的论争虽然明确地体现出论争双方的政治交锋，但毕竟被批评者尚有说话的机会，尽管批评与被批评双方的地位和力量不对等，但并没有谁的发言权利被剥夺，那么，1942 年出现的“王实味事件”则已经很难说得上是一场文学论争，只能说是一场彻底的政治批判运动了。在这一运动中，被批评者王实味完全失去了自由发言和申辩的机会和权利，最后王实味本人更是被以政治和极刑的手段所处理，更遑言在批判中所用的极端政治言辞和批评方法了。在这一文学事件中，文学已被彻底剥夺了自己的位置，文学论争也彻底被政治异化了。

王实味事件之由文学论争上升为政治批判，最根本的原因是战争时代政治的制约。王实味所代表的有自由主义倾向的思想与战争一体化的要求是相矛盾的，尤其是在抗日战争进入相持阶段、国共两党矛盾明显的情境下，这种思想与战争时代的政治需要构成了尖锐对立，是绝对不合时宜的。

王实味事件是文学批评向政治批判转型的明确代表事件，但它绝非是孤立的事件。尤其是在抗战进入中期以后，随着战争形势的逐步明朗，民族战争向国内战争转移，文学论争的阶级性和政治性更强。如 1945 年进行的对《清明前后》和《芳草天涯》的论争，在 1948 年进行的“萧军事件”和对胡风“主观现实主义”的批判和论争，都已经彻底淘洗了这些文

---

① 谷虹：《有毒的〈野玫瑰〉》，重庆师院中文系：《国统区文艺资料丛编“战国派”2》1979 年版，第 230 页。

② 方纪：《糖衣毒药：〈野玫瑰〉观后》，重庆师院中文系：《国统区文艺资料丛编“战国派”2》，第 239 页。

学论争中的文学性，代之以明确的政治目的，而所采用的批评方式，也完全脱离文学领域进入到政治范畴中。与王实味事件相比，它们所区别的只是程度而已。

三

战争的政治文化背景，使20世纪40年代的文学论争在形式上呈现出政治化的程序，也使论争内容沾染上了浓厚的政治文化色彩。

首先是在论争的目的上，政治占据了绝对的中心，或者说，文学论争的实质其实是政治文化论争，是为政治文化服务的一种方式。

最典型的如“王实味事件”和《野玫瑰》事件，前面已做过论述，这里不多赘言。事实上，20世纪40年代的其他文学论争也同样如此。比如贯穿了几乎整个抗日战争的“民族形式”论争，就完全是政治的产物。它的发生、发展乃至中心观点，基本上都是在毛泽东的政治思想影响下进行的，毛泽东在《新民主主义论》中所提出的“新鲜活泼的，为中国老百姓所喜闻乐见的中国作风与中国气派”的政治思想成为整个论争的精神统帅，论争者的观点基本上都没有超出这一思想范围。作为“民族形式”的最初提倡者毛泽东来说，以通俗的大众化的形式更好地宣传政治思想、为战争政治服务，以“民族的形式，新民主主义的内容”，构成“我们今天的新文化”，是其政治意图的初衷，事实上论争的结果也正贯彻了这一思想。

再比如国统区对《芳草天涯》和《清明前后》的讨论，东北解放区对萧军的批判，以及新中国成立前夕对胡风的批评也都是出于同样的原因，是为了在抗战胜利后政党中的思想统一、为进一步的战争胜利的目的而进行的。扬《清明前后》而贬《芳草天涯》，是因为前者是典型的为政治服务作品，适应战争政治的需要，而后者的知识分子情调与战争政治的需求不太协调。萧军桀骜不驯的历史、自由职业色彩的文学观，使他不合于政治文化的时宜，也是他受到批评和流放的根本原因。

对胡风的批评，主要是因为他的文艺思想与毛泽东《在延安文艺座谈会上的讲话》的不一致，政治需要构成了批评的最主要目的。当时批评的参与者何其芳后来所说的话，真实地揭示了批评开展的政治原因和思想一统化实质，“毛泽东同志《在延安文艺座谈会上的讲话》到达了国民党统治区，并不久也就成了那个区域的革命文艺工作的指南，而这种明确的无产阶级的文艺路线就不但要破坏小资产阶级的创作情绪，而且必然也要破坏小资产阶级的文艺理论，从此以后，对于这种理论（指胡风的文艺理论。引者按）倾向的坚持就实质上成为一种对于毛泽东的文艺方向的抗拒了。”① 当时，周恩来对胡风谈话中提出的要求也是：“可以归为两点：一是理论问题只有毛主席的教导才是正确的，二是要改变对党的态度。”②

其次，在具体的论争操作上，也体现着强烈的政治色彩。如论争的话语、论争的手段，以及由讨论到批评到批判的程式，都可以见出强烈的政治性。

40 年代的几乎所有文学论争，很少有独立的文学内部的论争，都体现了一定的政治力量，论争的实力双方往往都是不平衡的。方式也很少有心平气和的商榷，多是政治意气的批评。如 1945 年批评《论主观》时，被批评的胡风希望“引起公开论争，辩明是非，一再请求主要反对者写文章，都遭到拒绝”③。王实味事件中，被批评者更被完全剥夺了说话的权利，纯粹沦为批评的对象。批评中，对王实味的称呼，从“同志”到“托派分子”的不断升级，都可以看出话语中的政治内涵。

在战争时代，话语的批评往往与政治的组织的批评是联系在一起的。此外，在对萧军等人的批评上，也表现出同样的政治组织手段与文学批评相结合的方式。

如对萧军《文化报》和《生活报》的论争，就受到了中共中央东北局的政治介入，它所作出的《关于萧军问题的决定》，称萧军“诽谤人民政府，污蔑土地改革，反对人民解放战争，挑拨中苏友谊”，号召“在党内外展开对于萧军反动思想和其他类似的反动思想的批判”，是对于萧军的政治批判和组织命运的决定，在这一批判下，萧军结束了自己的政治生命，同时也中断了自己的文学生命。

---

① 范际燕、钱文亮：《胡风论》，湖北人民出版社 1999 年版，第 126 页。

②③ 胡风：《再返重庆（四）》，《新文学史料》1989 年第 3 期。

在这之中，政治还直接决定着被批评者的经济命脉。中共中央东北局在对萧军的处理中有一条是“停止对萧军文学活动的物质方面的帮助”。这就彻底扼杀了萧军和《文化报》的生存基础：“纸张来源停止了，银行贷款取消了，《文化报》各个分销处不准代办了，各学校单位不许订阅了”①，在这种压力下，《文化报》被迫停刊，萧军也被安排到抚顺煤矿去接受改造。

随着政治的介入，不正常的、捕风捉影与断章取义式的批评方式也进入到20世纪40年代文学论争中，其中论争语言的激烈、态度的粗暴，更促进了文学论争的非文学化。如萧军和《文化报》的受批评，有一条重要理由是他在一篇报纸社论中说：“今年的八·一五就是标志着中国人民在共产党领导下，就要战胜我们内在的最凶残的人民公敌蒋介石和他的匪帮——决定性的契机。同时，也将是各色帝国主义者——首先是美帝国主义——最后从中国大地上撤回他们的血爪的时日。”就是这句话，被批评者们认为“各色”中包括了苏联，而被认为是“反苏”言论。这一举动，显然有捕风捉影之嫌。

再次，政治对文学论争的渗透还体现在论争者们的政治意识上。即论争者们态度和观点的变化，都有强烈的政治意识在内。许多论争者的发言，不是真正的自我文学观念体现，而是政治意图的表现。

最典型的如对胡风的批评。其实，批评者乔冠华、邵荃麟起初的文艺思想与被批评者胡风是很接近的，乔冠华的《方生未死之间》、邵荃麟的《对于当前文艺运动的意见》，与胡风的“主观战斗精神”内在精神上是一致的。尤其是当路翎的《饥饿的郭素娥》发表之后，受到茅盾等人的批评，邵荃麟却写了激情洋溢的文章为之欢呼，表示出强烈的认同感：“所谓艺术上的现实主义……必须从社会的人底内心的矛盾和灵魂的搏斗过程当中，去掘发和展露社会的矛盾和具体关系……”② 甚至仅仅在批评胡风的前一年，邵荃麟还写了《伸向黑土地深处》，呼吁作家“主观战斗力量

---

① 王德芬：《萧军简历年表正》，《萧军纪念集》，春风文艺出版社1990年版，第783－784页。

② 彭燕郊：《荃麟——共产主义的圣徒》，《新文学史料》1997年第2期。

的提高"，"面向人生的追求和搏斗的人格力量"，观点、用语，与胡风都很接近。

然而，这并不妨碍他们对胡风文艺思想的坚决批评。对于参与这一批评的原因，邵荃麟后来有清晰的说明：这是"从统一战线的立场上来进行思想斗争"，"对于马列主义与毛泽东文艺思想的曲解，我们是不能不予以纠正的"①，显然，是政治因素导致了文学观点的隐退，党性原则的要求压倒了文艺本身的要求。这一点，是符合对于一个共产党员批评家的要求的：对于一名党员批评家来说，他最首要的身份是党员，其次才是批评家。对此，批评家朱寨后来曾深有感触："可以这样推断：曾为路翎的中篇《饥饿的郭素娥》称赞不已的荃麟、李健吾，如果读过这部长篇（《财主底儿女们》），除非是特殊原因，是不会保持沉默的。"② 而当时的被批评者胡风则没有从政治角度去理解这一批评，所以他的反应是很不理解："使我不解的是，许多他自己曾同意我的观点，现在一起批判但又不和自己联系起来。他能不负责任地忘了过去……"③

此外，在如"民族形式"，尤其是在王实味事件中，论争者们态度的转换也完全是以政治立场和政治态度为准绳的。尤其是《讲话》前后丁玲、艾青等人态度的急剧转变，都可以看出，完全是政治在左右人们的思想而非文学本身。

四

战争背景导致政治对文学论争的参与与渗透，对文学论争和文学发展都产生了很深远的影响。

首先，它助长了文学内部的宗派性，也促进了文学批评向政治性的转化。由于论争在战争情境下偏离了文学本体，政治和其他力量的介入，很

① 邵荃麟：《论主观问题》，《邵荃麟评论选集（上）》，人民文学出版社 1981 年版，第 208 页。

② 朱寨：《胡风论·序》，范际燕、钱文亮：《胡风论》，第 17 页。

③ 胡风：《胡风自传》，江苏文艺出版社 1996 年版，第 253 页。

自然地会导致非文学因素的昌盛，尤其是使原本就存在于中国新文学界的文学宗派性得到进一步的发展。

如前面曾谈到过的，这一时期对梁实秋、沈从文、胡风、萧军、王实味等人的文学论争和批评中，都与政治态度有直接关联，而且，论争双方文学观点和个人立场上的对立，也是促使此时期文学论争激烈化的重要原因。而反过来，不正常的文学论争，又促进了宗派对立的发展。

如对胡风的批评，就多少渗透了周扬、何其芳与之的个人恩怨在内，批评方式的不正常，又促进了宗派斗争的加强。延安期间，对丁玲的批评，也与她和周扬的宿怨有关。可以说，20 世纪 40 年代构成的文学宗派矛盾，与 30 年代的宗派斗争一起，埋下了新中国成立后历次文艺斗争的种子。

而 40 年代文学论争中采用的非法制性和非人道性方法，批评者动辄上纲上线的批评话语，将文学论争与政治密切联系，以及批判会式的批评方式，都对后来的文学论争产生了不良影响，为新中国成立后的文学运动提供了不好的先例。

其次，它也严重影响了文学论争的深入。由于战争政治的主导，可以说，20 世纪 40 年代的几乎所有文学论争，始终都是在政治问题上缠绕，没有深入到文学本体中去。政治目的达到了，文学本身却被疏忽了，真正的文学问题没有得到解决。

这里，我们想重点谈一谈对“民族形式”的讨论。应该说，这一问题绝非只是简单的形式问题，而是涉及新文学的发展方向的一个大问题。抗战初期的“通俗化和大众化”问题可以视为是它的先声。在抗战时期的特殊政治文化背景下，对它进行讨论是很有必要的事情。但是，尽管这一讨论持续时间不短，却没有取得真正的实质性的成就。“民族形式”被仅仅简单地等同于“大众化”的形式问题，而忽略了更广泛的民族精神和其他形式借鉴，所以，讨论最终的结果是对大众化民间形式的完全认同，是事实上的向大众化方向发展，是片面认可“民族形式”。

再次，不正常的论争还对论争者心灵产生了严重的不良影响。我们就以郭沫若在 1984 年发表的《斥反动文艺》一文为例。在这篇著名的批判文章中，郭沫若对萧乾、沈从文和朱光潜等人进行了公开的点名批评，其言语之激烈，态度之强烈，完全是政治上的判决与痛斥。文章产生了很大影响，也构成了对被批评者巨大的精神伤害。

如萧乾。在全国胜利前夕，他毅然回国定居，表现出强烈的爱国主义热情。在郭沫若的政治断语“蓝色文人”的影响和打击下，他的思想受到很大冲击，心灵受到巨大影响。据他自己后来说：“1949 年以来，……我的心态和生活习惯均发生了巨大的变化，就拿写信（以及讲话）来说，也懂得了加以克制。尤其是 1955 年胡风等人因信函获罪而锒铛入狱后，只要能口头或在电话上说的，我就不写。即使写，也只限于事务性的干巴巴的几句话。”①

作家的心灵正是在这样的行动中逐步被扭曲被伤害的，它对于文学的正常发展，对于良好文学环境的顺利形成，显然是非常不利的。

文学是自由的产物。在特殊战争文化背景下，文学的运作带有一定的功利性是完全可以理解的，所发生的文学论争带有较强的政治功利色彩也无可非议，但是，不管怎么说，这种情况对于文学本身的健康发展，对于文学讨论的正常进行，显然是很大的障碍。透过 20 世纪 40 年代文学论争，我们可以清晰地看出战争时代的独特文学背景，也可以看到文学发展的无奈、曲折和变异。

---

① 萧乾：《萧乾文学回忆录》，华艺出版社 1992 年版，第 20 页。

论20世纪40年代中国文学中的传统主题[①]

传统的回归：忠诚与伦理

在20世纪40年代中国文学中，出现了明确的回归传统的思想文化主题。它贯穿于整个抗战至新中国成立全过程，也包括了从国统区、沦陷区到解放区的几乎所有政治地域。

具体而言，这一主题首先表现为对传统忠诚和家国理念的张扬。爱国精神，是任何民族都具有的文化传统，而强调“忠”与“孝”的合一，“家国一体”，则渗透着中华民族的传统文化特点。这一点，在抗战初期文学中体现得最为充分。作家们在歌颂抗战英雄时，都特别凸显他们的精忠报国思想理念，张扬他们“忠诚民族”“报效祖国”“舍己为国”等传统精神品格。如萧乾的《刘粹刚之死》、老舍的《剑北篇》等作品，都通过对抗战英雄精神世界的挖掘，明确地表达出“家是国的一部分”和“忠孝难两全，舍孝而尽忠”的思想主题。

传统的忠诚意识，还表现在具体的服从理念中。因为服从是与忠诚紧密相关的一个概念，它既可表现为对民族对国家的，也可表现为对上级对主人的。所以，抗战文学中的许多作品，在歌颂英雄们英勇抗战的同时，

① 本文2002年发表于《江海学刊》第1期。

也赞颂了这种“以服从为天职”的军人品德。如抗战初期丘东平的《一个连长的战斗遭遇》和吴奚如的《萧连长》，两部作品的主人公都曾不顾生命危险英勇杀敌，却被上级误解，并且因为上级的或是虚荣或是愚蠢，他们都被处以死刑。对于这一明显错误的处罚，两部作品中的主人公都没有表示出丝毫的不满和反抗，而是表现出甘于服从大局、牺牲个人的隐忍精神。他们的行为得到了作者充分的肯定。

解放区的“英雄传奇”文学也表现出同样的特征，在《新儿女英雄传》等作品中，党的领导、党的精神统帅着英雄们的根本思想力量，英雄们精神的基本起点和最后归宿就是对党和上级的忠诚与服从。显然，是时代，是传统的忠诚理念在指导着作者的创作和英雄们的行为，也制约了英雄们自我精神的自觉和主导意识。

在忠诚理念之外，传统主题还表现在其对于传统伦理道德意识的认同上。应该说，在 20 世纪 40 年代文学中，也出现了一些继承五四精神、张扬个性解放的作品。如巴金的《寒夜》，就表现出对于独立个性精神的坚持，曾树生的形象曾被人视为是“40 年代个性解放的一道曙光”。在解放区文学中，表现反抗封建婚姻的作品为数也不少。但是，在 40 年代的文学大潮中，《寒夜》式的作品是非常稀少的，甚至曾树生的形象在问世时还曾受到过许多人的批评与否定。与此同时，解放区的反抗封建婚姻作品也并非简单地反抗封建家庭，而是体现出非常复杂的思想内涵。

在国统区，20 世纪 40 年代的文学主流，是像老舍的《兄妹从军》《火葬》、靳以的《前夕》式的作品，它们的主题是在忠诚和爱国前提下对于忠孝伦理、传统婚姻和生活方式的肯定，其中包含着强烈的传统伦理意识。像《兄妹从军》宣传的是“男在外尽忠，女在家守节”的道德理念，《前夕》中作为楷模进行赞颂的，是为了孝敬父母和照顾家庭而自愿牺牲了一切，甚至放弃了自己爱情的少女静宜，这一形象完全称得上是传统“孝女”的典型。

《兄妹从军》和《前夕》只是突出的例子，在国统区文学中，类似的作品很普遍。我们只要将曹禺在抗战时期改编的戏剧《家》与巴金的原著小说做一比较，就可以清晰地看出 20 世纪 40 年代的文化精神与五四时期的个性解放相比有了怎样的变异，反封建主题如何转变为歌颂忍让和静谧的传统美主题：巴金张扬的高觉慧对家庭的背叛主题，已经让位给了曹禺对于温淑贤良、甘于自我牺牲的瑞珏的赞美。

解放区文学则相对复杂一些。一方面，其中确实出现了很多表现反抗传统家庭观念的作品。如梁彦的《磨麦女》、温馨的《凤仙花》、丁玲的《夜》、康濯的《我的两家房东》，以及阮章竞的《漳河水》等，都表现了在新的政治形势下妇女的生活变化，她们在共产党的领导下反抗传统包办婚姻和走出传统生活方式的过程，都体现出反封建的思想主题。

但是另一方面，这种主题的表现又是很有限度的。首先，在解放区文学中，与反封建主题相对立的传统道德文化意识表现得很普遍。如赵树理的小说《小二黑结婚》中不自觉地对“三仙姑”的丑化，傅铎创作的歌剧《王秀鸾》中对“孝媳妇”的传统伦理赞颂，以及孙犁小说中大量的集传统美德于一身的青年妇女形象，都是以传统道德伦理为中心。其次，即使是那些表现妇女解放主题的作品，也多是强调妇女在经济地位和政治身份上的解放，在道德文化领域，作品的思想是很矛盾和迟疑的①，结局也很不明朗。像康濯的《灾难的明天》、梁彦的《磨麦女》、温馨的《凤仙花》、阮章竞的《漳河水》等作品，最后都是以妇女妥协式的和解和重新回归家庭的大团圆为结局。丁玲的《夜》中，没有爱情的何明华，为斗争和工作考虑，最终也放弃了对爱的追求，回归到家庭中。

而且，这些妇女的解放都存在着一个重要的，甚至是根本性的前提，那就是她们的反抗和解放都是在党的领导下进行的，她们的反抗也突出地表现为在政治上的积极要求进步，她们的行为也表现出对党和政府的严重依靠意识，在家庭和个人精神上的自主要求很弱。当然，这种情况很可能是现实生活的真实反映，然而，作者们对她们的这种缺乏自主的精神方式只有认同和歌颂却没有任何批评，就已经体现了这些作品中内在道德精神的非现代性。或者换句话说，作者们与其说是歌颂现代性思想，不如说是在歌颂现实政治对人们的解放，歌颂人们对于新政治的服从。传统伦理的

---

① 彭楚舒：《光辉下的误区——从一个视角看解放区本土文学》，《中国文学研究》1993 年第 4 期。

中心并未移易。

战争时代的特殊要求是造成整个 20 世纪 40 年代文学传统意识复苏的根本原因。在这个意义上，李泽厚以“启蒙与救亡”的矛盾来表达时代文化主流的变易是有一定道理的。确实，战争时代所需要的不再是崇尚分离与独立的个性，而是期望能够在大的民族文化合力下，聚集力量，完成救亡的重任。同时，民族感情的强调，以民族精神去号召大众，也是抗战政治的需要，它对民族文化的借取是必然的。

比如 20 世纪 40 年代文学中对服从、忠诚等主题的歌颂，就投射着真实的现实生活基础。战争时代，对于服从和忠诚意识有着特别的要求，集体利益和长官意志被充分凸显，个人个性则被自然地忽略和抹杀。传统家国忠诚理念的兴盛，则可以看作是一个民族遇到危难时很自然的精神回归，也体现了中国传统文化精华的生命力。

同时，它也是战争时代政治文化引导的结果。作为现实政治力量来说，他们需要以全民族的力量来完成他们的政治使命，并且也希望通过这种思想一统化，解决一直令他们头疼的思想多元问题。毛泽东的《在延安文艺座谈会上的讲话》就是充分意识到了这一问题，并意识到了政治思想统一下的文学宣传的意义：“他们迫切要求一个普遍的启蒙运动，迫切要求得到他们所急需的和容易接受的文化知识和文艺作品，去提高他们的斗争热情和胜利信心，加强他们的团结，便于他们同心同德地去和敌人作斗争。”① 在这一前提下，自然是强调大一统的传统文化而不是个性化的现代文化成了政治家们的首选。他们希望大家团结在“忠诚”和“道德”的口号之下，以完全放弃自我的牺牲精神为国家和为民族服务。

在现实战争的投射之外，传统主题的回归也映射出复杂的时代精神文化背景。最根本的是，它反映了 20 世纪 40 年代社会中现代性思想的单薄和脆弱。可以说，尽管经历了五四文化的洗涤和激荡，但是，在抗战来临时的 40 年代，五四现代文化还没有真正地进入到大众思想文化中，更不足以承担起与民族抗战相结合的功能，不能将个人解放与民族解放合二为

---

① 毛泽东：《在延安文艺座谈会上的讲话》，《毛泽东著作选编》，中共中央党校出版社 2002 年版，第 237 页。

一。在这种情况下的40年代文化，面临着更严厉、更急迫的民族战争任务，很自然地将个人解放置于次要、服从的位置。作家们也很自然地要到传统文化中去寻找精神资源来服务于抗战，因为他们相信，只有传统文化才能更好地服务于抗战现实，也只有传统文化理念才能得到大众的认同，起到好的宣传效果。而对于老百姓来说，他们面对着民族战争，在恐惧、流亡中度日，很自然地需要传统文化来作为心理支撑。因此，表达传统思想文化主题的作品，正是在这种主体和客体、创作者和接受者双方的激励下得到发展的。

老舍就是一个典型代表。应该说，老舍20世纪30年代的文学作品是不缺乏现代精神的，但是，为了抗战，老舍将自己的文学创作方向完全转移到功利性的通俗文学方面，在思想上，他也对传统文化进行了大量积极的宣传。他的《张自忠》，充分表现了对力量、军人和忠诚的崇拜；《四世同堂》，更是试图借助传统文化和美德的力量来作为反抗日本人侵略的力量。无论是祁家的“孝”，还是钱家的“忠”，都以楷模的形式承担了抗战文化的重任，是作品的中心所在。正如老舍自己所表述的“权宜之计”策略①，他确实是为抗战需要自觉向传统回归而牺牲了现代性思想的。

在现实民族解放的政治背景下，对于这一传统主题的复归进行简单的否定显然是不明智的，但是，从更高的文化建设角度来说，它的缺陷却又不可忽略。因为20世纪40年代的文化精神在现代性道路上，表现出了明显而巨大的倒退。甚至可以说，五四的文化建设使命，在40年代中产生了巨大的断裂。中国社会从50年代开始，至“文化大革命”达到高潮的崇拜文化思潮都与这一文化建设的中断有着直接的联系，而40年代以后作家知识分子们自主意识的不断萎缩，更可以说是这一时期放弃现代性，回归传统文化的精神产儿。

---

① 老舍：《我怎样写通俗文艺》，《老舍全集》第16卷，人民文学出版社1999年版，第215页。

传统的延伸：忧郁与变异的土地

20世纪40年代传统主题还有一种亚表现方式，那就是强烈的土地意识——土地意识并不完全是传统意识，但是，在抗战的特殊时代，它的内涵显然紧紧地联系着传统文化和思想观念。而如果说40年代的传统道德文化主题在总体精神上体现着回归方向的话，那么，土地这一亚传统主题的行为指向则要复杂一些，它在倾注传统文化精神的同时，也融汇了新的时代气息。

抗战是一场保家卫国的战争，也是凝聚着国恨家仇的战争。在这场战争中，中国人民遭受了巨大的生命财产损失，忍受着广袤土地的沦丧，无数家庭的漂泊和逃亡。自然，作为一个传统农业国家所有的对于土地的热爱，背井离乡的农民对于故土的深厚怀念感情，融合着传统的爱国主义意识，在作家们笔下真实而强烈地表现出来。

有着家园沦丧、漂流异乡之痛的东北作家群是土地意识表现得最为突出的一群，他们的创作也集中体现了将民族情感与土地意识紧密结合的特点。例如，端木蕻良曾经这样表达过他的土地观："在人类历史上，给我印象最深的是土地。仿佛我生下来的第一眼，我便看见了她，而且永远记起了她。……我活着好像是专门为了写出土地的历史而来的。"① 他还谈到了"土地"对于他创作的深刻影响："土地是一个巨大的影子，铺在我的眼前，使我的情感重添了一层辽阔。""土地传给我一种生命的固执。土地的沉郁的忧郁性，猛烈地传染了我，使我爱好沉厚和真实。使我也像土地一样负载了许多东西。"② 因此，他也自觉地去寻求对这种土地意识的挖掘和再现："风土是地方志，是历史，是活的社会经济制度，是此时此地的人们的活动的总和。人情是意识的形象，是人格的自由，是社会关系的总表征。"这种与故乡土地间的深厚情感，构成了端木蕻良纪念民族精神的代表性意象，也使他的创作成为20世纪40年代文学中土地意识表现得最

①② 端木蕻良：《我的创作经验》，《万象》1944年第4卷第5、6期。

为强烈的一部分。

他的长篇小说《科尔沁旗草原》和《大地的海》就是以沉郁而深情的笔致，对故乡东北土地的历史和现实做了动情的回顾，对生活在这片土地上的故乡人做了真切的描绘，表达出作者强烈的怀乡情绪和恋土意识。他的《大地的海》一问世，就受到了人们真切的评价："以雄健而又冷艳之笔，给我们画出了伟大沉郁的原野和朴厚坚强的人民。"①

端木蕻良之外，骆宾基的《乡亲——康天刚》《混沌——姜步畏家史》、萧红的《呼兰河传》、舒群的《没有祖国的孩子》等作品，也都是在描画东北故乡山水人物和抒发对故土文化精神的深切怀念中，表达了强烈的家园意识和忧郁的怀乡情绪。

东北作家之外的其他作家也有同样的情感和主题表现。表达对土地的爱的情感和对卫护土地者的歌赞，是其中最突出的部分。20 世纪 40 年代的杰出歌者艾青，以充满着忧郁和愁绪的抒情诗篇，对祖国的山河和劳动人民的生活进行了细致地描画，表达了他对于祖国土地和人们的一片深情。他的《我爱这土地》和《雪落在中国的大地上》中的名句"为什么我的眼里常含泪水？/因为我对这土地爱得深沉……"以及"雪落在中国的土地上，/寒冷在封锁着中国呀……"长久而深情地飘荡在抗战中凋敝荒凉的国土上，也充分体现了 40 年代中华民族的时代感情。臧克家也这样表达他的土地之情："《泥土的歌》是从我深心里发出的一种最真挚的声音，我昵爱、偏爱着中国的乡村，爱得心痴，心痛，爱得要死，就像拜伦爱他的祖国的大地一样。我知道，我最合适于唱这样一支歌，竟或许也只能唱这样一支歌。"②

巴金则以自己的爱心赋予那些为保卫国土而奉献了生命的牺牲者："我想，他们躺在棺材里该不会有怨言吧。他们跟着中国的土地受难，他们默默地交出生命，是为了这土地的生长而倒下了。他们用自己的血灌溉

---

① 王统照：《编后记》，《文学》1937 年第 9 卷第 1 号。

② 臧克家：《泥土的歌 · 序》，《臧克家文集》第 1 卷，山东文艺出版社 1985 年版，第 586 页。

他们所爱的土地，对这土地他们是尽了最后的力量了。”① 作家们的这种急切而深沉的土地情怀，将 20 世纪 40 年代文学的土地意识推向了一个集体情感的高峰。

另一些作家则以深沉的痛楚表达他们对于土地沦丧的悲哀，传达出被异族占领土地后的深切悲痛和伤害感。诗人戴望舒的《我用残损的手掌》和《狱中题壁》，就以痛切的语调，吟唱出面对着残破国土和凋敝民生的心灵之痛，悲怆和凄楚透过诗背。小说领域，田涛的《沃土》和碧野的《肥沃的土地》，都表达着类似的主题：土地虽然依然肥沃，但是，它已经被外族人所占领，土地的拥有者只能过着漂泊无定的生活，在死亡线上挣扎。陈瘦竹的《春雷》、姚雪垠的《长夜》等作品，则或写在离乱的农村生活中，人们为卫护家园而奋起反抗和斗争的故事，或写农民与土地分离后无奈为匪的生涯，都表达出了被剥夺了田园后农民生活的艰辛和情感的痛楚。

丰村和王西彦等人则侧重表现中国农民传统的深厚乡土感情，展示农民们的这种感情如何被侵略者伤害，他们又如何将这种个人感情与民族意识结合起来，使它升华为对于整个国家的热爱和忠诚。丰村的《大地的城》、王西彦的《眷恋土地的人》，都是其中的代表作品。这种土地意识升华，与抗战初期姚雪垠《“差半车麦秸”》等作品所表现的抗日战士的恋土情感，其间存在着内在而深刻的关联。它是土地意识与传统爱国意识深层次的结合。

20 世纪 40 年代文学中土地意识的凸显，是特殊政治文化影响的结果。最根本的原因，是日寇的侵略，中国的国土和人们的生命遭到残酷的蹂躏和伤害，作家们切身的漂泊生涯和对故土的怀念，激发了心中的爱国热情，土地意识是现实苦难的自然升华。同时，在人类生活中，尤其是在中国传统文化中，土地既是生存之源，也是灵魂安息之所，土地之中，寄寓着复杂而深刻的民族记忆、童年情感和家园之痛。民族性的土地残破和家园意识，在历经屈原、杜甫等伟大诗人们的歌吟后，已深深地刻入了中国文化传统之中，沉积着古老民族的历史记忆和文化情感，它与传统文化中

---

① 巴金：《生死者》，《巴金全集》第 13 卷，人民文学出版社 1990 年版，第 310 页。

的“家”“国”“君”等理念紧密相连。所以，40 年代土地意识强烈的作品，大多是出现在国统区文学中，这也许是因为国统区的作家生活更不稳定，他们生活的漂泊感和流亡感更强，同时也被所生活环境中的主流政治文化感染所致。相比之下，也许因为解放区生活的相对安定和政治上的相对边缘化位置，作家们写保卫粮食、歌颂战争的作品多，表现土地和流亡意识的则比较少。

一直到解放战争时期，解放区开始了大范围的土地改革运动，解放区文学中的土地意识才一下子凸显了出来——比较抗战中具有强烈民族和传统色彩的土地意识，解放区文学中的土地意识更多了阶级和现代内涵，它反映出时代政治变迁对于中国农村社会产生的巨大影响和震撼。丁玲的《太阳照在桑干河上》、周立波的《暴风骤雨》、柳青的《土地的儿子》、孙谦的《村村十亩地》等作品，都表现了这样的时代主题。

土地关系从根本上来说是一种政治关系，土地所有权的变更实质上是政治力量的变更。在解放区文学作品中，全面而细致地表达了围绕着土地所有权问题，农民和地主间展开的激烈而艰巨的斗争过程。它既揭示出了土地与农民利益和生活的息息相关，共产党土地政策对于农民走出传统生活、翻身做主人的巨大意义，也真实地展示了这一胜利的来之不易，再现了人们为此而付出的巨大牺牲和努力过程。

同时，这些作品还真切地展示了土地关系的变更对于农村社会和农民生活所产生的巨大变化，尤其是它对于人们心理所产生的巨大影响。《太阳照在桑干河上》中地主婆李子俊老婆对于分走了她土地的农民们的刻骨仇恨，贫雇农侯忠全对于突然间拥有了自己土地的难以置信的激动和热爱情绪，《暴风骤雨》中赵玉林为保卫土地而不惜牺牲自己生命的决心，等等，都揭示得真实而深刻。

可以说，20 世纪 40 年代解放区文学对于这些土地意识的真切描画，是中国共产党政权对于传统土地所有权进行巨大变革开始的重要历史见证，也是对之后中国农村大规模土改运动的一次预演。对于中国社会这段具有划时代意义的历史进程，作家们的文学表现尽管有不尽如人意处，但是其意义仍然是不可否认的。

再思启蒙[①]

——兼论五四文化批判传统

启蒙的话题，一直是当代中国知识分子讨论的热点，关于知识分子的自我启蒙问题，近年来也得到了许多人的关注，但是，究竟应该怎样启蒙，怎样进行自我启蒙，则是众说纷纭、莫衷一是。而一个不可回避的事实是，启蒙正陷入前所未有的现实困境。

首先在启蒙资源方面。如果说 20 世纪 80 年代文化是启蒙话语的魅力回归，那么，90 年代实施的市场经济，则构成了对传统启蒙资源的巨大挑战。不管是以现实还是理想形式存在的各种思想资源，在物质文化的冲击下，都遇到了难以自解的矛盾和根本性的困惑。虽然在这一冲击面前，知识分子也做了种种资源转换的新尝试：传统的西方启蒙道路走不通了，有学者则进入到西方文化的更深层处，企盼通过宗教的移植来“改造”和“更新”中国的国民性，另一些人则转向传统，以“新儒学”的面目粉墨登场，试图借助传统之力，挽救当前文化危机之舟，但是，种种尝试均没有收到希望的效果，矛盾和困惑只能是越演越烈。

其次在现实文化方面。虽然我们不能对现实进行简单的否定，对当前兴盛的物质文化也应该肯定它的存在意义，但毫无疑问，当前现实社会和文化中的不健全处是很多的。

大众是如此，知识分子自身也是如此。许多曾经参与启蒙的知识分

---

① 本文 2002 年发表于《文艺争鸣》第 4 期。

子，在20世纪90年代文化中，已经彻底放弃了曾经持守的启蒙精神，成为现实物欲的追随者甚至推波助澜者，还有人则回归到宗教中，成为宗教的臣服者。泛滥的嘲讽和解构知识分子责任的“后现代”文化思潮，更体现了知识分子对于启蒙精神的彻底放弃。

这一切，反映出现实物质文化对传统启蒙资源构成的巨大挑战，也折射出中国长期启蒙所获成果的微薄和基础的衰弱，以及当代中国知识分子自身文化资源的浅薄——活跃在当前的中国知识分子群体，都直接或间接地受到过“文化大革命”文化荒漠的戕害，他们无论从文化资源还是从理性精神上，都受到过那一时代的深重创伤。我们有充分的理由对当前中国知识分子的精神独立问题和启蒙资源问题进行深刻的检讨和反思，并重新提出和强调对知识分子精神的自我启蒙。

我们以往谈启蒙，几乎不需要考虑，其内涵是非常清晰地指向文化批判，甚至可以说，启蒙和文化批判已经基本上成为可以互换的词语。在我们的启蒙视野里，五四传统的文化批判方式是唯一正宗和正确的方式，它是对于以辛亥革命等为代表的以往侧重实践的启蒙方式的否定和发展。其权威性似乎已是天经地义。

然而，这种“天经地义”其实未尝没有可以讨论的空间。尤其是在当时启蒙遇到了前所未有的困境的时候，我们来反思启蒙的历史，检视启蒙的成果，更可以发现，五四的文化批判启蒙和辛亥革命的实践启蒙一样，事实上都没有取得真正的成功。因为，已经进入到一个新的世纪的中国大众文化，比较80多年前，在思想文化更新上到底取得了多大的进步，今天的“国民性”与从前相比到底有多大差别，是可以有疑虑的事情。两个时代间表现出来的一些差异和发展，到底能不能完全算是五四文化批判的成果，还是因为生活方式本身的变革而产生的自然变迁，也难以明断。而作为启蒙主导者的知识分子，比较五四一代启蒙者，至少在精神的独立和自由上，表现出了明显的衰退。

应该说，在以往对启蒙历史的检讨中，正如我们在不经意之间多少夸大了五四启蒙的成功，我们也多少忽略了戊戌变法、辛亥革命等社会变革运动所做出的贡献。许多研究者已经指出过，五四运动的兴起，与当时所处的相对自由的政治文化环境有直接关系，而这一切，与之前进行的一系列实践启蒙存在着直接的因果关系。或者说，辛亥革命等启蒙运动是五四新文化运动兴起不可缺少的思想和社会前提。将五四和之前的启蒙实践完全割裂，以五四文化批判来完全否定之前的实践启蒙，显然是片面和武断的。事实上，正如我们在今天评价文化批判成果时需要联系一定的现实社会环境一样，我们在检讨辛亥革命等实践启蒙时，也完全应该考虑这些启蒙运动当时的外在和内在实际情况，去总结其具体措施上和现实环境上的教训和问题，而不是简单而彻底地否定。客观的评价方式，才会有助于我们正确选择和探索启蒙的途径和方式。

我在这里并不是要否定文化批判启蒙的意义，我同样认为在中国这样一个传统积弊非常深厚的社会中，进行文化批判的启蒙是非常重要和急迫的事情，同时我也非常尊重和认同五四一代知识分子的选择。他们在以往知识分子没有自觉到文化问题重要性的前提下，能够张扬卓有成效的文化启蒙，是有深刻而深远意义的。我所不赞成的是，对启蒙方式进行文化批判方式的唯一化和绝对化，将文化批判视为唯我独尊而排斥实践启蒙[①]等其他方式——正如我们在前面所述，这种情况正是我们启蒙运动长期以来的历史和现状。其实，从理论上来讲，这种情况也不应该存在。因为我们任何人都知道，正如孙中山的“知难行易”有其偏颇处一样，“知易行难”也不准确，只有“知行合一”，思想文化和实践相结合，才是最和谐，也是最有成效的方式，启蒙也一样。

而且，具体到启蒙方式而言，也许还可做这样的思考。一个常识是，欲启蒙他人，必先启蒙自己。自我启蒙和启蒙他人所采用的方式和基础应该有一定的差异。作为知识分子的自我启蒙，最常见，也最有效的方式应该是文化批判式的启蒙，是借助于其他文化之石，来攻中国文化之玉，完善自我和充实自我。但是，启蒙他人的方式是否也应该同样如此？我以为，应该是不同的。由于普通民众文化和知识水平的局限，单纯的文化批

① 需要明确指出的是，我们的“实践启蒙”，有一个关键的前提是知识分子必须具有实践的精神主导性，而不仅仅是身体和行为上的实践。它的精神实质是知识分子现代精神的传播和对于社会的改造。

判启蒙方式也许是并不足够的，它不但不能有效地直达大众，而且也难以引起他们的共鸣。最有效的启蒙方式应该是文化启蒙和制度启蒙的结合，即启蒙者首先应该关注现实，以现实的方式，与大众形成关注和认识上的共识，从而得到大众的认可。其次，一定的制度化和规范化前提会更有利于启蒙活动的进行和产生效果，思想启蒙才能够持久而深入地影响大众。所以，无论是知识分子的自我启蒙，还是对他人进行启蒙，都应该充分重视实践的作用：启蒙者在进行自我启蒙时，应该以实践方式加强自己对现实的接触和了解，强化自己的现实适应能力；而启蒙者在启蒙他人时，也必须以实践为基础，没有实践不可能实现制度性的保障，不可能深入社会和大众，也就不可能将启蒙知识引导到启蒙对象中去。

五四是文化批判启蒙的肇始，也是被作为取代实践启蒙方式的代表，然而事实上，我们在进一步考察五四运动时，却可以发现，五四本身并不排斥和否定实践启蒙，或者说，实践启蒙其实也是五四文化中重要的一个组成部分。虽然五四人有过于看重文化批判，而相对忽略了实践启蒙的意义之处，但是，他们从来没有停止过实践启蒙的尝试。他们非常热切地关注现实问题，无论政治、教育、经济，还是妇女、儿童、社会问题始终在他们的视野之内，而且，他们始终注意以实践的方式深入社会、改造社会，有许多学者甚至为此而直接与军阀政府进行激烈的对抗。如鲁迅等人参与对北洋执政府的抗议游行和声援学生，陈独秀因发传单被捕入狱，李大钊、邵飘萍等则更是为此而献出了自己的生命。此外，周作人等人对“新村运动”的尝试，叶圣陶、晏阳初等的教育救国，以及各种“科学救国”的方式，都是五四实践启蒙的具体体现。而在几十年后影响了整个中国社会发展方向的中国共产主义小组的成立，也就是五四优秀知识分子实践启蒙活动的结果。

在一定程度上，五四的文化批判和实践精神正如相互促进的双翼，促使五四新文化运动取得了突出的成绩。我们可以说，没有五四新思想的传播和启迪，就不会有气势磅礴的五四学生运动。而反过来，也可以说，如果没有广大知识分子和青年学生积极参与的社会精神，五四的新思想新文化也就不会传播得这么广、这么快。正是通过实践方式，思想、文化才得以跨越阶层、知识、利益的鸿沟，得到广泛而迅捷的传播。

五四后中国历史中的知识分子，逐步被迫或主动地放弃了对实践启蒙的新的尝试，除了少数知识分子表现出对五四实践精神的继承和发展，更多的知识分子臣服于各种制度体制下，只表现出服务的态势，却没有任何新的实践理想和行为。于是，许多中国知识分子逐步成为崇尚空谈的“文化清客”，却少有身体力行的启蒙实践者。至于后来进行的漫长的知识分子与大众的结合，已经不能叫作实践启蒙，因为事实上知识分子在其中承担的是被改造的角色，他们失去了自我主体精神，也就完全失去了实践的内核。

如果说五四知识分子对实践启蒙的相对疏忽体现了他们急切心态下的匆匆的话，那么，后来知识分子的回避实践启蒙，将五四悬空为文化批判的神灵，则反映了他们心灵的怯懦。或者说，在漫长的“继承五四”“发扬五四”历史中，文化批判已经表现为许多人的一种精神惰性，它成为许多知识分子掩盖自己精神恐惧和懦弱，逃避实践启蒙的一件神圣外衣和庄严口实。

这一割裂五四、切断实践精神的行为是导致当时启蒙困境的关键原因。它使启蒙者疏离了与被启蒙者和现实社会的关系，使他们逐步失去了对社会的了解和参与社会的信心。没有一定的实践精神，只留下纯粹的纸上谈兵，于是，长期以来，空疏的文化批判成为隔靴搔痒式的社会行为，它既不能真正进入到大众思想中，又不能解决任何现实问题。社会中真正急切的现实问题，社会体制中的弊病，没有人关注，更没有人积极参与变革。最后，连这些远离了社会现实的文化批判者本身，事实上也堕落为自己批判的对象，成为精神萎缩者。这是社会中物质文化猖獗、社会问题突出，而知识分子没有任何力量和勇气，也没有适当的资源，对之进行批判的重要原因。

所以，知识分子要进行自我启蒙，寻找真正有针对性的启蒙资源，是一个重要的方式，而选择真正有现实意义的启蒙方式，加强自己的实践精神，也是当务之急、必然之举。

论 20 世纪 40 年代文学英雄形象的嬗变[①]

20 世纪 40 年代的中心事件是战争，与战争密切相连的英雄形象自然会成为此时期文学表现的重要内容。但是，40 年代文学中的英雄形象不是一成不变的，而是呈现出复杂的发展态势。40 年代文学英雄形象的产生、嬗变和萎缩，都凝结着这一时代独特的政治和文化的影子，也折射出战争时期中国作家的思想和精神状况。

一

20 世纪 40 年代文学的开端是抗战初期，这是一个讴歌战争和英雄群像的时代。作家们以极大的激情对抗战初期的大型战事进行描写，塑造了许多集体的英雄群像，却很少有具体的、个别的英雄形象。以至于茅盾曾以“注重写‘事’而不注重写‘人’”[②] 批评这一时期的文学创作。其原因，正如茅盾在同一篇文章中引述的一位作家的看法：“我们现在的时代是伟大的，这伟大的时代里充满了英勇壮烈的场面，我们要写这时代，要写那些英勇壮烈的场面，至于人呢，不过是构成那些场面的条件之一，人是随着时代的动向而前进的……”在民族矛盾如此激烈的环境中，人们自

① 本文 2003 年发表于《江海学刊》第 3 期。

② 茅盾：《八月的感想——抗战文艺一年的回顾》，《文艺阵地》1938 年第 1 卷第 9 期。

然更关注战争的整体进程，关注大的战争事件，个人的意义和命运处于相对被忽略的位置。

正因为这样，即使是部分作家塑造的个别英雄个像，也在不同程度上存在着被抽象化和简单化的趋向。像丘东平等集体创作的《给予者》中的黄伯祥、萧乾的《刘粹刚之死》中的空军战士刘粹刚、老舍的《张自忠》中的高级将领张自忠、丘东平的《第七连》中的丘俊，代表着这一时期最突出的英雄形象，生活面都展示得比较狭隘，性格揭示得也相当单薄。战场几乎构成他们生活的唯一场所，英勇壮烈则可以概括他们全部的性格特征。许多作品的人物描写也带有很强的浪漫色彩。如丘东平《暴风雨的一天》塑造的少年英雄松桑就是如此："他屹然不动地站立着，时而在迅急地掠过的烟云中隐没了，时而全身毕现，把他无视暴风雨的短小的雄姿泰然地完全显露。"《第七连》则借主人公丘俊之口，发出了对具有明确象征色彩英雄的呼吁："我必须亲眼看到一幅比一切都鲜丽的画景：我们中华的勇士，如何从毁坏不堪的壕沟里跃出，如何在阵地的前面去迎接敌人的鲜丽的画景。"

所以，这些英雄形象虽然具有个像的外形，体现的却是群像的精神特征。正如欧阳山对《给予者》中的黄伯祥形象做过这样的评价："他是代表抗战的意志出现的。"① 作家们塑造这些英雄人物，关注的焦点并不在于人物本身，而是在于他们所代表的民族精神和战士身份，这些英雄形象也主要不是以个人身份存在，而是代表着一个英勇壮烈的概念，代表着抽象而广阔的民族精神。从这个角度上说，这些英雄形象的独立精神主体还没有充分地建立起来，或者说，虽然他们的英雄行为被书写出来了，但却没有被揭示出为什么会有这些行为——而这才是"英雄"真正的个性和实质所在。

社会大众普遍对胜利的渴望和对英雄的景仰，是造成这一情形的重要原因。一个参与塑造英雄形象的作家曾做过这样的解释："我在写那篇文章的时候，心里就想我是不是在盲目地歌颂民族战争的英雄。他们是有很

① 欧阳山：《抗战的意志——给予者序》，杨义：《中国现代小说史》第三卷，人民文学出版社1993年版，第163页。

多缺点的，我同他们一起生活过，他们也是平常的同我们一样的人。不过我又想到，在这激烈抗战的今日，他们在前线浴血苦斗，死的机会至少要比我们多上十倍。……一想到这里，我的笔就批判不下去，人总是有感情的。"[①] 这段话，典型地说明了抗战初期英雄形象抽象化和简单化特点形成的作家心理背景。

此外，创作时间的匆促、作家对战争生活了解的有限，以及当时全民性的对战争局势的乐观估计，与这种英雄形象的出现也有直接关系。所以，在塑造上述英雄形象的作品中，还存在着一个普遍的情况，那就是它们大都缺乏真切细致的战争场景的描摹，虚拟色彩比较强。

突出的例外只有丘东平《一个连长的战斗遭遇》中塑造的林青史，虽然作品展示的生活范围也局限在战场上，但由于作品将人物安置在激烈的矛盾冲突中，人物的内心世界得到了充分的揭示，他敢于对抗现实、承担责任的英雄气魄得到了充分体现，是这时期难得的具有自我主体精神的英雄形象。

二

抗战进入中期以后，战争局势逐渐明朗，作家们对抗战英雄的了解也更深入，这直接影响到作家们的英雄形象塑造。具体地说，就是由抗战初期的单一化和抽象化逐步向复杂化和生活化发展，英雄形象不再是完美无缺，而是体现出普通人的性格和弱点，人物个性开始有较真切的显露。

姚雪垠《差半车麦秸》中塑造的“差半车麦秸”是英雄形象转型的一个代表。主人公是作品着力塑造的英雄，却又是一个非常普通的抗日战士，在他身上带有很多普通中国农民都有的生活和性格弱点。他的英雄行为，寓含在实在、朴素而平凡的生活当中。虽然平凡，却更加真实可信。

以后，大量的文学作品都表现出英雄凡俗化的特点。像周而复的《被炸毁的街市》、黄既的《老实人》、万迪鹤的《自由射手之歌》等作品，

① 胡风:《续论战争期的一个战斗的文艺形式》,《七月》1938 年第 1 集第 6 期。

都是力图从普通处着手塑造英雄，强调英雄行为在战争中的普遍性。有些作品更是努力赋予英雄人物鄙俗的特点，将丑陋的外表和粗俗的行为等悖逆于传统英雄形象的外形和他们思想行为的高尚结合起来，努力突出英雄的凡俗化本质，也客观上构成了对早期完美英雄的一种反讽。像端木蕻良的《螺蛳谷》，就通过取绰号、说粗话的方式，将英雄形象故意草莽化和丑化，柳青《牺牲者》中的英雄主人公也是一个具有明显生理缺陷的塌鼻子。

只有从这个时候开始，抗战文学中才出现了真正切实的战争描写，但是，仔细考察，像"差半车麦秸"这样成功的、具有真实性格和气质特点的英雄形象还很少，深入英雄内心世界、完整地展示其深层心理世界的作品更为少见。显然，真正具有英雄主体的形象还有待于进一步的建立，作家们对于战争、对于英雄生活的熟悉和把握还有待进一步深化和完成。

同时，这种英雄凡俗化的倾向也潜藏着一种隐患，那就是过分地追求英雄的凡俗特点，有可能会完全掩盖掉英雄的真正本质，从而失去英雄之为英雄的、区别于普通人的根本特点。

事情的发展正是这一隐患成了现实。最直接的表现是，抗战中后期后，文学作品中的英雄形象呈现明显的弱化趋势，到后来，甚至已经很少能够看到战争英雄的文学形象。① 一个正在进行着激烈民族自卫战争的民族，在其同时期的文学中居然出现战争英雄形象的匮乏，这无论如何都不能说是正常的事，它显示了文学的失职，更折射着时代政治文化的复杂背景。

作家邵荃麟的自白可以解释其中的部分原因。他在1941年出版了小说集《英雄》，但小说中却并没有歌赞英雄的内容，"因为各篇里所描写的，非但找不到半个英雄，相反的倒几乎全是一些社会上最委琐卑微的人物。……这倒并不是说，我不愿意去描写那些悲壮慷慨的英雄人物。说起来惭愧，在抗战五年中间，自己非但不曾参加过前线的英勇战斗，就是真

① 只有端木蕻良，在《科尔沁旗草原》和《大江》等作品中，以一些质朴的农民形象来体现民族的"野力"，表现出了一些英雄气息，但在这些作品中占据主导位置的是"群众"而非"个人"。

正的前方也不曾去过，到得最远的也不过是前线的后方，在那里偶尔听到几声稀疏的炮声。战斗的真实情形到底怎样？被新闻记者描写得有声有色的那些英勇故事与人物究竟如何？在我却是茫然。”①

胡绳对姚雪垠的批评也揭示了同一问题：“作者建立他的作品不是从把握具体的生活，具体的人民斗争的历史现象出发，他的出发点是对某种抽象性格的憧憬。其所以写牛全德，基本的根源，并不是从抗战中农民游击战争取得了强烈的感受，而只是在‘寂寞’与‘无聊’中想起了‘北方的豪放性格’。”② 而老舍对于通俗文学的批评尽管不适合于所有作家，但也揭示出一些过分追求英雄凡俗化倾向的作家创作并没有真正的战争生活为基础：“作者尽量的用‘妈的’或更蠢的字，以示接近下层生活。”③

更重要的原因还在现实政治中。抗战进入中后期，作家们从初期的盲目乐观中清醒过来，这使他们正确地认识战争有了可能，但同时民族内部政治纷争也逐渐加剧，战争初期形成的以民族利益为重的团结局面逐步瓦解，作家们增加了在政治局势面前的无所适从感。一方面是国民党的节节败退，显示出无能和腐败；另一方面是共产党稳步上升，逐渐成为民族的希望。在这种情况下，对主流政治的暴露和讽刺正成为时代文学的中心，也体现着政治和民心之所向。战争英雄的歌颂与否很自然地变成了不再是单纯的民族解放范畴内的事情，而是与一定的政治取向联系在了一起，成为文学政治矛盾中的一部分。

事实上，也确实有许多作家明确地赋予了他们笔下的英雄相当强烈的政党政治色彩，与现实政治的纷争密切地结合起来。最有代表性的是郭沫若的“战国史剧”和“战国策派”，作家陈铨的《野玫瑰》等作品。他们的作品都塑造了高大的英雄形象，而在这些英雄形象背后，又都隐含着强烈的政治意图、政治倾向而非英雄品质，成为这些形象最根本的特点。《屈原》和《野玫瑰》在演出过程中的激烈纷争，以及在文学界引起的轩

---

① 邵荃麟：《邵荃麟评论选集》第2卷，人民文学出版社1981年版，第418页。

② 胡绳：《评姚雪垠的几本小说》，原载《大众文艺丛刊》第2辑，钱理群：《二十世纪中国小说理论资料》第4卷，北京大学出版社1997年版，第527页。

③ 老舍：《谈通俗文艺》，《自由中国》1938年5月10日1卷2号。

然大波，都反映了这些作品所赞颂的英雄，已经远远不是民族战争的英雄，而是代表着一定的政党意志，表现着一定的政治态度。

塑造了黎竹荪（《岁寒图》）、林桐（《万世师表》）等形象的剧作家陈白尘等人也是一样。正如陈白尘所坦陈的，他之所以塑造黎竹荪这样具有“英雄”气概的知识分子形象，主要是因为周恩来的感召和启发，政治意味胜过了现实真实意味①，并具有鼓励自己“生活再困难，一定要坚持斗争下去!”的自勉意图。这些形象背后体现的，是抗战中后期知识分子精神中心由民族问题向政党问题的转移，同时也体现出知识分子在现实失望之下对未来的希望。

具有较强意识形态色彩的“新人”形象的出现，代表的是作家们对未来的希望。郁茹的《遥远的爱》中塑造的罗维娜是一个代表。这是一个“走向抗日战场的娜拉”，一位“昂首阔步的新女性”② “女英雄”③。她的成长和发展，显示出一种全新的英雄气质。靳以的《前夕》也一样，作品塑造的“中国好儿女的一个典型分子”黄静茵和黄静玲姐妹，正如作者所宣称：“我是以我对于新一代的信心和感情才用我那无用的笔来描画一些影迹，使它能附丽这不朽的青年群上而留下一个名字。”④ 显然代表着作者向未来的呼吁和自我的期待。叶以群则将自己的小说集特意题名为“新人的故事”，并希望“全部发掘新人的苗芽，确定新人底存在”⑤。

邵荃麟的话能够代表塑造“新人”的作家们的心声：“当我们巡行于后方的农村和城市中间，接触到一般人民的日常生活时，我们所感觉的，并不完全像我们理想中那么健康和美丽，然而我们却有理由可以欣悦，因

---

① 陈白尘：《在周总理鼓励下写戏》，《陈白尘写作生涯》，百花文艺出版社1986年版，第214页。

② 茅盾：《茅盾全集》第23卷，人民文学出版社1984年版，第23页。

③ 李健吾：《三个中篇》，《李健吾文学评论选》，宁夏人民出版社1983年版，第180页。

④ 靳以：《我怎样写〈前夕〉的》，《靳以选集》第2卷，四川人民出版社1983年版，第476页。

⑤ 《关于小说中的人物描写》，赵遐秋、曾庆瑞：《中国现代小说史》（下册），中国人民大学出版社1985年版，第545页。

为在他们纯朴和善良的灵魂中间，我们多少已经看到了一些新的因素在开始成长……这正是至可珍贵的民族新生的曙光，我们从这种曙光中间，才能现实地去瞭望我们的未来，和从这样出发点上去创造新的英雄典型。”①

种种内在和外在的原因，导致了英雄形象淡出文学创作现象的出现。确实，对于作家们来说，去书写自己既不熟悉、难以成功，又容易惹上政治麻烦的战争英雄，还不如去写普通百姓，毕竟，这是作家们最为熟悉、感受最深的，更重要的是，它可以远离政治的复杂纠葛。

也有一些作家退而求其次，他们在历史中去寻求英雄气质，在政治的夹缝中勉力保持对于英雄的歌颂，并曲折地表达自己对未来的希望与政治态度。最典型的是冯至在《伍子胥》中塑造的伍子胥形象。正像作者所说的：“其中掺入许多琐事，反映出一些现代人的，尤其是近年来中国人的痛苦。这样，二千年前的一段逃亡故事变成一个含有现代色彩的‘奥地赛’了。”② 以坚忍不拔而富有传奇色彩的战国英雄伍子胥作为20世纪40年代精神的象征，他虽然不是现实的战争英雄，但却折射着现实人们内心的坚韧和顽强，从而成为这一时期具有特殊意义的英雄形象。

三

在国统区，英雄退场的情况一直持续到抗战胜利后全国1949年解放前。除了老舍在《四世同堂》中塑造了钱默吟父子形象外，很少再出现具有辉煌英雄气质的形象。如果说，抗战中后期之所以出现英雄形象的缺席是因为人们对战争真相认识的深刻和失望情绪的产生，那么，抗战胜利后英雄形象的难以问世则主要是因为全社会性的失望情绪弥漫，讽刺性的喜剧场景取代庄严的英雄场景成为社会精神的主旋律，英雄已经没有了存在的空间。

这其中也并非没有对英雄的努力追求者，只是在特殊的时代氛围中，

---

① 邵荃麟：《〈英雄〉题记》，《邵荃麟评论选集》第2卷，第420页。

② 王富仁、柳凤九：《中国现代历史小说大系·第二卷》，河北人民出版社1999年版，第550页。

这些追求已经失去了它本真的面目，收获的已经是各种“跳蚤”。

路翎最具代表性。和另一个早逝的“七月派”作家丘东平一样，路翎也深受胡风“主观战斗精神”的影响，表现出对于精神强力的渴望和对于战胜现实的英雄的期待。应该说，路翎的这一追求在某种程度上贴近了“英雄”的本质——自我主体的建立和张扬，他笔下的许多英雄形象也表现出了相当强烈的英雄气质。

如《饥饿的郭素娥》中的郭素娥，虽然只是一个社会底层的普通劳动妇女，但作者在她身上赋予了强烈的主体意识，使她“不是内在地压碎在旧社会的女人”，而是体现着“人民的原始的强力，个性的积极解放”①。《财主底儿女们》的蒋氏兄弟更具代表性，他们都寄托着作者的强烈感情，蒋纯祖更被赋予着“忠实”“勇敢”和“高贵”的品质，充斥着如同约翰·克利斯朵夫一样的个人主义英雄气质，他对家庭、传统和社会都有明确的反抗，对生命充满着不懈的追求，其独特的孤独英雄气质，典型地传达出“原始强力”的精神。

但是，那是一个不具备产生约翰·克利斯朵夫精神的时代，所以，尽管路翎勉力地表达自己的追求愿望：“这固然是一个平庸的世界，没有英雄主义底实现也没有那种高贵而神奇的情操，但就在这个平庸的世界底各种现象和碎片之下，是有着一股强大的激荡。”② 但他也清醒地意识到自己追求的“浪费”③，他所塑造出来的英雄，无一例外都是失败者。——这期间，路翎写过一篇作品叫《英雄的舞蹈》，塑造了一个试图以古代英雄事迹来对抗现实丑恶的说书艺人形象。作品强烈的英雄反讽，未必没有一部分是对准他自己的。

另两位追求者是以浪漫主义风格著称的徐讦和无名氏。他们分别在《风萧萧》和《北极风情画》等作品中，书写了一个个失意或得意的浪漫英雄，尤其是无名氏的《无名书初稿》，塑造了一个颇具现代意味的英雄形象——印蒂，他以“探究生命，找寻生命”为人生目的，表现出如浮士

①③ 胡风：《〈饥饿的郭素娥〉序》，《路翎研究资料》，北京十月文艺出版社1993年版，第109页。

② 路翎：《〈求爱〉后记》，《路翎批评文集》，珠海出版社1998年版，第206页。

德的追求和探索精神。但这些作品英雄的最终命运都一样，那就是同样的感伤和失落。不无颓废色彩的结局，冲淡甚至瓦解了他们所拥有的一切英雄特征。

四

“孤岛文学”中曾经短暂地出现过一些英雄，那就是阿英、于伶等人在“南明史剧”中塑造的郑成功等历史人物，这些形象所表现出的英雄气概，显示了在特殊环境中民族精神的迸发。同样也是因为特殊政治环境的影响，20 世纪 40 年代沦陷区文学中，英雄形象呈现极度的缺席现象。

虽然东北沦陷区作家上官筝曾发表过《新英雄主义、新浪漫主义和新文学之健康的要求》①，表示对英雄主义的呼吁，但其“英雄主义”仅仅具有“浪漫主义”的精神，不具备“英雄主义”的实质。另一位沦陷区作家师陀则这样解释自己为什么在作品中不塑造英雄的理由：“我不写这个英雄排闼上楼，按过去小说的写法，最后来个‘义仆救主’大团圆。因为这是不真实的。”② 确实，在充满着政治恐怖和失败情绪的沦陷区中，是没有英雄形象存在的现实前提的。③

在沦陷区文学中占据中心的，是周作人歌吟生活情趣的小品文，是张爱玲体味细致心灵律动的《封锁》，是苏青努力从平凡生活里寻找趣味的《结婚十年》。对此，张爱玲发表过这样的感受：“所以我的小说里，除了《金锁记》里的曹七巧，全是些不彻底的人物。他们不是英雄，他们可是这时代的广大的负荷者。……而且我相信，他们虽然不过是软弱的凡人，不及英雄的有力，但正是这些凡人比英雄更能代表这时代的总量。”她的感受是坦率的，也是真实的。

---

① 1943 年 2 月 1 日《中国公论》第 8 卷第 5 期。钱理群：《中国沦陷区文学大系》评论卷，广西教育出版社 1998 年版。

② 师陀：《三个小人物》，《果园城记》，上海出版公司 1946 年版，第 136 页。

③ 如果勉强去寻找，师陀在《结婚》中塑造的胡去恶多少与“英雄”有些关联，但他不具备真正的“英雄”气质，也不能带来悲剧效果。陈平原：《论四十年代的讽刺文学及其知识分子形象》，《学术研究》1987 年第 2 期。

但张爱玲等人的存在并非完全没有意义。正如柯灵所说的："我扳着指头算来算去，偌大的文坛，哪个阶段都安放不下一个张爱玲，上海沦陷，才给了她机会。……张爱玲的文学生涯、辉煌鼎盛的时期只有两年（一九四三——一九四五），是命中注定，千载一时，'过了这村，没有那店'。幸与不幸，难说得很。"[①] 时代局限了张爱玲，也造就了张爱玲。她的小说中没有英雄，却具有另外一种"非英雄"的魅力。

五

解放区文学的状况与国统区和沦陷区不相同，这主要体现在 1942 年延安文艺整风运动之后。在此之前的情况和国统区基本上一致，也经历了从完美化向凡俗化的过渡。尽管孙犁曾经呼吁过英雄形象的塑造，希望完成他对"战斗的时代，英雄的时代"的歌赞[②]，但在 1942 年之前，解放区文学中的英雄形象并不突出。1942 年，毛泽东发表了影响深远的《在延安文艺座谈会上的讲话》，对"歌颂"和"服务"进行了大力倡导，直接促进了解放区英雄形象的发展和变异，也形成了解放区英雄形象长盛不衰的局面。

这之中最引人注目的是那些富有传奇色彩的战争英雄形象。他们大多出现在那些通俗性的文学作品中，带有很强的民间传说色彩，他们的性格一般很单纯，事迹则浪漫而具喜剧性。如《李勇大摆地雷阵》中的李勇，孔厥的《新儿女英雄传》中的牛大水，柯蓝的《洋铁桶的故事》中外号"洋铁桶"的吴贵等。此外，还有如赵树理的《李家庄的变迁》中的小常，丁玲的《太阳照在桑干河上》中的程仁、张裕民，《暴风骤雨》中的赵玉林、郭全海，欧阳山的《高干大》中的高生亮，刘白羽的《政治委员》中的吴毅、《无敌三勇士》中的阎成复、《火光在前》中的陈兴才，以及孙犁

① 柯灵：《偌大的文坛，哪个阶段都安放不下她》，季季、关鸿：《永远的张爱玲》，学林出版社 1996 年版，第 199－200 页。

② 孙犁：《论战时的英雄文学》，《孙犁文集》第 4 卷，百花文艺出版社 1982 年版，第 336 页。

作品中的水生嫂（《荷花淀》）等众多的女性形象。

这些英雄形象的面貌丰富多彩，行为性格上也普遍具有英勇顽强、机智善战等英雄的特点。他们构成了解放区文学英雄形象的繁荣，从而与同时期国统区英雄形象的凡俗化和衰微化形成了鲜明的对比，显示了两个政治区域不同的政治氛围和文化情绪。

但是，当我们对这些英雄形象进行深入分析的时候，却可以发现，这种形象多只具有英雄的表象，并没有真正自主的英雄实质。或者说，他们更主要只是作为一个象征、一个化身而存在的。所以，这些作品普遍存在着矛盾冲突比较简单，解决矛盾也比较轻松的特点，故事结局也多是浪漫化和喜剧化。这样，人物的精神实质没有在矛盾中充分地锻炼，也就显示不出他们的自我精神主体（当然，这主要是因为他们本身就匮乏这些主体），他们之成为英雄的精神内核也就被完全抽空。

在解放区文学中，还有一类有特色的英雄形象值得关注，那就是许多作品所塑造的领袖人物形象。毛泽东是其中最突出的一位。艾青的《毛泽东》、朱子奇的《毛泽东》、秦兆阳的《“咱们毛主席有办法”》、草明的《延安人》都塑造了毛泽东形象。此外，其他领袖如朱德、周恩来、贺龙等，也分别在刘白羽的《大海》、沙汀的《记贺龙》、何其芳的《行军散记》等作品中得到了塑造。作家们普遍以崇敬之情对这些领袖进行美化和歌颂，他们虽然没有被冠以“英雄”之名，实质上却承担着英雄的荣耀和精神身份。

这么多领袖英雄形象的出现，有深刻的时代和历史原因。首先，我们应该把它看作是时代民众对于未来希望的一种折射。处于抗战中期艰难环境中的普通百姓，渴望抗战的胜利，渴望摆脱沉闷、压抑的战争生活。在延安，人们自然地把新生的希望、魅力与神奇寄予共产党的领袖人物，对他们表达出热切的歌赞。可以说，它是时代情绪的一种典型体现。

但是另一个方面，它也折射出延安作家们的精神困境。这些作品有一个共同的特点，那就是把领袖人物过于神化，表现出虚幻化和偶像化的倾向。比如草明的《延安人》，把一个老年妇女对于毛泽东的崇拜之情做了极端的渲染：只因为她偶然见过领袖毛泽东一面，就拥有了巨大的精神动力，从而勇敢地面对死亡、献身革命。此外，如韦君宜的《龙》，以传说中的“龙”来喻指贺龙，秦兆阳的《“咱们毛主席有办法”》将一切希望和智慧都归属于毛泽东一人。这显然是对于领袖人物的神化，并表现出如同歌颂封建帝王思想类似的精神实质，从中折射的是知识分子独立精神和现代思想意识的丧失。在一定程度上，新中国成立后中国社会出现那么严重的个人崇拜，与中国知识分子现代文化意识的匮乏有直接联系，从这些英雄形象看，这种缺失在 20 世纪 40 年代的延安已经初见端倪。

回到文学的鲁迅[①]

——对当前鲁迅研究的思考

一、鲁迅研究：挑战与期待

正如毛泽东在《新民主主义论》里将鲁迅定位为“不但是伟大的文学家，而且是伟大的思想家和伟大的革命家”[②]，在 20 世纪浓烈的政治文化氛围影响下，社会大众对鲁迅的认识也基本上建立在这三个层面。现在，“革命家”的鲁迅已经逐步退出了人们的视野，占据主导地位的，是“思想家”的鲁迅——准确地说，应该是启蒙思想家的鲁迅。人们对鲁迅最深刻的印象是其文化启蒙和文化批判姿态，其最有代表性的思想是“改造国民性”，最著名的作品是被认为典型地传达了这一思想的《阿 Q 正传》。

这也深刻地影响到人们对鲁迅“文学家”的认识。多年以来，文学学者们研究鲁迅的主要角度是对其启蒙思想的阐释，对其文学作品的解读也主要集中在文化批判层面，探讨它们在具体时代、政治和文化环境中的价值和意义。反封建思想、批判封建专制、批判国民政府等，可以基本上概

---

① 本文 2010 年发表于《南京师大学报（社会科学版）》第 2 期。

② 毛泽东：《新民主主义论》，《毛泽东选集》第 2 卷，人民出版社 1952 年版，第 658 页。

括鲁迅作品的全部主题。如对他的《阿Q正传》研究最多，却基本上局限在其国民性批判思想层面。对包括众多散文和杂文在内的其他作品，也很少超出其时代背景和反封建及现实批判的主题来认识和思考。这也直接关系到现有文学史对鲁迅作品的历史评价。虽然人们多认可《孤独者》《在酒楼上》等作品在精神上更贴近鲁迅，思想意蕴更复杂和深切，艺术上也更细腻真切，但丝毫不能越《阿Q正传》在鲁迅创作中最高经典的雷池一步。

这种状况之出现，有其必然性，也有一定的合理性。因为一方面，20世纪的中国是一个思想剧烈转换的时代，传统向现代的嬗变，中国向西方的转型，是时代文化的主流，启蒙文化正是在这一要求下应运而生的。鲁迅作为五四新文学的代表，是启蒙精神的重要铸造者之一，或者说，鲁迅以文学的方式积极参与了启蒙运动，并将其思想推向了最深层和最具代表性的世界；另一方面，虽然鲁迅时代距今天已经有了大半个世纪的历史，但社会文化的很多方面仍然有着相似性，人们依然可以从鲁迅思想文化中吸取到丰富的精神资源，感受到强烈的针砭现实的意义。当前中国社会中，启蒙依然是许多知识分子的思想基础，作为五四文化象征者的鲁迅很自然地成为他们的旗帜和思想武器。这是鲁迅思想魅力留存的重要原因，也是人们侧重从启蒙思想角度认识鲁迅的现实基础。

但是，不可忽略的是，在鲁迅和他所参与开创的中国新文学已经有了近一个世纪历史的今天，无论是社会面貌、文化背景还是读者队伍都有了很大的变化。它们对传统的鲁迅研究和认识鲁迅的方式提出了挑战。

第一，中国现代文学正在走向经典化的过程。在这一过程中，包括鲁迅在内的所有作家，都要经受时间残酷而严厉的淘洗，而这种淘洗的标准只能是文学性——正是在这一标准的映照下，一些作家被重新审视，也有许多作家，包括像郭沫若、茅盾这样的重要作家，在经受巨大的考验，甚至已经逐渐离开经典的行列。换句话说，在走向经典的过程中，鲁迅需要充分展示出其文学上的独特意义和文学贡献。只有呈现出足够的文学贡献和艺术价值，其作品才能得到历史的认可，成为真正的文学经典。

第二，从时代来说，虽然我们与鲁迅时代有着某些相似性，但毕竟，在大半个世纪的时间差异下，今天与鲁迅时代已经有了许多根本性的区别。尤其是从读者群上来说，今天的读者，特别是青年读者（随着时间的推移，这样的读者会越来越多，直至对其时代完全陌生）对鲁迅所生活的社会文化环境缺乏清晰的了解，对启蒙文化的接受也有新的思考和改变。他们所希望接受的鲁迅，已经不再是单纯启蒙层面和现实层面，更是超现实层面的。

而且更重要的是，五四的启蒙文化也面临着深刻的反思和转型。五四启蒙文化从现代性的基本方向来批判传统、迎应现代，是处于危难之际中国知识分子的正当选择，也是时代的要求。在当时背景下，它存在着局限和片面是完全可以理解的。但是，这并不意味着五四的所有遗产后来者都要无批判地继承，更不能要求后来者只能局限在五四文化的圈子里，不能越雷池一步。事实上，随着时代的发展和变化，今天社会的状况、所面临的问题，与五四时期已经有了很大变化。因此，五四文化有值得继承的一面，却也需要发展和超越，启蒙的内涵也需要发展和更新。只有深化五四，才是真正地发扬五四。典型而论，现代性是五四文化的基本方向，但在今天，社会所最需要的也许是对现代性的反思，是对现代性内涵的重新思考和检讨；同样，启蒙现代性对待传统的基本方向是否定和批判，但是，在今天，这一方向同样需要深切的反思，传统的价值需要重新认定，给予更冷静的思考。在这一背景下，固守启蒙思想角度来认识鲁迅，显然难以真正认识，更不可能深化鲁迅的价值，也难以获得读者的积极认同。

第三，新文学的发展历史也提出了自己的要求。中国现代文学正在形成自己更稳固的传统，这需要建立起科学、系统的文学规范，需要对其经典作家的创作进行真正的文学性梳理，从中总结出新文学发展的基本艺术规律和创作方法，进而反思其历史嬗变轨迹，探索更佳的发展方向。鲁迅是新文学最有成就也是最重要的开创者之一，他的创作在新文学历史中具有很强的典型意义，其经验与教训都非常有代表性。非常有必要对他的文学创作做深入的文学意义思考和总结。

以上多个方面对鲁迅研究提出的共同要求，就是回到文学的鲁迅，突出鲁迅的文学意义，展现鲁迅作为文学家的特征和成就。在这一要求下，传统的、以鲁迅启蒙思想为中心的认识和研究方式，已经显示出其缺陷，甚至在影响和制约着人们对鲁迅的接受。

近年来在鲁迅接受上出现了许多引人注目的事件，其共同的特点是对鲁迅的菲薄。表现之一是许多青年作家和学者对鲁迅表示出强烈的反感，对其创作成就和艺术价值表示严厉的质疑①；之二是很多中学生和大学生（包括很多中学教师）抱怨鲁迅作品难以理解，难以接受，并表现出对鲁迅作品相当程度的反感甚至厌恶②。青年作家们的认识当然有很大的片面、局限甚至错误，学生（中学教师）们的接受也与当前教育制度、教学方式等有更复杂的关联。但作为鲁迅研究者，首先应该思考这一情况与现有鲁迅研究的关系。我以为，文学研究界长期以来对鲁迅的认识和传播角度应该承担一定的责任。我们一直局限在启蒙思想和时代层面来理解鲁迅，对鲁迅思想的丰富性没有充分认识，尤其是没有揭示出鲁迅深邃而卓越的文学价值，没有展现出其丰富的文学魅力。以至于人们所接受的鲁迅就主要是一个单纯启蒙者和时代批判者的形象。这样，当人们失去对其时代和启蒙思想的熟悉和兴趣之后，就很难理解我们所习惯阐释的鲁迅思想和政治寓意，也就很难对鲁迅作品产生更大的兴趣和了解愿望，乃至对其文学价值和文学成就产生误解。

二、文学和文学的鲁迅

在很多习惯以思想为研究方式和评价标准的学者看来③，从文学角度

---

① 其中最突出的表现是1998年由众多青年作家参与的“断裂事件”，《北京文学》1998年第11期。此外，王朔等作家也表达过类似态度。

② 一个显著的表现是被选入中学教材的鲁迅作品越来越少，其背后所体现的是中学语文教师和中学生的集体声音。最近网络上围绕鲁迅作品入选中学教材问题又有激烈的争论。《中国青年报》（2009年8月13日）、《钱江晚报》（2009年8月12日）等都对之做了报道。

③ 轻视文学自身的价值，偏重文学的思想意义尤其是现实政治意义，是中国现当代文学研究界的多年传统。20世纪80年代后，从表面看，情况有了较大的改观，但实际上它依然深藏于许多研究者的意识中，制约着文学形式研究的深入。一个显著的表征是针对文学自身（尤其是文学形式）上的研究成果明显偏少，而且成就偏弱。

来研究鲁迅，将鲁迅主要看作是一个文学家，也许会局限鲁迅的意义。这其实是极大的误解。

首先，文学的价值并不低微，而是具有独特和巨大的存在意义。文学是一种独特的认识世界和人生的方式，对人的生存予以关注是其价值基础，深入人类情感和心灵世界则是其基本方式，对美的追求则赋予它深刻的艺术感染力。所以，文学能够卓立于人类精神世界中，与哲学、政治、历史、科学相并列，具有其他事物不可代替的价值。在人类文化史上，文学的意义不逊色于其他精神产品，对人类的贡献与科学同样巨大（如果不是更大的话），优秀文学家的价值也丝毫不让于哲学家、科学家。比如，对事物的评价，文学具有自己独特的、以真善美为基本准则的价值标准，区别于政治、历史、科学等其他文化，却丝毫不显得逊色。比如从历史主义立场看，曹操可能是进步的，堂吉诃德可能是落后的，历史的评价也确乎如此。但是，《三国演义》和《堂吉诃德》为文学树立了自己的标准，赋予了这些人物与历史评价完全不一样的评判。我们绝对不能说《三国演义》和《堂吉诃德》的标准就是错误的、狭隘的，相反，它的价值立场显示了独特的内涵和意义空间。再如对战争的认识，政治和历史学家可能关注战争的正义与非正义，关注战争的胜负关系，文学家却更关注战争对人的伤害，关注战争中人性的善与恶。文学从人的立场出发、从人性角度审视战争，更符合人的本质意义，也更有深度价值。

从这个意义上说，我们许多人以往对文学内涵的理解其实有一定的片面性。也就是说，文学的内涵并不局限于形式，而是涵盖思想与艺术丰富的内容，思想是文学不可缺少的重要要求和基本内涵。文学不仅仅关注文学技巧，还要探索思想内涵，探索人性、价值、道德和人类生存等深度主题，并且，这种思想的深度和独特与否是评价和考核文学价值的重要标准。真正的优秀文学作品，往往不只是在艺术表现上有创新和独到之处，其思想也是很有深度价值的。在人类文学史上，优秀的文学作品、优秀的作家往往同时也是优秀的思想著作、思想家。他（它）们对人类生存的深切关注，对人性世界的深入探究，构成了其时代思想的重要部分。以 20 世纪而论，萨特、卡夫卡、乔伊斯等文学家对人类命运的思考深度绝对不逊色于一般的哲学家，它们的作品同时也是优秀的思想著作。

当然，文学形式本身也有着突出的意义。文学以审美为基本特征，美的形式是其不可缺少的重要组成者，也是文学魅力的一部分。甚至可以说，离开了形式美，也就难以谈论文学的美。它的语言技巧、结构艺术、叙事和抒情方法，充分而准确地表现了人们的生活和感情世界，为人们提供了高超的语言审美艺术品。而且，形式的内涵绝不只是形式本身，它内在地关系到作家的心灵和思想，是“有意味的形式”，形式研究对于整个文学研究的深入有着不可或缺的意义。所以，无论从现实还是从人类文化传统角度来说，文学形式都是值得尊重，都是具有非凡的独立价值的。在物质时代，文学所提供的美学价值，更是对物质文化一种独立而坚韧的反抗。

从这方面说，从文学角度来深入认识鲁迅，绝对不是对鲁迅的贬低，而是能使我们更准确地认识鲁迅。因为一方面，鲁迅的创作本身并不匮乏文学意义，只是我们缺乏对它的足够认识；另一方面，文学丰富深邃的内涵标准，决定了从文学意义认识鲁迅不但不会局限他，反而能够更深入地挖掘其价值，提升其价值和意义。

而且，从文学角度来认识鲁迅，可以更客观地认识鲁迅的文学史意义。许多人之所以菲薄鲁迅，是没有看到他在新文学历史中的处境和位置，是对他抽象和脱离历史的认识。如果将鲁迅放回到新文学历史上，我们就可以清晰地看到他对新文学的开创性意义和独特艺术贡献。鲁迅所处的时代是新旧文学的交替时代，他所参与的新文学是对传统文学的一种批判性创造。作为一个开创者，鲁迅在很多方面体现了独特而深刻的创造性。如在对传统的继承与对现代的借取上，如将西方文学方法运用于现实生活的关注上，他都以成功的个案方式取得了卓异的成就，昭示了更深远的方向性意义。对于整个新文学的发展来说，鲁迅的贡献是空前的。

我们尝试对鲁迅的文学价值做出初步阐释：

首先，鲁迅作品体现了深邃而广阔的思想价值。简单地说，鲁迅的作品表现了新旧交替之际的中国社会生活和人类心灵的复杂嬗变和真实律动，并以之为起点，探索了人类的心灵挣扎和困惑。19 至 20 世纪之交的中国处于剧烈的嬗变当中，以农民为代表的普通民众遭受着剧烈的命运颠簸，知识分子则典型地感受到心灵和文化的最尖锐冲击。鲁迅的《孤独者》《阿Q正传》《在酒楼上》《故乡》等作品，表现了这一时期变化中的社会状貌，展现了他们的痛苦生活场景，更深入其心灵深处，探究他们心灵的冲突、搏斗和困惑，揭示了他们在新旧文化变异中的艰难选择和迷茫困境。由于社会文化的变迁是人类不可避免的命运，因此，鲁迅笔下这些人物的困惑和追求既是个人的、时代的，也具有跨越时空的更广泛意义，是对人类困境、民族困境、个人困境多层次的关注。

这显然是对鲁迅价值更准确也是更高的认识。因为确实，鲁迅虽然是五四启蒙运动中的一员，但他凭借深厚的文学和思想修养，凭借自己深邃的洞察力，在思想的复杂性和深刻性上都超越了其他启蒙者。如《祝福》和《呐喊·自序》中所表现出来的明确的自我批评意识，《孤独者》等所表现的时代转换中知识分子自我心灵的艰难，以及在《故乡》等作品中表现出来对农民命运深切的关注，其思想已远非“国民性”批判可以概括和限制，而是深入到了人的生存与时代生存的高度。可以说，鲁迅不只是进入到五四时期中国知识分子的最高度，而且已经进入到同时代人类文化的最高度，具有了高度的时代超越性。

其次，鲁迅的艺术成就也达到了非常高的高度。依靠深厚的传统文学功底，通过对传统文学的批判性吸收和对西方文学的借鉴，鲁迅的文学作品取得了很高的文学成就。他既广泛而圆熟地运用了现代叙述方法，而且还将民族审美传统融会其中，以个人的含蓄蕴藉、优美深邃的文学风格，实现了传统文学审美特征的现代再现。在叙述方法和艺术精神两方面都达到了现代汉语文学的最高水准。以文学语言为例，鲁迅的语言貌似晦涩，其实有非常高的技巧，通过融合古文、翻译文体和口语的方式达到了很高的艺术境界，形成了含蓄深沉、简洁悠长的艺术效果。他的《雪》《风筝》《为了忘却的记念》等散文绝对是中国新文学，甚至说是整个中国文学史中的精品，是现代汉语运用的典范——虽然从美丽通畅来看，鲁迅有些作品的语言显得有些晦涩和不通顺，但其表现力和美感却远超于一般作家，其含蓄深远、丰富的张力内涵，都值得特别的研究和肯定。

这些阐释当然还非常粗浅，但我们从中可以看到，文学意义的鲁迅有着深广的研究空间，他的文学价值也远比启蒙思想更为丰富和深邃。有识者在这方面投入更多的精力，肯定能给我们还原（提升）一个更深刻、更丰富，也更有文学魅力的鲁迅。

三、如何回到文学的鲁迅

当然，我之所以强调回到文学的鲁迅，并不是菲薄现有的鲁迅研究成绩，也不是说现有鲁迅研究在文学研究方面没有进展和成就。事实上，现有鲁迅研究在对鲁迅文学意义的阐释上已经取得了相当大的成就。只是我以为，正如前所述的，以往的许多文学研究受到思想文化角度的局限，对鲁迅文学价值的认识还不够充分和深入。在这个方面，我以为，强调回到文学的鲁迅，应该是在方法上有更清晰的转换，更集中和深入地挖掘其文学意义。具体说，有几个方面的问题需要特别强调。

第一是加强对鲁迅文学形式层面的研究，回到文本本身。

文学形式研究已经有了很多的研究成果，但研究的深度和广度都还有所不够。其中一个重要的原因，就是许多研究者没有立足于文学独立的角度来予以关注。他们虽然研究作品和形式，但都是将它们放在背后的现实、文化意义上来进行。换句话说，研究的归结点在于思想，形式不过是手段。对鲁迅作品的理解依然是文化和政治占据主导，其思维方式依然是在形式层面去寻找鲁迅创作的原初目的和思想意图。这样的研究，决定了形式研究不可能真正深入，导致鲁迅作品的形式价值未能得到充分的认识，并直接影响到人们对鲁迅文学价值的认定。我以为，这种研究方式忽略了重要的一点，就是从根本上说，文学作品一旦问世，就应该不再属于作家，它的意义就在于它独立的丰富的可解读性。如果局限于作家的创作初衷，那就不是对作品的正确解读，而是对作家的狭隘化。更何况中国新文学已经有了80多年的历史，鲁迅作品的价值已经远非当初作者自己的意图可以限定，其意义也会更深远。另外，在与作品时代有很长的时间距离之后再去探求作者当初的创作目的和思想意图，很容易出现误读和过度阐释问题。

这种情况在鲁迅研究中很普遍地存在着。举一个典型的例子，《秋夜》

是鲁迅非常优秀的散文诗，但长期以来，人们的研究都是将它做各种猜谜式的理解。如这个意象象征现实的什么力量，那个意象又指向现实的什么人物，将一篇文学作品索隐成了一部政治或个人私生活谜语。这种研究已经受到了学者的质疑[①]。其实，从纯粹的文学角度看，作品的意义也许能够更充分地体现。也就是说，《秋夜》所展现的独特意境美，所蕴含的丰富象征性，并不需要借助于那些现实影射，本身就有广泛而深邃的意义，拥有很高的文学和思想价值。它是审美与思想、写实与象征的巧妙结合体[②]。《秋夜》只是一个例子，这种情况在鲁迅作品解读中很普遍地存在。显然，真正回到文本，回到文学形式自身来研读鲁迅作品，研究者还有很大的开拓空间。这也应该成为鲁迅文学性研究的重要方面。

第二是开阔视野，立足于更高和更深远的文学背景上来认识鲁迅。

这包括两个方面的意思。一是从更广阔和丰富的文学内涵上来理解鲁迅。我们对鲁迅作品的分析，要开阔视野，不应该只局限于现实和本土角度，应该深入到人类文化和人类生存命运的高度。像近年来一些学者对《阿 Q 正传》的研究，超越原有的启蒙文化角度，考察它在世界文学背景下的意义和局限，赋予了形象更丰富的内涵，就很有启示意义[③]。但这种研究还有待于更广泛地运用到对鲁迅其他重要作品的认识上来。二是从新文学历史的背景上来认识鲁迅。如果说打开文学的视阈是对鲁迅研究的深入开掘的话，那么，从新文学历史上来研究鲁迅，则是对其宽度的拓展。这对鲁迅研究的深入和新文学历史的深入都有积极意义。从鲁迅角度而言，从历史出发可以更深切地认识鲁迅的开创性地位；从新文学角度，可以更好地总结新文学发展历程中的文学变迁，并以之推动其他领域的研究。这方面有非常多的值得开拓和深入的话题。比如鲁迅与新文学其他作家关系的研究，以往的研究多侧重于生活交往和影响等方面，实际上，从

---

① 李今：《研究者的想象和叙事——读〈鲁迅：为爱情作证——破解《野草》世纪之谜〉想到的》，《中国现代文学研究丛刊》2006 年第 4 期。

② 贺仲明：《文本法之于鲁迅的教学与研究——以〈秋夜〉为例》，《江苏教育学院学报》2003 年第 5 期。

③ 陈漱渝：《说不尽的阿 Q：无处不在的魂灵》，中国文联出版公司 1997 年版。

文学内部做深入的关联研究就很有价值[①]；再如鲁迅与中国古典文学的关系问题。早在20世纪80年代初，王瑶先生就提出了这一问题，并做了较为深入的思考[②]。但由于这一问题直接联系到新文学的内在资源和发展方向，对它的探讨，既需要充分考察新文学的背景，又要有深广的古典文学基础，学术界目前的研究始终不很充分。这显示出认识文学意义的鲁迅绝对不简单，而是有深广的空间，期待挖掘。

这其中，需要特别提出将文学意义的鲁迅与当前文学的创作现实做必要的勾连。鲁迅对当前文学确实是有很大意义的，但对其文学价值的强调也许能更有益于当前文学。因为文学的意义在现时代与鲁迅时代相比已经有了很大的差别。鲁迅的文学有启蒙和反抗现实的一面（至少在很长时间内，人们主要是这么去理解他的），但是，在今天，在物质文化占据统治地位的时代，文学的意义也许不再是思想斗争和政治斗争的武器，它更是一种精神的守望、一种独立的审美品格。这是它借以反抗现实物质文化的源泉和力量，也是它生存的理由和基础。在这个意义上，文学上的鲁迅也许比启蒙的鲁迅和政治的鲁迅更有现实针对意义，更能成为今天文学的精神支持。另外，具体到文学创作领域，鲁迅的文学价值、所进行的文学选择，尤其是他在传统与现代之间进行的高度融合，对传统文学（特别是语言）兼顾批判和继承的创造性发展，依然能够启迪今天的作家，具有一定的示范性意义。

当然，回到文学意义的鲁迅，还需要不讳言鲁迅的某些局限。毕竟，鲁迅处于新文学的开创时期，虽然他是伟大的开创者，但也应该看到，他在某些新旧转换上还略有生硬，某些技巧还未完全脱离借鉴的痕迹。这都是难免的，并不损害鲁迅的价值。事实上，只要是真正从文学出发来认识鲁迅，鲁迅的意义绝对不会被低估，他的丰富性才会得到更全面深刻的挖掘。

第三，也是最后要特别强调的是，回到文学的鲁迅，侧重认识文学意

---

① 在一次京派文学研究学术会议上，许祖华先生提出从鲁迅文学的背景上来研究京派文学，就是这方面的实践。其研究也得到了学术界的积极评价。参见湖南师范大学文学院：《中国京派文学研究60年国际学术研讨会论文集》（会议资料）。

② 王瑶：《鲁迅与中国文学》，陕西人民出版社1982年版。

义的鲁迅，不是对以往鲁迅研究的否定，也不是菲薄鲁迅的思想价值，更不是将鲁迅的价值孤立化、简单化。它所期待的是一个新的转型，期待在新的时代下推进对鲁迅作为文学家一面的认识，这是对鲁迅意义面的丰富和深化，是对以往鲁迅研究的补充和完善。我也承认，鲁迅的启蒙尤其是社会批判思想在今天也并没有完全失去意义，我们有继承和发展的必要。但是，我们不能局限在自己所需要的立场上来理解和认识鲁迅，不能将鲁迅局限于我们的思想背景上。我们在继承鲁迅思想遗产的同时，不能让它成为遮蔽和忽视他文学价值的理由。我们应该还原鲁迅本身的文学价值，去体会其文学的深度，探寻其文学魅力，传播其文学影响力。这样，才能真正确立鲁迅在中国社会历史和文学历史中的崇高地位，才能更全面地认识鲁迅的价值。在这个意义上，我们主张回到文学的鲁迅，并不是排斥和拒绝思想的鲁迅，或者说，它们应该是一个互补而不是简单的取代关系。

论抗战时期文学中的道德精神变异[1]

罗森邦说："最可能影响一国的政治文化的事件——如战争、经济萧条和其他危机，这些事件彰显了政府的能力，引起人民深深地卷入政治生活中，而且常常测验和检验他们对政治生活的基本感情、信仰和假定。"[2]抗日战争深刻地改变了中国的政治面貌和人们的日常生活，也改变了社会的文化和道德精神。这种变化，鲜明地体现在这一时期的文学当中。

一、伦理：传统与现代的颉颃

中国现代文学的伦理精神是以五四新文化运动为基准的，"打倒孔家店"的口号宣告了中国现代知识分子与传统伦理道德的决裂，昭示出以民主和科学为基础的新伦理建设的开始。鲁迅的《阿Q正传》《祝福》《肥皂》，以及巴金的《家》、曹禺的《雷雨》和丁玲的《莎菲女士的日记》等名作，都大力张扬现代启蒙精神，对忠孝节义和男尊女卑等传统伦理思想进行了嘲笑、批判和控诉。

但是，这种状况在抗战中遇到了严峻的挑战。战争作为集体行为，它

---

① 本文2005年发表于《学术研究》第9期。

② 罗森邦：《政治文化》，陈鸿瑜译，台湾桂冠图书股份有限公司1984年版，第18页。

需要服从、忠诚、统一等传统伦理的支持，尤其是对女性，要求她们承担的是温情的抚慰者和忠诚的守候者角色。这自然与五四的现代伦理精神形成了尖锐的冲突。不同作家在与战争和五四精神之间关系密切度上的差异，决定了抗战文学伦理精神的多样性和复杂性。一些作品表示了对现实的尊重和认同。许多直接书写战争的作品，按照战争的规范要求，对军人的传统道德（如勇敢、忠诚、纪律、服从等）进行了赞美和歌颂，它们极少写士兵的独立精神，更少涉及他们的反抗要求。比如丘东平的《一个连长的战斗遭遇》的主人公林青史，尽管作战英勇，立下功勋，却被昏庸的上级下令枪毙，对此，他没有丝毫的反抗意识，而是无条件地表示服从。萧乾的《刘粹刚之死》、吴奚如的《萧连长》、姚雪垠的《“差半车麦秸”》等抗战初期作品，以及几乎所有的解放区战争题材作品，都表达了类似的伦理精神。尤其是历史剧创作领域，无论是抗战初期的“南明史剧”，还是中期的“天国史剧”“战国史剧”，都大力张扬忠君爱国思想，和“节操”“忠贞”传统伦理思想，以此为评判人物是非优劣的唯一标准。

在女性伦理上，许多作家也选择了回归传统的要求。曹禺对巴金《家》进行的改编，孙犁塑造的水生嫂、吴召儿等传统道德的优秀服从者形象，是人们反复提到的例子。还有很多作品也表现了类似主题，如解放区许多新英雄传奇作品在写到女性时把宁死不屈、保全贞节作为她们人格的重要品质，几乎所有正面女性形象都模范地遵循着这些道德要求。从这个意义上说，丁玲的《我在霞村的时候》中失去贞洁的贞贞遭到村人们嘲笑，不只是乡村现实的反映，也是许多作家思想观念的反映。

一些反映家庭生活的作品，也表现出向传统伦理思想的回归。在五四文学中，父亲形象是被作为封建专制的代言人来塑造的，他们扮演的是被青年人反抗和斗争的角色。但抗战文学中类似的形象很少（除了在一些描写解放区新人的作品中）。这不只是因为作家们普遍将笔触集中到战争上，反映家庭生活的作品大幅度减少（如巴金就创作了反映现实的《火》，放弃和更改了“激流三部曲”的创作计划），更是因为作家们改变了对父亲的态度，不再将反抗父亲作为基本伦理主题，像巴金的《憩园》、王西彦的《古屋》等都是这样。更多的父亲形象，如孙犁的《荷花淀》《嘱咐》、杨朔的《月黑夜》、陈瘦竹的《庭训》中塑造的父亲，都是拥有与下一代同样品格的爱国者、牺牲者，二者在政治上的一致性，已经掩盖和弥合了代际之间在伦理观念上的冲突。

不少作家选择的是认同现实的伦理精神，但依然有些作家顽强地保持着五四的现代伦理精神，还有一些作家表现出对二者取舍的困惑和矛盾。五四精神最典型的表现是在女性伦理上。一些作家突破时代限制，表现了五四现代伦理精神，如丁玲的《我在霞村的时候》和《夜》等作品，前者明确地向乡村伦理文化挑战，后者在对村干部何明表示同情和揶揄的同时，也含蓄地表达了对时代伦理文化的否定。此外，如梁彦的《磨麦女》、于逢的《乡下姑娘》等作品，在表现被家庭束缚、远离幸福的农村妇女不幸遭遇的同时，也隐含着对新道德伦理的期待和启示。萧红的《呼兰河传》、老舍的《四世同堂》则可以作为伦理精神选择困惑和矛盾的代表。前者曾被茅盾解读为萧红个人精神的产物，并批评其中寓含着作者“不能投身于农工劳苦大众的群中，把生活彻底改变一下”[①] 的缺陷。近年来有人认为作品主题是对鲁迅启蒙传统的继承。其实，《呼兰河传》的精神本身就是多元的，其中既有五四精神的遥远传达，又有对故乡现实伦理的怀念和肯定。同样，《四世同堂》的道德伦理取向也很含混，它对老北京祁老人所代表的传统家族文化是批判中有保留，惋惜中有遗憾，尤其是将之与钱默吟家所代表的忠贞爱国精神结合起来看，作品中表达的伦理精神就更复杂了。

二、个人：独立向集体的归依

抗战的形势要求人们遵循传统伦理，也要求个人消弭个性，归依于集体的大环境。像上面谈到的传统伦理的许多内容，如忠诚、服从等品格，其实质是要求个性向集体的归依。正因为如此，在抗战文学中，张扬个性

---

① 茅盾：《〈呼兰河传〉序》，《茅盾论创作》，上海文艺出版社 1980 年版，第 336 页。

精神的作品相当少见。最突出的是以胡风为精神领袖的“七月派”创作。胡风提出的“主观战斗精神”等口号，张扬了生命力的意识，是对五四个性解放精神有力的呼应。在胡风的影响下，路翎的《饥饿的郭素娥》等作品展示了个性的追求和反抗精神，其对独立自觉“生命意识”的追求是这一时期突出的例外。此外，端木蕻良的《大地的海》《大江》等作品，也表现出强大战争压力下粗犷而顽强的生命气息，蕴含着不息的个性精神。

更多作品表现的是时代要求与个性追求之间的冲突，以及产生的精神困惑。丁玲的《在医院中》最为典型，知识分子陆萍不满现实，有独立的个性要求，但面对现实，她得到的只能是困惑和苦闷。此外，郁茹的《遥远的爱》、齐同的《新生代》、靳以的《前夕》等作品，也表现出类似的主题。这些作品中的主人公受过现代精神的启迪，追求个人幸福和爱情，但战争所要求的却是奉献自己、牺牲自己，于是，“人的正常要求和个人弃绝的时代观念，在罗维娜小小的头脑中模糊成一片混响。……她渐渐地不再懂得什么是爱和她爱的是什么”[①]。痛苦是这些主人公无可选择的结果。

可以作为抗战文学个性状况鲜明表征的，是其中出现的大量“蜕变者”形象。这一形象的基本模式是知识分子从家庭或原来生活中走出来，通过对自己的改造和精神蜕变，最终投入革命和抗战事业的怀抱。典型作品如何其芳的《夜歌》、碧野的《三次遗嘱》、夏衍的《法西斯细菌》和《芳草天涯》、严文井的《一个人的烦恼》，以及塑造了“走向抗日战场的娜拉”[②] 形象的郁茹的《遥远的爱》等。这些作品的人物形象（或抒情主人公）都经历着从个人到集体的艰难蜕变，最终的结果都是消融自我，改造自我，成为大集体中的一员——就像诗人方敬的《受难者之歌》所表现的：“通过痛苦的憧憬与光亮/将引我们远去，远去，/不怕山高，不怕路长……”[③] 如果将这些“蜕变者”形象与五四文学中的娜拉式“出走”做对比，可以清晰地感受到个人精神的强烈嬗变：五四时期的出走是走出家

① 许志英、邹恬：《中国现代文学主潮》，福建教育出版社 2001 年版，第520 页。

② 杨义：《中国现代小说史》第三卷，第 48 页。

③ 方敬：《方敬选集》，四川文艺出版社 1991 年版，第 141 页。

庭，追求的目标是个性解放，而抗战文学则是改造和消灭个性，将个人融入集体中。

除了“蜕变者”，抗战文学中还出现了一些具有勇敢、乐观气质的“新人”形象。最典型的是解放区的文学作品，如孙犁作品中的水生嫂等女性英雄，赵树理《李家庄的变迁》中的小常、《小二黑结婚》中的小二黑，以及《新儿女英雄传》《李勇大摆地雷阵》等传奇小说中的战斗英雄形象等。这些形象代表了抗战文学中的希望和光彩一面，他们勇敢善战，敢于与封建家长做斗争，表现出突出的个性特征。然而，对这些“新人”的深层精神世界做细致考察，我们可以发现，他们并不具备真正的独立个性气质，他们的行为后面隐含的是对政治的依靠和无条件崇敬。“蜕变者”和“新人”形象，从两个不同的侧面展示出抗战文学中个人精神的彻底泯灭。

抗战文学中个人向集体归依的现象是文学的表现，也是作家们生活和思想的现实反映。战争的特殊环境，使许多知识分子感到自己力量微弱，向政治归依和崇拜的情绪相当强烈。无数爱国青年奔赴延安、弃笔从戎，何其芳、艾青、丁玲、周立波等作家，以及郭沫若、茅盾、老舍等老一代作家，都经历着从个性追求到归依集体的复杂精神历程，显示出这一道德精神嬗变的普遍性和真实性。

三、道德载体：回归本土的文学形式

抗战文学道德精神的变异不仅体现在思想层面，也体现在文学形式层面。这一方面是因为不同道德精神的传达必然伴随相应的文学形式，而且，文学形式本身也寓含着一定的道德价值趋向。正如陈平原所说：“新技巧只有在适合表现新人的新意识时，才可能真正被感知和利用。”① 文学形式，不仅是文学自身的选择，还折射着作家的精神文化方向。抗战文学形式的变异与时代道德精神的总体趋向有着鲜明的一致性，回归传统、回

① 陈平原：《中国小说叙事模式的转变》，上海人民出版社 1988 年版，第 16 页。

归本土是它最突出的特征，章回体小说、口号诗，以及赵树理等作家的口语化小说，是当时最具典型意义的文学形式。

抗战文学的本土化趋势在抗战初期的“旧瓶装新酒”讨论中就有明显的体现，它蕴含着战争的实用要求与五四文学以启蒙为精神主导的知识分子文学形式之间的不和谐。只是这场讨论的主要参与者都生活在国统区，环境对文学形式转换的要求不太强烈，因此，它虽然进行得轰轰烈烈，但并没有产生多大的实质性效果。然而，没有解决的问题和矛盾始终困扰着抗战文学的发展，维持现代与回归传统两种观点的冲突几乎从未停息过。“民族形式问题”的讨论贯穿了整个抗战中后期文学，解放区领袖毛泽东的亲自参与，尤其是《在延安文艺座谈会上的讲话》（下称《讲话》）的发表，更将这一讨论推向了高峰。

从这个意义上说，抗战文学中的形式变革表现的是农民群体的要求，寓含的是通俗文学对现代文学的批评和颠覆意图。从赵树理等民族形式实践者身上所看到的文学形式，确实表现出与五四文学质的区别。无论是其故事的构架，还是叙述语言、描写方法，以及人物生活的场景、人物性格，它们都呈现出真正本土化的特征。所以，我们不同意那种将解放区文学的本土化方向完全归咎于毛泽东《讲话》的观点。那些本土化作家的思想和创作动力并不完全依赖于《讲话》，他们只不过借助这股东风，获得了更多声誉和支持而已。但《讲话》对抗战文学的影响是巨大的，许多作家在改变自己思想观念的同时，也转换了文学形式，如周立波的《暴风骤雨》就比较成功地借鉴了民间文学形式，何其芳和艾青也创作过《一个泥水匠的故事》和《吴满有》这样的通俗诗歌，尽管不太成功，但对于在五四新诗传统中徜徉过的诗人来说，这显然是一个难得的尝试。在国统区文学中，也有本土化文学潮流，如向林冰在理论上的大力倡导，老舍、老向等人的大量创作实践，都产生了广泛影响。

然而在文学形式的变异上，抗战文学并没有形成完全的一致性，至少在国统区与解放区之间就存在较大差别。在民族形式讨论中，胡风等人对五四文学的维护占据了主导，郭沫若、茅盾等人虽然对《讲话》表示附和，支持赵树理和民族形式，但他们的行为主要是政治上的，在文学层面其实有相当的保留。这与解放区拥有赵树理众多的拥戴和模仿者的情形不一样。更有显著差异的是，正当赵树理等人在寻找着最本色的形式表现农民生活的时候，国统区的沈从文、冯至等人正在从《看虹录》《十四行诗集》中探索着各种小说和诗歌文体上的创新，他们所走的道路，完全是五四新文学的现代方向。从这个意义上说，抗战文学的形式并没有完全从现代方向上撤退，民族化、本土化虽然是时代主流，但它并未形成对现代形式的征服关系——这种关系的真正形成，是在全国抗战胜利后。

四、结论：变异与新生

抗战时期道德精神的变异，以往的研究者们并非完全没有注意到，一些学者（主要是在思想界）还对此进行了分析和评价。如李泽厚就以“救亡压倒启蒙”[①] 来概括这种变异的发生原因，许志英则以“启蒙与被启蒙”[②] 的错位来对这一变异表示否定。这些看法揭示了抗战时期社会和文学道德精神中的混乱和反现代性成分，但对这一现象，态度也许还应该更冷静客观，更具有历史的同情性。

首先，我们应该认识到这种变异是时代的产物，应该认识它的必然性。抗战是全民战争，它需要统一的思想和精神来对抗侵略者，需要从民族传统文化的凝聚力中寻找到精神资源和动力。[③] 从这个意义上说，抗战时期文学的道德精神变异确是时代文化的真实折射，也有其现实合理性。在文学形式上，战争需要农民积极参与，传统的道德借助民族化的本土形式表达，也是现实需要。

其次，也是更重要的，抗战文学的道德精神尽管存在着种种非现代的缺陷，但它包含着对五四新文学和文化思想纠偏和补正的因素。比如在伦

---

① 李泽厚：《中国现代思想史论》，天津社会科学出版社 2003 年版，第 19 页。

② 许志英、邹恬：《中国现代文学主潮（下）》，福建教育出版社 2001 年版，第 144 页。

③ 正是这种原因，抗战时期“新儒家思想”一度复兴，贺麟在 1940 年撰写了《五伦观念的新检讨》等主张重新认识传统伦理的文章。见贺麟：《文学与人生》，商务印书馆 1988 年版。

理关系上，抗战文学的封建批判意识较为淡薄，其对传统伦理的肯定更有悖于现代性方向之处，但是，在寻求女性与男性关系的和谐，尤其是在探索父子关系的和谐方面，它也给了我们许多启迪——从历史的眼光看，五四文学将父亲形象恶魔化的单一趋向，以及以反抗家庭为唯一目的的女性思想，显然有极端化的嫌疑，也影响了人们对中国传统文化的全面评价。

此外，抗战时期文学通过对现实的反映，客观上揭露了一些深层的文化现实，加深了我们对中国伦理文化建设的认识。像茅盾的《腐蚀》、陈铨的《野玫瑰》、丁玲的《我在霞村的时候》等，就都写到了战争时代特殊的民族利益对女性利益的伤害甚至是掠夺，丁玲的《在医院中》、路翎的《饥饿的郭素娥》等则深入揭示了女性解放的复杂和艰难。比较五四时代，这种反映无疑有其独特的真实性与深刻性，对五四女性道德建设有所深化和发展。

沈从文在《文学运动的重造》等文章主张知识界人士立足于长远民族文化和道德建设，在“重新做人”的基础上来促进民族的强大和发展。同样，胡风在继承五四精神的基础上，大力鼓吹民族精神的活力，张扬民族文化中的强力精神。这些思想都给五四的现代道德文化灌注了新的内涵。①

抗战文学道德精神的载体——文学形式的本土化也值得认真思考。抗战文学的许多旧形式（如章回体、口号诗等）确有滞后之处，但它也反映出中国新文学的某些内在缺失。自诞生之日起，中国新文学即存在着与接受者之间的关系问题。20 世纪 30 年代的“大众化”问题讨论，包含着新文学自我调整的意图。抗战文学的民族化、本土化方向，尽管存在着这样那样的不足，但它确实拉近了新文学与大众的距离，获得了更广泛的读者，其成功和缺失对整个中国新文学发展都有借鉴意义。

---

① 张光芒：《中国近现代启蒙文学思潮论》，山东文艺出版社 2002 年版，第259 页。

"大众化"讨论与中国新文学的自觉[①]

在20世纪三四十年代，中国文坛发生了两次有影响的文学讨论：一是1930年开始，持续了八九年以"文艺大众化问题"为中心的系列讨论；二是抗战爆发后以"民族形式"为中心的讨论。它们虽然侧重点不同，但都围绕文学大众化这一核心问题展开，时间上也有紧密的连续性，它们是一次整体性的讨论。对于这一讨论，学界进行了大量的考察与研究，取得了丰硕成果。然而，我以为，这些研究往往存在着方法和思维上的缺陷[②]。首先是观点的一元化。研究者大都持比较绝对的观点，对讨论者也多做简单的肯定或否定评价，缺乏客观细致的立体分析。其次是非文学的外在视角。不少论者立足于政治、历史等角度进行考察，侧重探究的是它与时代政治的关系，对文学本身的问题关注不够。再次是感性化的方法。研究者大都缺乏必要的理论高度，对讨论缺乏学理上的探讨和辨析。因此，"大众化"讨论的价值尚未得到准确的揭示，它与新文学发展的整体关系和意义也没有得到充分重视。本文试图突破原有方法和视域的限制，主要从新文学发展的内在视角理性地审视"大众化"讨论，希望能对这一问题的研究有所推进。

---

① 本文2006年发表于《中国社会科学》第6期。

② 一个最直观的表现是，许多研究者将20世纪三四十年代两次"大众化"讨论分割起来看待，其实，无论从现实参与讨论者的理解还是从文学史角度考虑，它们都应该是一个完整的整体。

一

“大众化”讨论何以能够发生，现有的研究大多从历史背景、政治环境上考察，然而我以为，时代因素固然对讨论起了诱导和推进作用，但主要原因还是在文学内部。正如胡风当时的反思：“八九年来，文学运动每推进一段，大众化问题就必定被提出一次。这表现了什么呢？这表现了文学运动始终不能不在这问题上面努力，这更表现了文学运动始终是在这问题里面苦闷。”[①] 这一讨论蕴含着新文学的自我焦虑，是其自我发展愿望之体现。从五四到发生“大众化”讨论的 30 年代，新文学已经走过了十多年的路程，它虽然取得了对旧文学的成功，但也有许多问题没有得到解决，随着时间的推移，这些问题越发显得严峻和迫切。“大众化”讨论之发生，是这些问题的集中爆发。

问题之一是新文学的形式自立问题。新文学是从对传统文学的反叛和对西方文学的借鉴中滋生出来的，它欲走向真正的自立，既需要对二者进行协调和转换，在借鉴和吸收中丰富自己，也需要最终走出影响的阴影，建立起独立而成熟的主体形式。大体而言，新文学对西方文学所做的主要工作是摆脱影响，而对传统文学采取的办法则主要是如何从对立走向融合。新文学和传统文学之间意识形态上的尖锐冲突，以及新与旧转折上的艰难，决定了它们之间关系的复杂，也决定了新文学自立过程的艰巨性和曲折性。

以语言问题为例。语言的变革是新文学兴起的最初动因，也是它最醒目的外在特征。胡适的《文学改良刍议》和陈独秀的《文学革命论》都将“白话文”作为新文学与传统文学决裂的最重要标志，五四新文学运动也普遍被人们称为“白话文运动”。为此，胡适对白话文有过明确的要求：“是戏台上说白的‘白’，是俗语‘土白’的白。……是‘清白’的白，是‘明白’的白，……是‘黑白’的白。白话便是干干净净没有堆砌涂饰

① 胡风：《大众化问题在今天》，原载《民族战争与文艺性格》，桂林南天出版社 1943 年版，收入《胡风全集》第 2 卷，湖北人民出版社 1999 年版，第 504 页。

的话。”[①] 并创作了《尝试集》作为这一要求的直接实践品。从历史的发展过程来看，白话文运动是具有很强合理性的，在短短几年间，白话文就取代文言文获得了在中小学校教材中的主导地位，主流文学界更成为白话文的天下。一种新的文学语言似乎已经建立起来。

但实际上，新文学语言建设的难度远在倡导者的意料之外。从最根本的方面来说，文学语言本身就是一个包含着悖论的难题。著名语言学家雅各布森说过：“文学的特殊标志是这样一个事实，一个词是被当作词来感受的，它不仅仅是一个所指客体或一种感情爆发的代表，词以及词的安排、意义、内在和外在形式要求有自己的地位和价值。”[②] 文学语言与口头语存在着必然的差别，也是文学“陌生化”特征的外部体现，作为一种新的文学语言的要求，胡适提出的单纯口语化显然过于简单和浅陋；另一方面，新文学的语言还面临着“影响的焦虑”问题。新文学的白话文虽然与传统白话文学有形似，但五四文学承载的是西方文化，与传统白话文学有本质的不同，这自然影响它从传统白话文中借取营养的限度。而且，尽管白话文学在中国有悠久的历史，但它一直处在民间和边缘地位，发展还不够成熟，与已臻纯熟阶段的文言文比较更是相形见绌。这样，新文学语言必然会受到两方面的严重影响：一是传统的文言文。尽管受意识形态制约，作家不可能主张学习文言文，但他们受原有知识和文学习惯，以及文学观念和文化传统的影响，不可能真正摆脱文言文的影子，成为白话文的“顺民”。二是“翻译体”语言。由于“翻译体”是伴随着具有强大精神优势的西方文学而来的，它自然会对新文学产生巨大的辐射力。新文学语言的成熟不可能离开文言文和“翻译体”的影响，但它又必须走出二者的阴影，找到自己的真正位置。

新文学的语言实践就体现着这一艰难。尽管胡适以《尝试集》为范例，但它并未得到大家的认可，在新文学进一步的创作实践中，像胡适一样完全“口语化”的作家非常之少，而是大都走上了另外的道路。新文学

---

① 胡适：《论小说及白话韵文——答钱玄同》，《新青年》1918 年第 4 卷第 1 号。

② 瑙曼：《接受理论》，范大灿：《作品、文学史与读者》，文化艺术出版社 1997 年版，第 49 页。

的代表作如鲁迅的《狂人日记》《阿Q正传》，周作人、朱自清的散文，郭沫若、徐志摩的诗歌，都不是完全的口语化语言，而是不同程度地借用了传统文言文和西方文学语言。因此，有学者认为“在五四文学中形成的‘国语’是一种口语、欧化句式和古代典故的混合物”[①]。

周作人和鲁迅还对新文学的语言要求做了自己的阐述。周作人从与传统语言的关系入手，对民间口语进行了明确的批评：“我们决不看轻民间的言语，以为粗俗；但是言词贫弱，组织单纯，不能叙复杂的事实，抒微妙的情思，这是无可讳言的”，“民间的俗语，正如明清小说的白话一样，是现代国语的资料，是其分子而非全体。现代国语须是合古今中外的分子融和而成的一种中国语”。[②] 并清晰地表达了对文学语言的理想：“我们所要的是一种国语，以白话（即口语）为基本，加入古文（词及成语，并不是成段的文章）方言及外来语，组织适宜，且有论理之精密与艺术之美。”[③] 鲁迅则更侧重于借鉴西方文学语言，他后来在翻译上的“硬译”要求是这一思想的明确体现，而在20年代他就表示：“欧化文法的侵入中国白话中的大原因，并非因为好奇，乃是为了必要。”“要说得精密，固有的白话不够用，便只得采些外国的句法。比较的难懂，不像茶淘饭似的可以一口吞下去是真的，但补这缺点的是精密。”[④] 他们兄弟二人代表的是新文学语言不同发展方向的现实要求，也是对胡适过于简单的“口语化”要求的反拨和补充。

从文学语言的雅致和规范角度来说，鲁迅和周作人的要求显然是合理的，但他们对“口语化”的拒绝，却也影响了新文学在大众中的影响和传播，与五四新文学运动提出的“平民文学”初衷也有所背离。史华慈曾对五四文学语言有过这样的批评：“‘白话文’成了一种‘披着欧洲外衣’，负荷了过多的西方新词汇，甚至深受西方语言的句法和韵律影响的语言。

---

① 费正清：《剑桥中华民国史》上卷，中国社会科学出版社1994年版，第528页。

② 周作人：《国语改造的意见》，《艺术与生活》，上海中华书局1936年版，第108－109页。

③ 周作人：《理想的国语》，《京报副刊，国语周刊》1925年第13期。

④ 鲁迅：《玩笑只当它玩笑（上）》，《鲁迅全集5》，人民文学出版社1981年版，第520页。

它甚至可能是比传统的文言文更远离大众的语言。”① 这是有一定道理的。也因此，新文学作家的语言思想并没有形成完全的固定和统一。胡适、傅东华等人就曾通过批评“语体文欧化”表示过不同的声音。② 即使是鲁迅，在思想和行动上也存在着明显的差异。他尽管在理论和创作实践上都主张“欧化”方向，但又始终对“真正的平民文学”③ 有所介怀，并为此而赞同放弃汉字和“世界语”的极端主张。显然，如何在选择和融合中完成语言建设是新文学作家一项深重的难题。“大众化”讨论将新文学语言问题引人注目地提出来，从“大众化”角度对五四文学的语言方向进行反思和批评，可以看作是新文学语言发展和寻找自我过程中的又一次反复，甚至可以说是胡适语言思想在经历过挫折之后的又一次复苏。④ 瞿秋白将大众化运动称作是“第三次文学革命”，是有一定道理的。

问题之二是大众对新文学的接受问题。这也是新文学一个始终难以摆脱的困境，它的形成直接关联着新文学的基本观念。五四文学是启蒙主义的文学，它的诞生带着强烈的文化批判意图，作家立足于知识分子的启蒙立场，将新文学理解为精英文化范畴，主体内容是现代思想的引进和自我情感的表现，对大众尤其是对普通百姓，考虑的是如何启蒙和改造，很少在意他们的接受与喜好。在这一思想主导下，五四作家的文学观念中基本上没有大众接受的位置，当遇到大众接受上的矛盾时，他们往往批评的是大众而不是自己。20 年代初，茅盾对大众审美观有这样的批评：“中国一般人看小说的目的，一向是在看点‘情节’，到现在还是如此；‘情调’和‘风格’，一向被群众忽视，现在仍被大多数人忽视。……若非把这个现象

---

① 本杰明·史华慈：《〈五四运动的反省〉导言》，王跃、高力克：《五四：文化的阐释与评价——西方学者论五四》，山西人民出版社 1989 年版，第 9 页。

② 刘炎生：《中国现代文学论争史》，广东人民出版社 1999 年版，第 75－79 页。

③ 鲁迅：《革命时代的文学》，《鲁迅全集 3》，第 422 页。

④ 正因此，胡适在“大众化”讨论中基本上不著一词，与鲁迅、茅盾等人相比，他的态度很耐人寻味。在五四新文学运动的 40 年后，胡适也依然慨叹：“白话文在四十年来就始终没有能成为完全的教育工具和文学工具。”见唐德刚译注的《胡适口述自传》，华东师范大学出版社 1993 年版，第 166 页。

改革，中国一般读者赏鉴小说的程度，终难提高。”① 当有读者对新文学的“接受”问题表示异议，茅盾也是将问题还给“大众”；“我觉得现在一般人看不懂‘新文学’，不全然是不懂‘新式白话文’，实在是不懂‘新思想’”，并认为：“民众文学的意思，并不以民众能懂为唯一条件；如果说民众能懂的就是民众艺术，那么讴歌帝王将相残民功德、鼓吹金钱神圣的小说，民众何尝看不懂呢？”② 茅盾的思想并不是个别，而是代表了五四新文学的主流意见。如周作人尽管主张“平民文学”，但他的前提是教育平民，因此他对大众读不懂新文学作品的反应是：“正因为他们不懂，所以要费心力，去启发他。”③ 即使到了30年代“大众化”讨论伊始，也还有人将“大众化”理解为改变大众，而不是改变自己：“你要去教导大众，老实不客气的是教导大众，教导他怎样去履行未来社会的主人的使命。……你是先生，你是导师，这个责任你要认清！”④

接受问题还涉及新文学与旧文学，以及与通俗文学的关系问题。因为与新文学忽视大众接受不同，通俗文学对这一问题很看重，并借助传统文学形式取得了很大的成功。在五四后的文学舞台中，新文学与通俗文学各有自己的势力范围，在社会影响力上，新文学则远远不能和通俗文学相比拟：“现在的中国欧化青年读五四式的白话，而平民小百姓读章回体的白话。”⑤ 通俗文学所运用的是传统文学形式，其内容也与新文学运动存在较大差异（正是因为这两点，一直到现在，许多新文学史家还坚决拒绝接纳通俗文学），因此，面对在大众接受上的落后处境，新文学作家虽有尴尬之心，但更易于产生不以为然乃至抵触的情绪。即使到了抗战时期，聂绀弩还流露出这种观念：“看见《啼笑因缘》销路广，《姊妹花》卖座好就

---

① 沈雁冰：《评（小说汇评）创作集二》，《时事新报·文学旬刊》第43期，1922年7月21日。

② 沈雁冰：《通信·答梁绳祎》，《小说月报》1922年第13卷第1号。

③ 周作人：《平民文学》，《中国新文学大系（1917—1927）·建设理论集》，上海良友图书印刷公司1935年版，第212页。

④ 郭沫若：《新兴大众文艺的认识》，《大众文艺》1930年第2卷第3期。

⑤ 瞿秋白：《普洛大众文艺的现实问题》，原载《文学》1932年半月刊第1卷第1期，收入《瞿秋白文集》第3卷，人民文学出版社1954年版，第857页。

眼红，这是机会主义的办法。”①

在20世纪初，新文学的接受问题是一个难度较大的问题，如在内容方面，缺乏必要文化水平的大众不可能迅速认可西方的现代新思想；在形式方面，新文学的西方化特点也难以被习惯于读传统文学的大众所接受。加上新文学意识形态观念的影响，新文学接受问题之难是可想而知的。正因此，在新文学早期发展中已有作家意识到接受问题的重要性，如鲁迅在20年代末就开始呼唤“真正的平民文学”，期待新文学走进普通大众，但他对其难度有清醒的认识：“多作或一程度的大众化的文艺，也固然是现今的急务。若是大规模的设施，就必须政治之力的帮助，一条腿是走不成路的，许多动听的话，不过文人的聊以自慰罢了。”② 最后只能寄望于“世界语”和“拼音化”的极端方式。同样，茅盾在1928年也表达过对新文学接受困境的不满：“事实上是你对劳苦群众呼吁说‘这是为你们而作’的作品，劳苦群众并不能读，不但不能读，即使你朗诵给他们听，他们还是不了解。……你的作品的对象是甲，而接受你的作品的不得不是乙；这便是最可痛心的矛盾现象。……我们应该承认：六七年来的‘新文艺’运动虽然产生了若干作品，然而并未走进群众中去，还只是青年学生的读物；因为‘新文艺’没有广大的群众基础为地盘，所以六七年来不能长成为推动社会的势力。”③ 感受虽然沉痛，但也没有提出真正切实的解决办法。

正因为这样，瞿秋白批评“五四的新文化运动对于民众仿佛是白费了似的！五四式的新文言（所谓白话）的文学，以及纯粹从这种文学的基础上产生出来的初期革命文学和普洛文学，只是替欧化的绅士换了胃口的‘鱼翅酒席’，劳动民众是没有福气吃的……现在，平民群众不能够了解所谓新文艺的作品，和以前的平民不能够了解诗古文词一样”④。虽然极端却不无针对性。而在现实方面，接受困境也成了五四启蒙文学一个不可突破

---

① 聂绀弩：《新形式的探求与旧形式的采用》，《中华日报·动向》1934年4月24日。

② 鲁迅：《文艺的大众化》，《鲁迅全集7》，第350页。

③ 茅盾：《从牯岭到东京》，《小说月报》1928年第19卷第10号。

④ 瞿秋白：《大众文艺的问题》，《文学月报》1932年创刊号。

的瓶颈："'五四'传统所获得的大众化的内容终于没有在文艺运动底号召上争到表现。"[①] 在这一情况下，接受问题成为"大众化"讨论的导火索，直接促动了讨论的发生，也就成了顺理成章的事情："新兴文学的初期，生硬的直译体的西洋化的文体是流行过一时，这使读者——就是智识阶级的读者——也感觉到非常的困难，启蒙运动的本身，不用说，蒙着很大的不利。于是大众化的口号自然提出了。"[②]

二

"大众化"讨论源自新文学的困境和强烈的自我发展要求，讨论也关涉到新文学的精神品格、文体特征和发展方向等核心问题。讨论对五四文学有方向性的调整，为新文学的发展做出了有意义的探索和推进，并直接影响到时代文学观念和作家的创作实践，对此后一段时间的文学发展产生了深刻影响。具体而言，讨论最突出的贡献主要体现在以下方面。

第一，民族化方向的自觉。

"大众化"讨论对新文学与传统文学形式之关系做了较为深入的探索，强化了新文学的民族化特征和发展方向。它在理论上最大的贡献是毛泽东在1938年提出的"新鲜活泼的、为中国老百姓所喜闻乐见的中国作风和中国气派"[③] 口号。虽然毛泽东不是文学中人，他的文章针对的范围也不局限于文学，但由于毛泽东的特殊身份和影响力，这一要求促进了新文学对民族化品格问题的思考，直接导引了"民族形式"问题的讨论。从对新文学发展的影响来说，毛泽东提出的这一口号具有深远的文化意义，它可以看作是新文学对民族化审美品格的首次倡导，是新文学本土意识和目的意识最早最深层的觉醒。虽然"民族形式"讨论对这一口号的理解存在着

① 胡风：《论民族形式问题》，重庆生活书店1940年版，《胡风全集》第2卷，第723页。

② 郑伯奇：《关于文学大众化的问题》，《大众文艺》第2卷第3期。

③ 毛泽东：《中国共产党在民族战争中的地位》，《毛泽东选集》第2卷，第522－523页。

片面化和简单化的缺陷，但它对新文学与传统文学之间关系的认识依然做了有意识的推进，突出了新文学的民族化发展方向，可以看作是新文学自我确立过程中的重要阶段。我们应该对毛泽东的这一口号做出更高的文学史评价，肯定它对于新文学民族化自觉的积极意义。

宏观的理论之外，讨论中提出的具体文学思想也表现出民族化自觉的倾向。如在语言方面，它通过对五四文学语言西化倾向的批评，提倡与现实大众生活更为切近也更具民族化色彩的“口语化”方向。瞿秋白最早提出“中国现在人的普通话”，尽管概念内涵含混，但它体现了对新文学语言回归现实生活和本土文化的建设意图。此后，茅盾提出“方言文学”和“土语”，鲁迅进一步明确了“大众语”的内涵：“在交通繁盛，言语混杂的地方，又有一种语文，是比较普通的东西。它已经采用着新字汇，我想，这就是‘大众语’的雏形。”① 陈子展、陈望道等人也以同样的角度对新文学语言提出“说得出，听得懂，看得明白”“写得顺手”② 等建设性意见。这些语言主张的内涵有差别，但基本方向都是更贴近现实生活，强调民族化的内涵和个性。到了40年代“民族形式”的讨论中，语言问题的理论不再有大的推进，而是如姚雪垠所说“民族形式的理论应该看作是民众语文学运动理论的深化和丰富、继承和发展”③，大家在达成共识的基础上，以口语化为新文学语言建设的基本方向，从而直接促动了以赵树理、周立波、孙犁为代表的解放区通俗化和口语化语言创作潮流。对“大众化”讨论所倡导的口语化语言方向的价值很难做简单的评价，但可以肯定的是，它对新文学语言发展有充分的启迪意义，至少可以看作是新文学语言在螺旋式上升和成熟中的一个重要环节。

民族化自觉在文学形式的另一重要内容——文学体裁（狭义的“形式”）上有更突出的体现。与语言一样，新文学的体裁也经历了从传统到

---

① 鲁迅：《答曹聚仁先生信》，《鲁迅全集6》，第76页。

② 陈子展：《文言—白话—大众路》，《申报·自由谈》1934年6月18日；陈望道：《关于大众语文学的建设》，《申报·自由谈》1934年6月19日。

③ 姚雪垠：《抗战文学的语言问题》，《小说是怎样写成的?》，商务印书馆1943年版，第79页。

现代、从西方到本土的演变过程，其结果同样是“西化”占据了绝对优势。陈独秀的《文学革命论》毫不掩饰地以西方文学形式为母体，胡适在《建设的文学革命论》等文章中更对“散文”“戏剧”“小说”等体裁确立了向西方文学学习的具体蓝本，[①] 新文学创作阵营中没有旧体诗和古典戏曲的位置，即使是在理论中得到部分肯定的传统小说，在事实上也被新文学作家彻底弃置。

在30年代“大众化”讨论中，文学体裁的“西化”问题受到了激烈的批评，瞿秋白指出：“现在新式白话作品的体裁，大半已经是很欧化的了，老实说，是很摩登化的了。”然后提出了利用传统“民间形式”问题：“革命的大众文艺必须开始利用旧的形式的优点——群众读惯的看惯的那种小说诗歌戏剧，——逐渐的加入新的成分，养成群众的新的习惯，同着群众一块儿去提高艺术的程度。”[②] 初步地将新文学形式与大众阅读习惯和民族文化特点联系起来。但在当时，讨论者还没有突破“旧形式”中的意识形态藩篱，因此，只是强调借用传统形式，未将民族化的要求明确地提出来。到40年代“民族形式”的讨论中，对传统文学体裁的认识才进入一个新阶段。其中最为引人注目的变化，是论者将以往讨论中运用的“旧形式”概念转换为“民族形式”，赋予它民族化和本土化的内涵。“我以为要特别提出来的是，‘旧形式’这个名词不妥当，我们要着重地说‘民族形式’。为什么呢？因为说旧必有新，但是中国诗的新形式是什么呢？它只是欧化的、洋式的，这不能说是中国的新形式。它不是中国的民族形式。因此写出这样的诗来，不合中国人的口味，中国人不喜欢读，读了也记不得。”[③] 虽然这一转换显得比较简单和仓促，没有真正辨清两个概念之间内在的不同，但是，这一姿态本身就富有强烈的文化意味。因为“旧形式”的“旧”所包含的是与“新文学”中“新”的对立，而“民族形式”则祛除了这一色彩，将与新文学的关系变成了“民族性”与“本土化”的问题。

---

① 胡适：《建设的文学革命论》，《新青年》1918年第4卷第4号。

② 瞿秋白：《大众文艺的问题》，《文学月报》1932年创刊号。

③ 萧三：《论诗歌的民族形式》，《文艺突击》1939年第1卷第2期。

正是在这一前提下，“民族形式”讨论对传统文学形式的态度有了较大的变化，思考的深度也有所提升。首先，他们不再像五四时期一样简单地否定传统文学形式，而是认识到它的生命力：“事实是：二十年来旧形式只被新文学作者所否定，还没有被新文学所否定，更没有被大众所否定。这是我们新文学作者的耻辱，应该有勇气来承认的”[①]。更重要的是，部分讨论者开始超越以前将“旧形式”做简单“利用”的理解方式（虽然他们中许多人也依然没有彻底摆脱“利用”的意图），开始立足于文学形式本身来思考它与新文学的关系。他们在肯定传统形式价值的前提下，努力寻找五四新文学中的传统因素，试图弥合它和传统文学形式之间的紧张关系：“中国新文艺，事实上也可以说是中国旧有的两种形式——民间形式与士大夫形式——的综合统一”，“而益之以外来的因素”。[②] 对传统文学形式及它与新文学关系的重新评价，改变了人们以往唯西方文学是举的观念，客观上促进了作家对传统文学形式的依靠和回归。

第二，亲和大众的努力。

“大众化”讨论在与大众关系问题上做出了积极的努力，其主要方式是改变文学自身，使自己更适应大众的要求和接受基础，实现与大众的亲和。态度上的转变是这一努力的最基本体现。从30年代讨论开始，虽然鲁迅等人对能否改变现状提出保留性意见，但包括鲁迅在内的几乎所有参与者，都对新文学与大众关系的历史表示不满和检讨，并表达出改变这一现状的愿望。这当中，瞿秋白的批评最激烈，也最有代表性，他从创作立场和态度上反思新文学，认为新文学作家“大半还站在大众之外，企图站在大众之上去教训大众”[③]，将新文学脱离大众的现实与作家的文学观念直接相联系。40年代，受大的抗战环境影响，讨论者对“大众化”的要求更为迫切，批评也更为明确：“作为反帝反封建思想斗争之一翼的新文艺，虽然是天经地义的在内容和形式上必须是大众化的，可是二十多年来，我们仅是向大众化走而已，还没有做到真正大众化。……我们的读者圈子还很

① 茅盾：《大众化与利用旧形式》，《文艺阵地》1938年第1卷第4期。

② 郭沫若：《“民族形式”商兑》，重庆《大公报》1940年6月9、10日。

③ 瞿秋白：《“我们”是谁》，《瞿秋白文集》第3卷，第875页。

狭小，广大的市民阶层也还没有争取到，更不用说‘下乡’而深入群众。”[①] 这些几乎一致的批评声音，蕴含的是新文学的自我反省和亲和大众的愿望。

与此同时，讨论者对如何改变现状、实现新文学与大众的密切关系做出了有益探索。这其中，将传统形式问题与大众接受问题相结合是一个重要的步骤。正如前所述，在传统文学形式与新文学之间存在着严重的意识形态障碍，而现实大众的接受能力又很大程度上依赖于这些传统文学形式，如何消除及多大程度上消除这一障碍，对新文学与大众关系的改善至为重要。对此，茅盾较早做了思考：“我们应当在‘文字本身’以外搜讨旧小说比之‘新文艺’更能接近大众的原因，这原因并不全在旧小说的文字大众上口。”并对形式问题进行了具体的分析：“大众是文化水准较低的，他们没有智识分子那样敏感，他们的联想作用也没有智识分子那样发达。他们不耐烦抽象的叙谈和描写，他们要求明快的动作。……一篇大众文艺的故事应得有切切实实的人名地名以及环境。听去好像明明是想象出来的故事，大众不要听。”[②] 到“民族形式”讨论阶段，茅盾又对这一问题进行了全面检讨：“事实已经指明出来：要完成大众化，就不能把利用旧形式这一课题一脚踢开完全不理！一脚踢开是最便当不过的，然而大众也就不来理你。”[③] 茅盾的发言是一个代表，随着“大众化”讨论进入“民族形式”阶段，原有的“新”“旧”障碍已经基本上被祛除，讨论者主要思考的是如何运用这一形式，又多大程度上保留新文学自身特点的问题。其次，讨论者对运用传统形式以获取大众接受过程中出现的具体问题和困境也做了探究。如对新文学自身的思想艺术要求与传统文学形式和大众接受基础之间冲突问题的思考。因为中国大众的接受能力普遍较低，传统文学形式所能承载的思想艺术内容也有限制，如何在“传统”“接受”和思

---

① 茅盾：《反帝，反封建，大众化》，原载 1948 年 5 月 15 日《文艺生活》海外版新四卷三四期合刊，收入《茅盾全集》第 23 卷，人民文学出版社 1996 年版，第 410 页。

② 茅盾：《问题中的大众文艺》，《文学月报》1932 年第 1 卷第 2 期。

③ 茅盾：《大众化与利用旧形式》，《文艺阵地》1938 年第 1 卷第 4 期。

想艺术要求之间寻找平衡点，是非常现实也是很迫切的问题。讨论中曾经出现过非常极端的观点，如向林冰就完全以“接受”为前提，忽略了思想主体和艺术性的要求，他将毛泽东提出的“喜闻乐见”主张解释为“习见常闻”，主张新文学要俯就大众的接受基础，往彻底的“通俗化”方向发展。[①] 这一观点受到了广泛的批评，如茅盾的《旧形式·民间形式·与民族形式》一文，就寻求着在“实用”和“艺术”，“通俗”和“高雅”之间的必要平衡。胡风则坚持继承五四启蒙传统，明确表示：“现实主义的、民族形式的文艺固然要争取大众化的方向，而和大众的现实认识的深度相应的启蒙的文艺也要争取现实主义的、民族形式的完成。”[②] 反对为了大众接受而放弃五四文学传统。讨论者的观点尽管有较大分歧，但都是立足于将借鉴传统形式和接受问题相结合的前提。与此同时，也有讨论者超出形式领域，从更深广的角度来探索新文学的大众接受问题。如老舍指出：“通俗文艺须是用民间的语言说民间自己的事情。”[③] 其他讨论者也认为：“我们不但应注意到我们所用的话和形式大众是否能明白，同时我们也应该注意到我们所写的事情，大众是否都能明白和都能感到兴趣，……我们要写的东西，应该是写大众能感到兴趣的东西，或是大众所要求知道的东西。”[④] 虽然阐发得还不够具体，但将接受问题纳入内容层面来思考，却是对原有的单纯形式层面的突破。

由于参与“大众化”讨论的作家众多，持续的时间也很长，因此，讨论所产生的影响不只是局限在单纯的理论层面，而是深刻地体现在具体的文学创作和整个社会的文学观念中。如果说 30 年代的“大众化”文学实践还显得简单和粗糙，没有表现出民族化特征也没有被大众所接受的话，那么，正如胡风所说：“被战争底任务所激动，被投身到那里面的民众要

---

① 向林冰：《论“民族形式”的中心源泉》，重庆《大公报》1940 年 3 月 24 日。

② 胡风：《论民族形式问题》，重庆生活书店 1940 年版，收入《胡风全集》第 2 卷，第 775 页。

③ 老舍：《谈通俗文艺》，原载《自由中国》，新知书店 1938 年版，收入《老舍文集》第 15 卷，人民文学出版社 1990 年版，第 334 页。

④ 戴何勿：《怎样使文艺大众化》，洛蚀文：《抗战文艺论集》，上海书店 1986 年版，第 191 页。

求所激动，作家们不能不用民众所熟悉的或能够接受的语言来创造能够教育民众、发动民众的作品。”① 经过抗战初期老舍、老向等人对传统民间文学形式的大量探索和实践，文学的民族化倾向已经成为时代潮流，总的趋向是越来越走向成熟，也越来越被大众所认可。可以说，正是经过了“大众化”讨论的积极倡导和探索，才有可能在40年代文学中出现像赵树理这样成熟的民族化特色的新文学作家，才能产生李季的《王贵与李香香》这样具有浓郁民间色彩的新文学作品。其次，时代的文学观念也呈现出大的变化。虽然三四十年代文学对五四文学所进行的巨大调整原因很复杂，但“大众化”讨论在其中起到了重要作用。例如，正是经过对大众化语言问题的辨析，在1934年讨论中，人们基本上接受了方言和文言文应适度留存于新文学语言的观点，对五四文学语言观实现了扬弃和发展。40年代，人们更是从传统文学形式和通俗文学的二元对立中走出来，张恨水等传统的通俗文学作家开始被新文学接纳，赵树理等新通俗文学作家得到高度认可，老舍等新文学作家毅然放弃新文学创作，尝试写作通俗文艺，并认为：“必须为它去牺牲——牺牲了文艺，牺牲了自己的趣味，名誉，时间，与力气！”要求自己“要忘了自己是文人，忘了莎士比亚与杜甫；而变为一个乡间唱坠子的，或说书的”②。这不只是促进了新文学创作上与民族文化的交融，更改变了新文学的传统观念和基本方向。40年代解放区文学的民族化特征，乃至新中国成立后文学向民族化和通俗化的大力倾斜，都与“大众化”讨论有深刻的精神联系。

三

“大众化”讨论是在社会矛盾较为激烈和艰巨的现实环境下进行的，尤其是抗战爆发对文学提出了严峻的要求。这对讨论产生了深刻影响，形成了讨论较为明显的注重实用性的特点，讨论对文学民族性方向的要求和

---

① 胡风：《民族革命战争与文艺》，原载《民族战争与文艺性格》，收入《胡风全集》第2卷，第575页。

② 老舍：《制作通俗文艺的苦痛》，《抗战文艺》1938年第2卷第6期。

对大众关系改善所做的努力，都体现了对文学政治现实功用特征的强调，也是对文学与现实关系较为突出和直接的要求。

30 年代初“大众化”问题的提出，就是处在一种明确的现实工具环境中，源于现实功利的要求。“大众化运动”的主要倡导者“左联”提倡大众化，是以之为“普罗文学运动”的一部分，为现实的政治斗争服务。因此，他们几次专门做出决议，明确将“大众化”与“我们当前的反帝反国民党的苏维埃革命的任务”① 相结合，其重要成员钱杏邨指出运动“应该唤起大众的政治兴味，唤起他们来参加政治斗争，以彻底地解决大众自己的一切问题”②。瞿秋白更明确指出：“普洛大众文艺的斗争任务，是要在思想上武装群众，意识上无产阶级化，要开始一个极广大的反对青天白日主义的斗争。”③ 同样，40 年代的“民族形式”讨论也是将战争作为主要目标，即使是作家的创作实践，也正如老舍所说“……在抗战初期，大家既不甚明白抗战的实际，而又不肯不努力于抗战宣传，于是就拾起旧的形式，空洞的，而不无相当宣传效果的，作出些救急的宣传品”④，主要是将“旧形式之为抗战政治宣传的一种必要而又有力的武器”⑤，以战争宣传的实用为基本目的，除此之外的其他问题则重视不够。

这当中比较极端的观点受到了鲁迅、茅盾和胡风等人的批评，但这并没有从根本上改变讨论的现实功用特点，因为在时代性的要求面前，鲁迅、茅盾和胡风，也不可能完全置身于时代之外，他们的态度和立场也表现出明显的现实功用色彩。比如鲁迅，固然反对“大众化运动”的急功近利，但他自己支持的“世界语”“拼音化”活动也并不例外。再如胡风，尽管他是整个 40 年代最坚持五四文学传统的作家，但也承认“在革命的民族战争过程上，文化工作实际上不能不是被政治任务所领导的战争行动

---

① 《“左联”关于文艺大众化问题的几次决议》，《文艺大众化问题讨论资料》，上海文艺出版社 1987 年版，第 3 页。

② 郭沫若等：《我们希望于大众文艺的》，《大众文艺》1930 年第 2 卷第 4 期。

③ 瞿秋白：《普洛大众文艺的现实问题》，收入《瞿秋白文集》第 3 卷，第 867 页。

④ 老舍：《一九四一年文学趋向的展望》，《抗战文艺》1941 年第 7 卷第 1 期。

⑤ 周扬：《对旧形式利用在文学上的一个看法》，《中国文化》1941 年创刊号。

的一翼”①，将战争需要作为考虑问题的重要起点，其文艺思想带有自己独特的政治功利色彩。

文学作为一种社会文化，现实功能是其重要组成部分，文学的意义和价值也部分地存在于这一功能之中。讨论对文学功用特征的强调，对文学与现实生活联系的加强，一方面对一直偏重文学审美功能、与现实生活关系比较疏离的新文学来说，有重要的纠偏作用。另一方面，讨论凸显了文学的现实功能，对同时期的现实政治和文化起了重要的推进作用，尤其是在抗战中，讨论直接促进了文学的社会政治功用，为民族战争做出了重要贡献。

但是，过于强烈的现实要求也对讨论产生了一定的消极影响。比如，在讨论的态度上，缺乏必要的客观和冷静，容易出现片面和极端的观点。如 30 年代对文学语言的讨论，就往完全的口语化方向发展，忽略了文学语言深层的艺术特征，失去了文学语言应有的精神韵味和“陌生化”效果，其最终结果是语言魅力的减损和文学性的丧失。按照这种口语化要求，30 年代作家曾进行过一些初步尝试，如瞿秋白的《东洋人出兵》、鲁迅的《好东西歌》等，但根本没有取得成功，很快就偃旗息鼓，了无形迹了——这一点，就像鲁迅、瞿秋白等人主张废弃汉字、建设世界语的要求。由于它忽视了语言背后更深层的历史文化内涵和实用基础，也脱离了大众的接受能力和接受兴趣，最终的命运只能是昙花一现。

同样，在文学接受上，也存在着一切以大众为目的的极端倾向。虽然向林冰的完全“投降大众”的主张受到批评，但依然产生了很大的影响，尤其是在解放区文学中，许多作家的创作就是向林冰文学思想的具体实践。其结果是许多作品失去了艺术特性，成为简单的通俗文艺宣传品——因为在大众文化水平较低的现实条件下，如果一味强调俯就大众，其结果就是制约文学的主体精神，最终走到鲁迅所担心的“迎合大众”上去。而且，这种文学接受观不只是影响文学本身，还会对作家主体产生影响，会要求作家向农民文化屈服，进行以大众为目的的自我思想改造。新中国成

---

① 胡风：《论持久战中的文艺运动》，原载《民族战争与文艺性格》，收入《胡风全集》第 2 卷，第 538 页。

立前夕，茅盾在第一次全国文代会上对“大众化”的理解已经明确表现出这样的倾向：“如果作家不能在思想与生活上真正摆脱小资产阶级的立场而走向工农兵的立场、人民大众的立场，那么文艺大众化的问题不可能解决。”[①]“大众化”问题最终演变为对作家主体的改造，显然是工具观念影响下的单方向畸形发展。

这也影响到对新文学形式建设方面的讨论。尽管“大众化”讨论对传统文学形式的理解和评判存在着阶段性差异，但总体而言，讨论者受功利色彩影响，没有真正从平等的立场和自觉的高度来理解传统文学形式。30年代讨论者始终将落脚点停留在单纯的“利用”上，其目的仅仅是为现实政治宣传服务，而且，为了表示自己高居的精神立场，许多讨论者将传统文学形式人为地划分为“旧形式”和“民间形式”，对前者以“封建毒素”进行完全的排斥，只对后者做部分肯定。40年代讨论者普遍地将对传统形式的“利用”改为“运用”，字面意义略有差别，但依然没有真正摆脱政治功利的意图，也没有超越“只要配上新内容，旧形式就不成其为完全的旧形式了。采用之际，或有改造，这改造就会使旧形式渐渐变为旧形式”[②] 的“旧瓶装新酒”观念。一些讨论者的观念中还蕴含着30年代的意识形态偏见，将“民族形式”狭隘化为“民间文艺形式”[③]，体现着对传统文学形式的观念排斥。

这些方面直接影响了讨论所达到的深度。最基本的一点是讨论者对传统文学形式意义的理解有简单化之嫌。毛泽东提出“中国作风和中国气派”，其精神实质是现代思想主导下对民族文化传统的科学继承而不是简单地回复到历史，是对民族审美特点的阐扬而不是回到民间文艺本身，由之引申的“民族形式”概念的最主要意义应该是它背后所蕴含的传统文学精神，但讨论者多没有体会到这一点，而是普遍停留在形式价值本身来看

---

① 茅盾：《在反动派压迫下斗争和发展的革命文艺》，原载《中华全国文学艺术工作者代表大会纪念文集》，收入《文学运动史料选》第5册，上海教育出版社1979年版，第680页。

② 徐懋庸：《民间艺术形式的采用》，《新中华报》1938年4月20日。

③ 周扬：《对旧形式利用在文学上的一个看法》，《中国文化》1941年创刊号。

问题，从而使“中国作风和中国气派”始终是一句没有实在内容的空话，更没有将它贯彻到新文学的历史反思和自我认知中。因此，讨论者虽然也关注到新文学与民族文化的深层关系，但更多只是一种虚与委蛇，理解相当简单和表面，缺乏必要的深层交流和借鉴。例如周扬试图拉近新文学与传统文学的关系，就简单认定新文学是传统文学的蜕变物：“把章回小说改造成了更自由更经济的现代小说体裁，从旧白话诗词蜕化出了自由诗。”① 何其芳也一样，他将五四文学看作是“旧文学的正当的发展”，是与旧文学有“血统关系的承继者”②，都是为了形势需要，将二者做简单而生硬的对应，它们真正具有的深层联系和实质性区别反而被掩藏起来了。与理论上的简单相一致，作家的创作实践也是对传统形式的单纯回归，没有探索如何将它们做现代的转化，没有考虑将二者做“良种嫁接”，而是简单地停留在对传统形式生搬硬套，做模仿式的填充上——最典型的例子是在解放区很盛行的章回体小说，在这样的情况之下，新文学不可能真正深入地探究与借鉴传统文学形式，它们之间的关系也不可能得到真正的改善和融合。比如在40年代真正运用传统（民间）文学形式进行创作的赵树理，尽管得到了时代的高度认可，但他的文学形式其实是游离于新文学主流之外的，也没有受到真正的重视，因此，在他之后几乎没有一个真正的继承者。赵树理的命运，显示出传统文学形式和新文学之间始终存在很深的隔膜，也显示出“民族形式”问题远未在“大众化”讨论中得到解决。

即使有的讨论者提出有意义的见解，也往往被遮蔽和忽略，难以进入讨论的中心。比如茅盾曾提出非常切实的要求：“此时切要之务，应该是研究旧形式究竟可以被利用到如何程度，应该是研究并实验如何翻旧出新，应该是站在赞成的立场上来批评那些试验的成绩……”③ 但没有得到响应。同样，老舍作为实践传统文学形式最多的新文学作家，对这一创作有着深刻的教训和体会，他曾这样表达过自己最终选择放弃通俗文学的决

---

① 周扬：《对旧形式利用在文学上的一个看法》，《中国文化》1941年创刊号。

② 何其芳：《论文学上的民族形式》，《文艺战线》1939年第1卷第5号。

③ 茅盾：《大众化与利用旧形式》，《文艺阵地》1938年第1卷第4期。

定:“我就根本怀疑了民族形式这一口号。民族形式,据说是要以民族文艺固有的风格道出革命的精神,是啊,我何尝没这样办呢。可是,我并没得到好处!”[①] 这是对40年代文学简单回归传统形式的有力警醒,但他的话并未引人注意,原因是“民族形式”正成为一时大势,作家只是纷纷追随,却没有逆时代而行、做独立思考的勇气。

四

“大众化”讨论虽然发生在半个多世纪以前,但它所涉及的问题却一直留存在新文学发展中,在新文学此后的历史上曾引发过多次争论。如讨论后不久毛泽东发表的《在延安文艺座谈会上的讲话》就是对“大众化”问题的政治化阐述。50年代的“新民歌运动”,80年代的“新写实小说”,包括长期以来在赵树理评价上的矛盾,都直接关系到“大众化”讨论的接受问题。80年代的“寻根文学”“先锋文学”思潮,以及20世纪末郑敏等人对五四新诗传统的反思,于坚等提出“口语化诗歌”,以及李锐等提倡“汉语写作”“方言写作”等,都与“大众化”讨论中涉及的民族形式问题密切相关。这意味着新文学的“大众化”问题始终没有得到真正解决,如何发展新文学,建立起真正独立成熟的中国新文学,依然是一个严峻的课题。

首先,民族性应该作为新文学发展的基本特征。

民族性应该包括两个方面的内涵。其一是现实性。民族性并不是单纯而虚幻地存在于历史典籍和民间传说,它更主要是活生生地存在于现实大众的日常生活中,因此,文学要体现出民族性特征,首先要进入现实生活,对民族大众的生活和精神世界做深入细致的表现,在鲜活的民族生活再现中显现出民族性内涵[②]。民族性的另一层内涵是民族精神,包括思维

① 老舍:《三年创作自述》,《抗战文艺》1941年第7卷第1期。

② 在这方面,20世纪80年代的“寻根文学”具有一定的启示意义,参见贺仲明《“归去来”的困惑与彷徨——论八十年代知青作家的情感与文化困境》,《文学评论》1999年第6期。

方式、审美习惯等精神层面的特征。正如斯宾格勒说过的："每一种文化都有其特有的一种爱——我们可随意地称之为天上的或形而上的——这一文化可以根据这种爱来沉思、理解，并将神性纳入自身，可是这种爱对于其他一切文化来说却是无法接近和毫无意义的。"① 任何成熟民族的文化都有独特的精神特征和内涵，这些独特处是民族文化生存的基础，也是其意义和价值之所在。文学作为民族文化重要的传承者和表现者，需要在精神层面进入本土文化，才能获得不断的生存和发展基础。

正是在这一前提下，我认为，一方面，新文学应该在精神上与传统文化保持深层的联系。在这方面艾略特的话很有启发意义："传统是具有广泛得多的意义的东西。它不是继承得到的，你如要得到它，必须用很大的劳力。第一，它含有历史的意识……就是这个意识使一个作家成为传统性的，同时也就是这个意识使一个作家最敏锐地意识到自己在时间中的地位，自己和当代的关系。"② 与传统文化尤其是民族审美文化保持密切的精神联系，建构自己具有民族独特气质的本土文化精神和审美特点，是新文学内在文学精神的重要核心。另一方面，将文学之根扎在现实文化生活中，从生活中寻找和挖掘潜藏的民族文化精神，是新文学重要的发展路向。比如文学语言。惠特曼曾说过："要记住，语言不是博学之士或字典编者的抽象构造，而是起于工作、需要、关系、欢乐、深情、趣味，历经世世代代的人类，它具有宽而低的基础，靠近地面。它的最后决定者是大众，是最接近具体生活，和真正的陆地与海洋关系最密切的人们。"③ 这是很有道理的，一个民族文学的语言必须建立在大众口语的基础上，失去了这一点就失去了大众，失去了文学最广泛和最基本的基础。

当然，对文学民族性的强调不是封闭保守，固守传统文学形式，不求创新与发展，而是应该充分借鉴外来文学的优长，丰富和扩展自身。针对

---

① 斯宾格勒：《西方的没落》（下），齐世荣等译，商务印书馆 1963 年版，第 458 页。

② 艾略特：《传统与个人才能》，《艾略特诗学文集》，卞之琳译，国际文化出版公司 1989 年版，第 2 页。

③ 惠特曼：《俚语在美国》，柯恩：《美国划时代作品评论集》，生活·读书·新知三联书店 1988 年版，第 232 页。

这一问题，我以为应该处理好两个关系。一是文化精神与文学形式的关系。坚持传统的、民族的文化（包括审美）精神，但不必拘泥于具体文学形式、艺术方法的固守，在艺术表现上完全可以比传统文学更丰富，可以对传统文学的形式和技巧进行大胆扬弃，对外来文学形式做积极的借取。二是生活与思想的关系。文学应该反映本土大众的文化和生活，但不必要将思想停留在文化和生活本身，而是应该灌注以现代精神和现代思想，作家应该站在比传统更高的精神角度来映照和审视生活。比如文学语言，就不能只停留在口语基础上，它要立足于比大众口语更高的角度，传达出更深的精神意蕴，并承担着改变、提纯、净化大众口语的责任。文学语言只是一个例子，其他形式领域也是同样的道理。具体到当前文学，我以为，颇受人们关注的"民间写作"就存在着这方面的缺陷。过于强调"民间性"而缺乏现代的理性精神，势必造成对民族性特征的外在化理解，却失去了真正的民族血脉和精髓。

其次，应该科学地处理与大众的关系问题。

文学必须与现实相联系，必须关注大众的接受问题。这一方面与文学本身的特点有关。正如姚斯所说："这种文学的社会功能，只有在读者进入他的生活实践的期待视野，形成他对世界的理解，并因之也对其社会行为有所影响、从中获得文学体验的时候，才真正有可能实现自身。"[①] 接受是文学活动不可缺少的重要环节，文学接受的过程也就是文学自我完善和成熟的过程。另一方面，新文学的"接受"问题不是简单吸引读者的问题，而是涉及新文学发展前景和意义的问题。新文学的现代思想传播必须通过接受才能得以实现，新文学要真正走向自立和民族化，必须完成接受方面的任务（我们不能想象没有广泛读者大众的文学是真正民族化的文学）。这一点，在当下的文学环境中也许尤为重要。因为当前文学正在走向边缘化，在社会中的影响力也越来越低，它需要充分考虑大众的接受问题，扩展文学在社会中的辐射力和影响力。

但是，重视接受问题绝不是放弃自己、趋附读者。如何在关注接受的

---

① 姚斯、霍拉勃：《接受美学与接受理论》，周宁、金元浦译，辽宁人民出版社1987年版，第48－49页。

同时保持自己思想的主导性，如何在主体精神和读者大众之间寻找适当的平衡，是一项非常艰巨而长期的任务。我以为应该充分认识两方面的问题。一方面是对大众的生活进行积极的关注，并给予真正的了解和热爱，孙犁曾经这样谈到赵树理的成功：“创作的真正通俗化，真正为劳苦大众所喜见乐闻，并不取决于文字形式上。如果只是那样，这一问题，早已解决了。也不单单取决于文学的题材。如果只是写什么的问题，那也很早就解决了。它也不取决于对文学意识的见解，所学习的资料。在当时有见识，有修养的人才多得很，但并没有出现赵树理型的小说。这一作家的陡然升起，是应大时代的需要产生的，是应运而生，时势造英雄。”[①] 确实，赵树理在大众接受中取得成功，与他对农民的热爱、对农民利益的深切关注有直接关系。作家的思想不应该等同于大众的思想（这事实上也不可能真正做到），他要比大众站得更高更远，但在精神上作家应关注大众，了解大众，热爱大众，在这一基础上去书写，就可以将大众真正感兴趣的东西，与他们的生活切身利益密切相关的东西写出来，才会赢得大众的认可和接受。只有对这一点有深刻的体悟，作家才有望获得大众的认可，新文学也才可能实现大众接受的成功。80 年代路遥的《人生》和《平凡的世界》，90 年代张承志的《心灵史》的成功，都与作家情感和心灵的投入有关，20 世纪初作家莫言也表达了类似的思想，他拒绝“为农民写作”的立场，而选择“作为农民写作”[②]，尽管实际创作要比口号更为复杂，但也体现了一种接受上的自觉。

另一方面，不能屈就大众的接受水平，而是在考虑这一水平的前提下，引导大众提高和改变接受习惯和接受能力，使文学更好地服务于社会和大众。这里我想就人们谈得很多的“普及与提高”问题做一反思。我以为将这一概念运用在文学上不太合适，大众的文化水平确实亟待提高，文化宣传方式上也可以采取必要的普及，但文学主要不能作为一种文化普及的工具，不能将文学等同于大众教育，否则就很容易将文学沦为民众思想

---

① 孙犁：《谈赵树理》，《天津日报》1979 年 1 月 4 日。

② 莫言：《作为老百姓写作》，林建法、徐连源：《中国当代作家面面观》，春风文艺出版社 2003 年版。

和审美习惯的附庸，丧失文学的思想主体性。文学始终应该站在大众接受能力的前面，以引导、启迪的姿态促进大众的提高，以文学引领民族文化的提高和发展，而不应该相反。事实上，即使是真的屈就于大众的接受水平和审美趣味，也不一定就真能获得大众的欢迎。以赵树理为例，很多人认为赵树理之所以为大众认可，是因为他的文学通俗易懂，能够为农民看懂，其实事情并不如此简单，赵树理的作品尽管通俗，但也并不能完全为农民所接受，农民了解他的作品，还往往需要通过戏剧改编等方式，需要乡村知识分子的媒介：“过去我写的小说都是农村题材，尽量写得通俗易懂，本意是让农民看的，可是我做了个调查，全国真正喜欢看我的小说的，主要是中学生和中小学教员，真正的农民并不多。这使我大失所望。”① 可以说，赵树理的成功，最主要的原因不是对大众的屈就，而是因为他的文学内容和创作态度，是因为农民感到赵树理理解他们、关注他们，写出了他们的现实生活状貌和精神欲求。

再次，应该提倡作家的责任感和理想精神。

从表面上看，“大众化”讨论并没有明确提及作家责任感的问题，但实际上它们有着深刻的关联。正是因为作家具有强烈的社会责任感和参与现实的精神，才会不满足于新文学的现实，从而萌生出“大众化”的愿望和要求，其大众化的文学诉求也蕴含着强烈的社会责任意图。而且，这种责任感和现实精神并不一定会对艺术性构成伤害，而是完全有可能达到和谐一致。事实上，“大众化”讨论的许多思想和创作实绩也达到了较高的艺术水准，更产生了强烈的现实影响。尤其是抗战时期，那些生动自然，具有强烈爱国主义精神的文学作品对促进全民抗战、振奋民族精神起到了重要作用，也使新文学进一步普及到大众生活中。在这个意义上，“大众化”讨论尽管存在着许多观点的偏颇，但它应该赢得足够的尊重和更高的文学史地位。文学是社会文化的一部分，它不可能脱离社会而存在，也就应该承担必要的义务和责任。写出生活的真实，倡导正义和光明，抨击黑暗和不公，表现人类健康向上的情感和道德生活，是文学的天然使命，也

① 戴光中：《赵树理传》，北京十月文艺出版社 1987 年版，第 438 页。

是作家道义之所在。今天的中国文学正在向多元化发展，表达社会冲击下个人的遭遇和感受是必要的，但是，将文学完全归结为“个人化”，拒绝文学应该承担的社会责任，甚至将文学作为迎合物质文化、宣泄个人欲望的工具和手段，则是对文学本质的偏离，也是对新文学历史的背弃。在这一社会变化迅速、文化纷杂的时代，文学和作家应该承担起更多的责任，保持和树立起知识者更高的形象，为时代的文化建设做出努力。

文学的责任感往往是与理想主义连在一起的。人类社会发展的方向是走出愚昧和黑暗，走向希望和光明，文学应该充分关注人类的未来发展，以积极的参与精神对待生活。人文精神、理想主义精神，以及崇高的美学精神，是文学应该遵循和推崇的基本内容。“大众化”讨论时代所张扬的英雄主义和爱国主义曾经激励了整个民族，也焕发出了中华民族的传统文化精神，在今天，如何将个人主义与集体精神结合起来，如何将私人情感和大众道德相和谐，建设充满务实色彩的现代理想主义文化，走出单纯消费和物质文化的阴影，是值得所有文学工作者思考的课题。

新文学在近一个世纪的历史中始终受到“大众化”问题的困惑，进入20世纪90年代市场经济以后，随着文化开放、传媒方式和读者市场等方面产生的巨大变化，尤其是经济全球化对中国社会的影响，文学的“大众化”问题又有了新的变异，对它的思考和探索将是新文学发展的创新之点，也是它的未竟之路。

国民性批判：一个文化的谎言[①]

在20世纪初以来的中国文化实践中，国民性批判既是一个主导性的思想概念，也是五四启蒙传统的中心前提。虽然在20世纪末，它遭到林毓生、刘禾等学者的质疑和解构，但其地位并未真正受到影响。不时之间，就有一些“文化名人”跳出来，居高临下地对“国民性”问题做一番批判。然而，仔细推究，所谓“国民性批判”，不过是中国现代知识分子臆造出来的一个文化谎言，既缺乏历史的合理性，也不符合逻辑性，值得深入追问和反思。

革命的“进化”：历史的曲解

反思“国民性批判”，首先需要从其源头——辛亥革命后的中国社会现实谈起。虽然国民性批判思想萌芽于清末，但是真正成为中国的主导思想还是在辛亥革命失败之后。辛亥革命失败后，先进的知识分子认识到只有思想革命才是启蒙和发动民众最深刻、最适合的方式。于是，在知识界，就有了对辛亥革命的批判性放弃和对国民性批判的大力提倡，思想启蒙也才成为时代中心话语——换句话说，正是辛亥革命的失败衬托出了国民性批判思想的合理性，凸显了它的超越和进步。因此，如何看待辛亥革

① 本文2009年发表于《探索与争鸣》第7期。

命，如何认识辛亥革命后的历史情境，是评价国民性批判思想的重要前提。

辛亥革命虽然推翻了清政权，颁布了中国历史上第一部民主宪法，成立了第一个民选政权，但最终，它的成果却被袁世凯等军阀所窃取，民主社会逐渐又回到了专制社会。因此，面对辛亥革命的失败，知识分子有权而且应该对它进行批判性反思，并对此后的道路做出调整和探索。但是，这里有一个重要的前提，就是我们不能从辛亥革命的失败简单地推证其道路的错误。这是因为，辛亥革命包括几个不同层面的内涵：从推翻清政府、结束几千年的封建制度方面看，它取得了伟大的成功；从建立民主制度，完成现代政治转型看，它无疑是失败了。在中国这样一个有着几千年专制传统的国家，要毕其功于一役，靠一次革命就完全成功实现民主化，几乎是不可能的事情。以完美无缺、一次性成功的标准去否定辛亥革命，显然既不符合逻辑，也近乎苛求。

客观而论，即使在民主政治体制方面，辛亥革命的失败也不是简单的失败，而是有着跨越时空伟大意义的探索性的失败。在政治体制的民主形式上，它达到了当时的最高水平。尽管辛亥革命的成果被人窃取，但它所建立的民主政权并未迅速退出历史，至少在 1916 年至 1928 年间，辛亥革命所建立的民族建国理论依然起着很大的作用，甚至说是那个军阀混战时代，国家保持统一的重要思想基础。[①] 在这个意义上，辛亥革命尽管存在许多缺陷，但是，它对中国社会的贡献是巨大的，它不但是民主政治的先驱，而且其尝试和努力都取得了颇为显著的成绩。考虑到当时的社会状况，这一贡献已经非常难得了。

因此，中国知识分子在辛亥革命失败后最应该做的，并不是对其简单批评和否定，而应该更广泛地开启国民教育，更深入地联系大众，以自己的知识启发和引导民众建设现代民主制度，在坚持思想独立性的前提下，以实践性的方式投入社会的改造和建设。事实上，在辛亥革命失败后的五四前后，确实一直有不少知识分子继承了辛亥革命的实践精神。其中最突

① 费正清：《剑桥中华民国史（上）》，中国社会科学出版社 1994 年版，第 289 页。

出的，当数蔡锷等人参与的“二次革命”、护法运动，李大钊、陈独秀、毛泽东等人选择的实践性的共产主义革命，以及陶行知、梁漱溟等人以“乡村教育”方式启发民众等。而需要特别指出的是，五四运动也远非单纯的思想批判，而是包含有很强的实践成分。璀璨的学生运动不说了，即使是李大钊、陈独秀、鲁迅等知识分子，也都勇于以语言为武器，对当时的专制政府进行激烈的批判和对抗。尤其是晚年的鲁迅，更彻底地明确了自己的道路选择，将思想重心转向革命实践。尽管如此，人们也只是肯定了前期强调精神批判的鲁迅，却否定了后期更具有实践精神的鲁迅。殊不知，鲁迅已经意识到单纯文化批判的虚无，在保持独立性立场、不做政治权力附庸的前提下，更实际地反对专制和封建思想，其行为远比单纯的启蒙更有意义。

辛亥革命后，知识分子文化确实经历了一次重要的方向性转变。至少在一段时期内，有一部分知识分子对民主政治追求进行了批判性的放弃，转而提倡和选择自己更擅长的“思想批判”道路。正是在这里，文化主流开始有了实质性的变化，谭嗣同、康有为、宋教仁等人所倡导和力行的实践精神逐渐走向边缘，时代的思想主流也由自我参与变成了启蒙别人——换句话说，之前是知识分子自己冲锋陷阵，现在变成了号召别人来冲锋陷阵，参与者变成了号召者。①

当然，五四本身包含着多重因素，单纯的国民性批判并不能真正反映当时知识分子的全部真实思想和行为，以此来概括一个时代知识分子的文化潮流，更是有明显的偏颇之处。许多知识分子，如鲁迅、陈独秀等，都经历了思想和行动的重大转变。但是，后来人们对五四的接受和宣扬，却是特别强化了其中的思想批判部分，淡化甚至掩盖了实践性成分。适当的剥离和抽象化，高度的夸张和精神引导，使五四原本具有的丰富内涵逐渐干枯，真实面目逐渐模糊，以至于历史记录和人们思想记忆中的五四，只剩下单一的以国民性批判为核心的启蒙传统了。而正是在这一过程中，“国民性批判”思想演化成为五四传统的核心，以神话般的方式成为此后

① 贺仲明：《启蒙与自我启蒙》，《文艺争鸣》2000 年第 6 期。

近一个世纪知识分子的精神圭臬，并决定性地影响着整个民族知识分子的思想和行为方式。

中国知识分子文化的这次转型，规模宏大，具有复杂的社会、文化、心理背景，这里难以对之做简单的评判，但可以明确的是，国民性批判运动的兴起，思想启蒙运动对实践革命的取代，绝对不是一种所谓的历史必然或进化式发展，而是知识分子一次放弃式的道路选择，并在一定程度上包含着众多知识分子对现实责任的逃避，精神上的懦弱和无能。这其中的丰富内涵绝非简单的“历史进步”可以概括。至少，它反映了在经历多次失败之后，当时的知识分子已经缺乏足够的韧性和自信。这是中国知识分子的悲剧，也是辛亥革命和中国的悲剧。

非逻辑的批判：伤人与自戕

祛除了加在国民性批判身上的历史进步神话，我们再来看其内涵。尽管国民性批判声势浩大，遍及中国现代文化的每一个角落，但是事实上，“国民性”的内涵却非常简单。按照一般的理解，国民性大体上就是指“爱面子”“自我安慰和满足”“瞒和骗”，以及被抽象化的“愚昧、落后、不觉醒”等。我们很难相信这就是被几代知识分子批判和改造的所谓“民族性格”，这就是近一个世纪来整个民族的知识分子长篇累牍的针砭对象。原因很简单，这些品性在任何时候、任何民族中都不同程度地存在，并非中华民族所独有。更重要的是，其中的许多品性很难以弱点来概括。如“爱面子”，也完全可以看作是对自我尊严的维护。即使是最著名的“国民性”——鲁迅笔下的阿Q性格——也早已被证明是人类的普遍共性，很难说它就是负面性格。退一步说，即使这些品性为中华民族所独有，也很难说它就是中华民族的基本属性。在中国历史上，许多中国人表现出了非常高贵的精神品质和个性，像诸如“勇敢、勤劳、智慧、牺牲……”类似的名词也完全可以作为中华民族大众的品格。究竟哪些才是根本的，哪些才真正代表了中华民族的个性——也即所谓的“国民性”？这需要仔细辨认。但是如此简单而片面的“国民性”内涵，却能成为一个民族知识分子数代人批判的目标，固然反映了知识分子思想本身的内在缺失，其中也许还蕴含着知识分子某种程度的精神优越感。因为很简单，被知识分子作为“国民性”代表和具体体现者（典型如阿Q），正是以农民为代表的普通大众。

民族性格是复杂而丰富的，任何民族的民族性格都不是天生的，而是由政治和文化累积影响而成——而在这些影响和决定民族性格的多重因素中，文化并不是最核心和关键的因素，因为文化的形成和变化在根本上受制于政治。比如，清代文化长期转向辞章考据，远离社会现实，最根本、甚至唯一的原因就是其严酷的专制体制。所以，最直接最深刻的文化改造只能通过体制改造和实质性的文化教育。从历史来看也是这样，物质和政治的转变必然会带来文化的转变，而且其影响会更为持久和迅速。比如在辛亥革命前后表现出来的负面民族性格，首先是漫长而野蛮的封建制度造成的，是清代统治者的顽固保守所致（典型如清政府所采用的闭关锁国政策），其次与落后的教育制度和残酷的愚民制度（典型如严酷的文字狱）有关。辛亥革命的重心虽然是在体制变革，但正因为它以革命的方式在根本上改变了政权体制，实质上深刻地影响到当时的社会文化。在20世纪初中国文化从传统走向现代，在整个社会民风习俗的转变中，辛亥革命起了非常大的作用，不过这些后来被我们有意无意地忽略了而已。

这一点，我们可以参考鲁迅在著名的《〈呐喊〉自序》中对当时中国所做的“铁屋子”的比喻。在这个著名的比喻中，鲁迅所关注、思考和回答的是唤醒之后应该怎样的问题。其实，当时最急切的问题不是唤醒之后，恰恰是如何唤醒。在当时的情境下，唤醒大众最基本的方式只有两种，它们都是实践性的：一是教育，提高大众的文化水平；二是制度革新，将“铁屋子”的天窗打开，人们自然就会解放，会醒过来。国民性批判的启蒙方式，没有唤醒“铁屋子”的实践，也自然不可能有唤醒的效果。当然，近一个世纪的国民性批判也不能说没有取得任何成效，其最大的“成效”就是使知识分子与社会现实、与民众越来越疏远。俯视式地将自己排除在外的简单批判立场，使知识分子丧失了对大众的爱和理解，也缺乏现实关怀，更缺乏自我牺牲的精神。这既使他们容易在社会中沦为哗众取宠、言不及义的空谈家，更会在现实问题面前失去自己的声音和力量。许多人把20世纪中国知识分子与大众的隔膜和距离，习惯性地归咎于中国革命本身，认为是农民文化取代了知识分子文化，是“启蒙与被启蒙的错位”。其实，事情远非如此简单，知识分子自身的表现才是最关键的因素。

国民性批判另一更深远的后果是知识分子自身的日益衰弱。在漫长的启蒙过程中，知识分子原有的政治情怀和实践精神被消磨殆尽，知识分子逐渐失去了自信心，更丧失了独立精神。一个简单的理由，近一个世纪的中国充满着复杂的社会变局，经历着各种外在和内在的压力和诱惑，知识分子要获得和保持自我精神的独立，要获得足够的精神力量，首先必须要立足于大众，立足于现实问题，只有在对现实的关注和投入中，只有在对现实勇敢的发言和积极的参与中，它才能赢得大众的认可，也才能获得强大的生命力。更进一步说，只有对现实和社会的深远关怀，知识分子才能拥有广阔的胸襟，才能思虑高远，对现实社会有更高的把握力。否则，局促于自我狭小世界，自然会变得蝇营狗苟，坐井观天。

事实上，在20世纪以来的启蒙运动中，知识分子既缺少现实关注，也与大众相疏远，其精神只能是越来越萎缩，人格也越来越孱弱。当然，这中间也存在着过程和程度的差异。正如前文所说，五四时代的知识分子其实还具有颇强的实践精神，保有独立的人格精神。但经历被抽象化的启蒙传统影响，以及历次政治运动的打击，尤其是经过商品经济时代的洗礼，知识分子日益与社会和大众疏离，也日益丧失自我主体性，丧失独立精神。

除了批判，我们还能做些什么

需要特别指出的是，我在这里对“国民性批判”和中国现代启蒙运动进行反思，绝对不是说中华民族的性格和文化气质已经完美，不再需要改进、批判。我也认为，在经历了几千年的封建专制后，中国的民族文化和民众精神受到了很大的伤害，它既需要自我更新，也需要吸取异族的优秀文化，不断得到改善和进步。只是我认为，改善民族文化素质、促进大众思想现代化的最主要方式不是所谓的“国民性批判”，而是教育和制度建设。因此，需要对中国现代以来的文化思想和知识分子道路做出批判性的反思，需要进行深刻的思想和文化更新。

首先，应以积极的建设姿态而不是简单的批判方式，对待民族文化和社会大众。正如前文所说，民族性格（精神）、民族文化本身就是多元的，中华民族的文化和性格有其弱点，也有其突出的优点、卓越的个性。所以，我们对待民族文化和大众精神，绝对不应该是简单的、不加区别的否定，而应该是积极的建设性姿态。这其中最需要做的，是对民族文化、民族性格做细致的甄别，明确区别出哪些是优秀的、值得继承和提倡的，哪些又是落后的、僵化的、需要抛弃的，在这一前提下进行必要的扬弃性继承。遗憾的是，在近一个世纪的知识分子启蒙运动中，我们一直都在对民族文化做简单的批评，却很少有人做建设性的工作。一个世纪过去了，我们对民族文化、民族精神依然除了批评，还是批评；我们对民族文化和民族精神的认识依然停留在五四时期，甚至更为简单化。

这其中，需要特别强调对民族文化和大众的热爱。因为爱是自信的前提，如果没有对民族的爱，就很难有足够的勇气和毅力承担中国社会的文化精神事业。同样，正如刘禾女士所指出的，五四一代知识分子的国民性批判背后，体现着知识分子许多的民族自卑感。[①] 我们需要以自信的态度对待民族文化，而不是自卑地自我否定。同样，自信也是爱的基础。只有有了自信，才会有对民族和人民的爱。不是俯视大众，不是漠视大众，而应该是深入大众，亲近大众。有了自信，对中国的民族文化就会有客观冷静的取舍，不会在崇尚西方文化的心态下，以“国民性”之名全盘否定和贬斥中国的民族性格和文化历史。

其次，加强知识分子的自我启蒙。在现代启蒙运动中，知识分子惯于高高在上，以俯视式的姿态启蒙别人，却往往忘记了自己的缺点，忘记了自己也需要启蒙。事实上，中国负面的民族性格不只是体现在农民或其他某个阶层上，而是体现在包括知识分子在内的所有民众中，知识分子没有

---

① 刘禾：《语际书写：现代思想史写作批判纲要》，上海三联书店 1999 年版。

理由将自己隔离在启蒙之外。甚至，由于中国的知识分子在漫长的中国封建社会中一直承担着统治者的附庸角色，他们身上的弱点更为突出，向现代转换的过程更为艰难。这其中最缺失的是独立精神，而作为现代知识分子最重要的，就是不依附于外在权力，有自己的独立思想和行为前提。传统思想资源的匮乏和长期依附的惰性，使这方面的启蒙异常艰难却又特别重要。

这一点，在当前显得尤为重要和迫切。因为在最近几十年的社会变革中，知识分子在大众中的形象已经远不伟岸，其精神状况频遭质疑。知识分子要恢复自己在社会中的影响力，需要呈现出自己精神的独特力，显示出自己在权力和商业文化面前更高的独立性和更强的勇气，发出自己更响亮和自主的声音。这需要知识分子群体的高度自觉，需要自我精神的深入更新和启蒙。当然，这并非是要求知识分子不食人间烟火，做高调的空谈者，而是要求知识分子切切实实地呈现出比普通大众更富有奉献和牺牲精神，在问题和危难面前更有勇气和信心。

最后，也是最重要的，是知识分子在社会中的实践精神。这也是笔者对国民性启蒙文化进行反思和质疑的重点所在。因为中国启蒙运动崇尚空疏，放弃实践传统，是其最大的内伤。而事实上，中国社会最需要的，是投身实践的精神，是通过切实的教育和制度建设改造中国社会，促进中国社会的现代化。因为当前中国的诸多症状，最深刻的制约因素是在体制和教育方面，只有真正深入民众，帮助民众，面对问题，解决问题，才能真正促进中国社会的变革。

在传统中间寻找异路[①]

——论废名的方法学意义

废名是中国新文学史上最特立独行的作家之一。关于他创作的成就和特点，学者们论述得已经非常详尽。然而，正如20世纪80年代初有学者所指出的，废名的意义主要不在其文学价值本身，更在其对新文学发展方向的探索和创新。[②] 在这方面，也许还存在一定的研究空间。因为现有研究者多关注废名在现代抒情小说传统中的开拓性意义，但在我看来，废名的更深层意义在于他对新文学西化方向的反思和批判，以及试图在与古典文学的联系中寻求到新文学一条新的发展路径。

一

从20世纪20年代的《竹林的故事》，到40年代的《莫须有先生坐飞机以后》，废名的创作存在较大的变化。真正能够代表其创造性探索的，是自他20世纪30年创作发表的《枣》开始的后期创作。因为他早期的创作虽然有很好的社会反响，但他自己后来却持否定态度："我以前写了一些小说，最初写的集成为《竹林的故事》，自己后来简直不再看它，是可

① 本文2010年发表于《人文杂志》第1期。

② 杨义：《废名小说的田园风味》，《中国现代文学研究丛刊》1982年第1期。

以见小说之如何写得不好了。”① 并一定程度改变了自己的创作特征。从《枣》到《桥》，再到《莫须有先生传》，每一部作品都有新的特点，总体方向是探索意味更浓，艺术表现愈显艰涩。虽然随之而来的多是批评和否定之声，读者也日渐稀少，但废名却相当自信。在谈到《桥》时，他这样说：“我感谢我的光阴是这样的过去了，从此我仿佛认识一个‘创造’。真的，我的《桥》它教了我学会作文，懂得道理。”② 可以说，正如人们对他的评论：“他从不趋时媚俗，哗众取宠，从不知投机为何物。”③ 废名的坚执中自有其独立所在。

废名所进行的文学探索，最基本的，是将中国古典文学的某些因素融会到现代文学中，以之承接中国古典文学的传统精神。

废名创作的传统因素是很突出的。首先是在艺术表现上，他将中国传统文学（主要是诗歌）的意象和韵味挪用到新文学中来。其典型体现是小说，其小说充满着中国古典诗歌的意境特点，甚至可以说，他的小说就是古典诗歌的现代化改写。其叙述形式是完全的散文构架，传统小说中故事情节的中心位置被诗意所代替。关于这一点，学者们已多有论述，不再赘语④。废名的诗歌也是这样。他所创作的新诗中，往往都会夹杂几句表现古典意象的诗句，这些句子有些是借以传达美的特质，有些则是直接袭用古典诗歌名句，融为其新诗之一部分。其次是在思想意蕴上。废名的文学作品大多寄寓着传统文化色彩，如在中国传统文化中卓有影响的佛学、禅学和道家精神，在他的诗歌、小说中都能看到，甚至可以说，他作品中所传达的生命和生活态度从根本上说是具有中国传统文化色彩的。传统文化笼罩着他作品的思想意蕴，决定着他对世界的审视，或者说决定着他对文

---

① 废名：《立志》，原载《华北日报·文学》1948 年 2 月 15 日第 8 期。止庵：《废名文集》，东方出版社 2000 年版，第 275 页。

② 废名：《〈桥〉序》，原载 1932 年开明书店《桥》，陈振国：《冯文炳研究资料》，海峡文艺出版社 1990 年版，第 107 页。

③ 卞之琳：《〈冯文炳（废名）选集〉序》，《新文学史料》1984 年第 2 期。

④ 代表作如凌宇《从〈桃园〉看废名艺术风格的得失》，《十月》1981 年第 1 期；吴晓东《意念与心象——废名小说（桥）的诗学研读》，《文学评论》2001 年第 2 期。

学世界理解和表现的方式。唐弢先生曾评价废名的创作："保持着东方文学的历史传统，反映了中华民族淳厚的气派与作风。"① 应该说是独具慧眼，准确犀利的。

但是，废名的借鉴传统、化用传统，却绝对不是一味地回归传统、排斥西方文学影响。事实上，正如废名所喜爱和尊崇的对象既有李商隐等中国古代诗人，也有莎士比亚等西方文豪，他的创作中也深深地镌刻着西方文学和文化思想的痕迹。就思想而论，他的作品基调应该是现代的。如对普通民众充分尊重的平等精神，对儿童和女性的爱和热忱，都体现着现代人道主义色彩。所以，其作品虽然蕴含着深重的禅机和道家人生观念，但并不是遗世而居、远离世俗。从艺术来说，他的叙事方法也是完全的中西融合。其叙述者既承担传统中国小说中的说书人角色，又承担现代小说抒情和思考者的任务。小说的意象充满古典美，但结构上的承接过渡间，又有很清晰的现代小说技巧。

所以，废名的文学创作虽然以回到传统为特征，但其内涵是西方底蕴与中国传统的汇合，其意图是对新文学单一西方化方向自觉地弥补和纠偏。这一点，正如钱理群所考察到的，废名作品传达出强烈的现代堂吉诃德精神。这一精神既是源自西方文化传统，又与中国传统思想精神有着千丝万缕的联系，是中西文化、中西文学高度而自然的结合②。

废名的创作有这么自觉的探索，一方面与废名的文学素养有关。他受西方文学影响颇深，但同时也对传统古典文学艺术有充分的喜爱和肯定。尤其是到20世纪30年代后，废名多次表示对中国古典文学成就的推崇："而古人的文章（包括诗在内）每每有到现在（这是说我现在的标准甚高）令我不厌读的，是可见古人如何写得好了。"③ 在一篇谈孔子论诗的文章中，他更表示了对中国文学诗教传统的认可，认为新诗应该将自己纳入

---

① 唐弢：《四十年代中期的上海文学》，《文学评论》1982年第3期。

② 钱理群：《废名：现代堂吉诃德的归来》，《精神的炼狱——中国现代文学从"五四"到抗战的历程》，广西教育出版社1996年版。

③ 废名：《立志》，原载《华北日报·文学》1948年2月15日第8期。止庵：《废名文集》，第275页。

到古典诗歌精神传统之中："这个诗是中国民族的诗。这里也就是道，因为孔子的道是伦常，离开伦常就没有道。这个伦常之道又正是中国的民族精神。……中国作家如不本着伦常的精义，为中国创造些新的文艺作品来，则中国诚为病国，这里的小孩子没有一滴精神养料，如何能长得大呢?"① 他的创作之所以凝聚那么深的传统文学因素，与这种认识和积淀是分不开的。

但是更重要的，这是废名对新文学发展方向整体认识的结果。在文学创作过程中，尤其是到20世纪30年代后。废名有一个越来越明确的思想，就是认为新文学的发展方向主要是西方化的，缺乏对传统文学的继承和借鉴。对此，他持明确的否定态度。因此，他在对自己早期创作进行反思的文章里，这样写道："我们当时对于文艺都是从西方文艺得到启示，懂得西方文艺的'严肃'，若中国不是'正经'便是'下流'，即是一真一伪，……"② 这显然针对的不只是个人，更是一种时代潮流。之后，他曾借谈新诗发展的机会，清晰地表达了自己对新文学与传统关系的思考。一方面，他认为新诗（新文学）肯定不能像旧诗（传统文学）那样写法，需要有思想和艺术的创新；但另一方面，他又认为新诗（新文学）应该在传统诗歌（文学）中寻找路向，建立在这一思想上，他对30年代后期诗歌界的回归传统趋向表示了充分的肯定，对五四文学方向表示了质疑："我们现在的新诗是白话诗，但当初新文学运动者所排斥的古典派乃正是今日新诗的精神了。"③ 在谈到林庚的新诗创作时，更明确表示新文学的发展不应该循着西方文学的方向走，而是应该在传统里找资源："在新诗当中，林庚的分量或者比任何人要重些，因为他完全与西洋文学不相干，而在新诗里很自然的，同时也是突然的，来一份晚唐的美丽了。……这不但证明新诗是真正的新文学，而中国文学史上本来向有真正的新文学。……真正

①② 废名：《响应"打开一条生路"》，原载《大公报·星期文艺》1946年12月1日第8期。止庵：《废名文集》，第239、237页。

③ 废名：《〈十四行诗〉》，废名：《新诗十二讲》，辽宁教育出版社2006年版，第203页。

的中国新文学，并不一定要受西洋文学的影响的。”① 他所进行的一系列探索，正是这种思想的体现，是他努力将传统文学灌注于现代形式，将本土与现代予以融会的实践。

二

虽然废名作品的晦涩在新文学中是首屈一指的，但这并不意味着他的思想和创作是完全的个人化产物，相反，在其背后，潜藏着一种群体性的文学潮流。

自五四以来，新文学的发展方向基本上是明确的，就是循着西方文学的路往前走。包括到 30 年代，以“新感觉派”和“现代诗派”为代表的作家也在坚持着这样的方向。但是，这中间也始终有批判和否定的声音，尤其是到 30 年代中期以后，许多作家明确对新文学所取得的成就和发展方向表示不满，有了寻求新路的思考。

这其中我们大家耳熟能详的，是 30 年代的“文学大众化”运动。在这场规模宏大的讨论中，瞿秋白、茅盾等人对新文学提出了尖锐批评，一些作家和学者提出了颇为极端的“方言化运动”等，在文学形式上主张尝试“旧瓶换新酒”“大众文学”等。“大众化运动”所代表的是对新文学过于西方化、忽视大众接受进行的批评。这一点已经引起了我们大家的充分重视。然而，在几乎同时，还有另一种方向存在，它的对象不是传统“大众文学”，目标也不是获得大众，而是希望借取传统的因素，承接起中国古典文学的传统。它可能不如“大众化运动”那样因为有政治的因素掺杂而显得轰轰烈烈，也没有那么尖锐的意见表达，但却是更实在也更持久的文学思考和文学探索。

比如，曾经的五四文学倡导者周作人，在 30 年代曾这样反思新诗的发展：“新诗本来也是从模仿来的，他的进化在于模仿与独创的消长。近来中国的诗似乎有渐进于独创的模样，这就是我所谓的融化。自由之中有节

---

① 废名：《林庚同朱英诞的新诗》，废名《新诗十二讲》，第 188 页。

制，豪华之中含青涩，把中国文学固有的特质因了外来影响而美化，不可只披上一件呢外套就了事。”[①] 在此基础上，他提出要想从事文学创作，“须略了解中国文学的传统”，而这一传统的主流应该是以传统文化为中心的：“中国人的人生观也还以儒家思想的为主流，立起一条为人生的文学的统系，其间随时加上些道家思想的分子，正好作为补偏救弊之用，便得调和渐近自然。”[②] 包括对于文言文于现代汉语中的位置，他也表示：“五四前后，古文还坐着正统宝位的时候，我们的恶骂力攻都是对的”，但是在白话文运动胜利后，“应该把古文请进国语文学里来，改正以前关于国语文学的谬误观念”[③]。周作人在此期间写作《中国新文学的源流》，立足于从古典文学传统中去寻找源头，就体现着明确的思想意图。

在创作界，施蛰存是另一个代表。他虽然借鉴了西方心理主义进行创作，但也曾有往传统文学回归的努力。1937 年，施蛰存明确表达对“与旧的传统完全脱离，而去过继给西洋的传统”的新文学小说发展方向的不满，指出可以探索从中国传统小说中汲取养料，“从这中间去蜕化出一个新的阶段，我想一定能够使白话文获得一种新的妆束的”。并且表示：“对于西洋式的正格的小说却有点怀疑起来了，到底它们比章回体、话本体、传奇体甚至笔记体的小说能给读者若干好处呢?”[④] 在此思考上，他“有意地试验着想创造一种纯中国式的白话文。说是‘创造’，其实不免大言夸口，严格地说来，或者可以说是评话、传奇和演义诸种文体的融合”,[⑤] 创作了《黄心大师》等探索性作品。

施蛰存的创作得到了京派著名理论家朱光潜的认同和赞赏，其着眼点正是它与传统文学的关系：“施蛰存先生的《黄心大师》很有力地证明小

---

① 周作人:《扬鞭集序》,《谈龙集》，岳麓出版社 1989 年版，第 38 页。

② 周作人:《苦口甘口》，原载《艺文杂志》第 1 卷第 5 期，钟叔河:《周作人文类编》(三)，湖南文艺出版社 1998 年版，第 157 页。

③ 周作人:《国语文学谈》,《艺术与生活》，第 61－62 页。

④ 《小说中的对话》，原载《宇宙风》1937 年第 39 期。吴福辉:《二十世纪中国小说理论资料》(第三卷)，北京大学出版社 1997 年版，第 466－471 页。

⑤ 施蛰存:《关于〈黄心大师〉》,《施蛰存七十年文选》，上海文艺出版社 1996 年版，第 356 页。

说还有一条被人忽视的路可走，并且可以引到一种新境，就是中国说部的路。……读许多人的小说，我们常觉得作者是在做文章；读《黄心大师》，我们觉得委实是在‘听故事’，而且觉得置身于‘听故事’所应有的空气中，家常，亲切，像两个好朋友夜间围炉娓娓谈心似的。”①

所以，沈从文在对废名进行批评时，明确将矛头对准了他背后的周作人等人：“在文章方面，冯文炳君作品，所显示的趣味，是周先生的趣味。”“趣味的恶化，作者方向的转变，或者与作者在北平的长时间生活不无关系。在现时，从北平所谓‘北方文坛盟主’周作人，俞平伯等等散文揉杂文言文在文章中，努力使之在此等作品中趣味化。”② 沈从文批评的正确与否暂且不论，他所指出废名的创作背后有更深的思想源流，显然是确实的。准确地说，废名创作源自新文学的自我反思、寻求新路的潮流。只不过，相比于其他人，废名虽然没有表现出太激烈和耸人听闻的姿态，但在思想和实践上却是走得最远。因此，废名的创作比其他人更具代表性，其影响也更能持久。

三

废名的创作不是孤立地横空出世，显然，对其意义和得失的论述，也不仅仅只立足于其本身，而是应该从新文学发展潮流上来进行。

最基本的一点，应该充分肯定废名思考和探索的方向性意义。因为新文学在其开端中确实有其偏激和片面处。这在五四新旧更替的特殊时期是完全可以谅解甚至是必需的，但是，它此后的发展需要做出某些纠偏和矫正。在这个方面说，30 年代的“大众化运动”在一定程度上体现了人们对五四文学过于西方化、忽视大众接受方面的偏差的批判，而以废名为代表的向古典文学传统寻求新路的作家们则针砭了新文学的另一个缺陷，就是对古典文学传统的处理过于简单化。因为新文学要真正建立自己的独特精

① 朱光潜：《编辑后记》，原载《文学杂志》第 1 卷第 2 期，1937 年 6 月。《朱光潜全集》第 8 卷，安徽教声出版社 1993 年版，第 548 页。

② 沈从文：《论冯文炳》，《沫沫集》，上海大东书局 1934 年版。

神和审美个性，古典文学的传统是必须要借鉴和吸收的。从这方面说，废名对新文学道路的反思和探索集中体现了新文学本土化的自我要求。

而且，废名的思想不只是具有宏观的方向性意义，还提供了颇具新意的具体思路。比如他对新诗与古典诗歌关系的认识，在具体方法上强调继承，在精神实质上又突出差异，颇超出一般人的简单继承或简单割裂思想。这一点，与近年来有影响的美国学者王德威的看法有相当的共识："新诗出来是一个绝然不同的文类，虽然也叫诗，但这个文类是完全跟古典诗歌是不同的。"① 具有很强的启迪意义。更突出的是在小说创作中，他完全摒弃了传统小说的形式（包括体裁和艺术方法所有方面），而是将古典诗歌的艺术特点借用到小说中来，将古典文学的意境美特点嫁接到新文学小说中，其意图在于为新文学小说道路寻一条新路——一条不完全跟随西方文学方式，而是浸润中国古典文学特征的本土化方式。正是在这里，废名实现了对新文学小说艺术的另一种新的探索，是一种创造性的实践——这种探索的意义绝不是对传统旧形式的简单回归所能比拟的。这一点，就像朱光潜对《桥》的评论："它表面似有旧文章的气息，而中国以前实未曾有过这种文章。它丢开一切浮面的事态与粗浅的逻辑而直没人心灵深处，颇类似普鲁斯特与伍而夫夫人，而实在这些近代小说家对于废名先生到现在都还是陌生的。《桥》有所脱化而却无所依傍，它的体裁和风格都不愧为废名先生的特创。"②

在这方面，废名的创新意义远远超过当时和之后的许多对旧形式的模仿和回归者。当时流行的"旧瓶装新酒"和后来的"新英雄传奇"，都因为缺乏足够的创新，很快陷入失败。而废名凭借其对传统的"现代化"改造，使传统与现代有了巧妙的融合，既开创了新文学的"诗化小说"传统，也展示了独特的小说艺术魅力，其成就是颇为突出的。

但是，废名也存在某些误区。其一是对传统在文学中位置上的认识有所偏离。传统文学确实有值得融入新文学的内涵，但是，这种传统不应该

---

① 王德威语，吕周聚：《美国现代中国文学研究的现状与展望——王德威教授访谈》，《海南师范大学学报》2009 年第 2 期，第 48 页。

② 孟实（朱光潜）：《桥》，《文学杂志》1937 年第 1 卷第 3 期。

是纯粹精神的、古典的，它应该与现实生活融合起来，融入生活的新鲜与活力。这样的传统才能真正有生命力，才是真正实现了现代的运用。废名在这方面显然有所不够。他的创作追求古典文学精神，却没有将它们融入现实生活当中。它所导致的结果，首先是缺乏自然的鲜活的生活气息，也缺乏个性化的、鲜明的人物——在这方面，废名后期创作逊色于前期的《竹林的故事》《桃园》等作品，失去了那种浓郁的、强烈地方色彩的生活气氛。这也是其后期作品感染力和影响力不如前期作品的重要原因——其古典文学韵味虽然存在，却是与其所表现的生活相游离，不体现真正的现代特征。这一点，就像余冠英在当年对《桥》的批评："本书的意境和文章，都好似'不食人间烟火'的。"[①] 沈从文也批评废名的《莫须有先生传》："把文体带到一个不值得提倡的方向上去，是'有意为之'了。"从而"使中国散文发展到较新情形中，却离了'朴素的美'越远，而同时所谓地方性，因此一来亦已完全失去，代替这作者过去优美文体显示一新型的，只是畸形的姿态一事了"[②]。1957 年，废名在为其小说选作序时对此也有所认识："反映了生活的就容易懂，个人的脑海深处就不容易懂。"[③] 虽然在这篇序中可以感受到一定的外在压力，但这段话还是有一定合理性的。

其二是在如何化用传统的方法上。在这方面，正如前所述，废名的探索很有创新意义，也取得了很高的成就，但是，其中也存在一定的反思空间。关键也许还是在生活。因为缺乏鲜活的生活为基础，他的古典文学传统运用有显得生硬和勉强之处。比如，他的诗化语言作为叙述时也许缺点还不突出，但运用在人物语言的时候就明显显得过于静态和生硬，缺乏口语的活泼和变化，直接影响到生活表现的生动性。这必然导致其小说诗意表达与生活场景之间存在一定脱节，尽管废名采用了跳跃性的叙事方式来勉强维持，但效果并不理想。同样，其诗歌借用古典诗歌意象也存在过于死板和滞重之处。虽然学者们对其诗歌成就的看法存在一定分歧，但一个

---

① 灌婴（余冠英）：《桥》，《新月》1932 年第 4 卷第 5 期。

② 沈从文：《论冯文炳》，《沫沫集》，上海大东书局 1934 年版。

③ 废名：《废名小说选》，人民文学出版社 1957 年版，第 2 页。

客观的事实是，在废名诗歌已经有了半个多世纪历史的今天，他的诗歌始终没有引起文学史的关注，更没有受到读者欢迎，缺陷是明显的。[①] 卞之琳的评价应该说是很准确的："他的诗，语言上古今甚至中外杂陈，未能化古化欧，多数诘屈聱牙，读来不顺，更少作为诗，尽管是自由诗，所应有的节奏感和旋律感。"[②]

尽管废名存在着这样那样的缺陷，但正如李健吾先生所说："如若风格可以永生，废名先生的文笔将是后学者一种有趣的探险。"[③] 废名的探索方向对新文学很有开拓意义，有着非常值得继承的发展空间。遗憾的是，30 年代的背景不适宜废名文学探索的发展，以西方化为主流的五四传统自然是排斥他，以实用为目的的现实政治文化也与之相颉颃。在这种情况下，曾与废名从事过类似探索的施蛰存在表达对新文学方向不满之时，显得战战兢兢，如履薄冰。[④] 废名虽然有更坚强的个性，但在全民都呼"看不懂"、一片批判之声的背景下，他的探索也难以为继。废名后来曾反思自己："当时有人笑我十年造《桥》，同时又有《莫须有先生传》的副产品，其实《桥》写了一半还不足，《莫须有先生传》计划很长也忽然搁笔，这都表示我的苦闷，我的思想的波动。"[⑤] 他的探索在无奈中走向末路。此后新文学的发展背景依然如是。因此，虽然时有对新文学西方化方向不满和批判之声，但基本上只从实用和民间传统上去考察，很少有人像废名一样从古典文学传统上去为新文学寻路，更少有人像他那么做执着而深远的探索。正如黄裳所说："我觉得废名在新文学史上的努力与表现是应该受

---

① 陈建军：《废名年谱》之"废名研究综述"，华中师范大学出版社 2003 年版。

② 卞之琳：《〈冯文炳选集〉序》，《新文学史料》1982 年第 4 期。

③ 李健吾：《〈画梦录〉——何其芳先生作》，《咀华集》，文化生活出版社 1942 年版。

④ 施蛰存将自己的思想表述为"蕴蓄甚久而不敢宣泄"，并承认自己"心里虽然纠缠着这个问题，但因为到底不敢不承认自十九世纪以来的那些西洋小说为正格"，不敢表达自己的思想。施蛰存：《小说中的对话》，原载《宇宙风》1937 年第 39 期，收入吴福辉编《二十世纪中国小说理论资料》（三），北京大学出版社 1997 年版，第 466、468 页。

⑤ 废名：《废名小说选》，第 3 页。

到注意的。他开了一条寂寞的头，接下去就被人忘记了。”① 废名成为新文学的一个遗迹、一个符号。人们或者认同他，或者批判他、躲避他，却很少有人去思索他、继承他、超越他。对于新文学的发展来说，这是一件非常值得遗憾的事情。

---

① 黄裳：《废名》（下），原载香港〈大公报〉1982 年 7 月 1 日。陈振国：《冯文炳研究资料》，海峡文艺出版社 1990 年版，第 247 页。

流动的五四与传统的甦生[①]

一

我们在谈论五四时，经常自觉不自觉地将五四作为一个固定的整体来看待——或者准确地说，在政治层面，我们已经充分认识到五四群体在运动高潮之后的剧烈分化，认识到陈独秀、李大钊、胡适等人在政治观念和人生道路上的不同选择，但在文化上，我们却始终以五四前期思想为中心，并以之来概括五四思想的全貌。这也许部分缘于“民主科学”“个性解放”和“文学革命”等旗帜性口号都出现于五四前期，它们最引人注目，也最有社会影响力，因此人们更容易记住五四前期，并以之为五四的象征。但是，从科学和历史的高度说，这种“打包”式的理解却容易导致一些简单化的倾向。因为实际上，五四，无论是文化还是文学，都不是一个固定不变的整体，而是处于一个流动性的过程。

按照我们一般对五四文化（文学）的时间界定，它经历了从1915（1917）年到1927年的十多年，在这期间，社会发生了很大变化，思想文化也诸多演变。五四的文化群体，不仅如鲁迅所说“有的高升，有的退隐，有的前进”[②]，政治道路上出现了严重分化，文化观念上也发生了较大变化。而且，相比于政治上的分化，文化观念上的变化更全面也更深刻，

① 本文2016年发表于《暨南学报（哲学社会科学版）》第5期。

② 鲁迅:《南腔北调集·〈自选集〉自序》,《鲁迅全集4》，第456页。

因为它不仅体现在不同人之间，还体现在同一个人的前后思想之中。我们检视胡适、鲁迅、周作人这些五四文化代表人物这十年间的思想，可以看到几乎每一个人都发生了较大变化。从时间考察，五四文化的前后期分界与其政治分化的步骤大体一致，1919 年的五四运动是一个重要的时间节点。

以五四与传统文化（文学）关系为典型。我们都习惯以“激烈反传统”作为五四文化（文学）的标志。但其实，这种思想主要只出现在五四前期，仅仅几年之后，当初的激烈批判者们大多改变了自己的观点，放弃了前期的激进和片面，转向平和与客观。

比如新文学运动主将之一的胡适，虽然一直将“白话文运动”作为自己的文学理想，但他在 1920 年之后最主要的工作是创作《白话文学史》，意图为新文学寻找与传统文学的联系。正是在此基础上，他后来主张将五四文学运动称作“中国的文艺复兴运动”。再如周作人，五四高潮刚过，他就对自己的《平民文学》进行了批判性的反思：“只就文艺上说，贵族的与平民的精神，都是人的表现，不能指定谁是谁非，正如规律的普遍的古典精神与自由的特殊的传奇精神，虽似相反而实并存，没有消灭的时候。”[①] 包括对待文言文，周作人的态度也变得相当宽容，认为“五四前后，古文还坐着正统宝位的时候，我们的恶骂力攻都是对的”，但是在白话文运动胜利后，“应该把古文请进国语文学里来，改正以前关于国语文学的谬误观念”[②]。同样，鲁迅曾经以对传统文学的彻底否定态度著称，包括在 1925 年，他还提出“我以为要少——或者竟不——看中国书，多看外国书”，但是此后，他的态度有明显变化。在 1930 年，鲁迅给许寿裳之子许世瑛开列书单时，就完全放弃了自己的主张，开列了众多古籍著作。[③] 此后，他更认为不应该将新旧文学简单分界，“我也以为‘新文学’和

---

① 周作人：《贵族的与平民的》，原载 1922 年 2 月 19 日《晨报副镌》，钟叔和：《周作人文类编》之《本色》，湖南文艺出版社 1998 年版，第 73 页。

② 周作人：《国语文学谈》，《艺术与生活》，第 61－62 页。

③ 杨义：《鲁迅与中国文化的现代启示》，《文学评论》2006 年第 5 期。

'旧文学'这中间不能有截然的分界，然而有蜕变，有比较的偏向"①。

"整理国故运动"可以作为五四文化转型的一个群体性的典型活动。这一运动旨在挖掘、梳理和标点传统古籍，蕴藏着对传统文化（文学）经典的肯定性审视，促使它们进行现代转型。虽然不能简单将这场运动与五四新文学混为一谈，甚至随着运动后来发展的日益保守，鲁迅、胡适、茅盾、郑振铎等人都对运动进行过批评，但客观上说，这些批评者也都做了许多与运动主旨相类的工作②，胡适、郑振铎更是这场运动的重要参与者乃至发起者。

虽然上述作家的思想变化不一定能够涵盖所有的五四参与者，也不能说五四的后期发展构成对前期的反动，但五四文化整体的流动性和差异性特征确实很明显，并表现出一个基本趋向，即五四的发展是逐渐放弃前期的全面否定传统，转为部分地、有意识地认同甚至回归传统。如果说前期五四的重点在破，后期重点则在立；前期的态度偏激，后期则更为客观，有所纠偏。

五四文化的这种流动性特征有着完全可以理解的原因：其一，五四是一个新旧交替、文化剧烈嬗变的时期，各种中西思想在发生激烈的碰撞。运动的当时，五四先驱者们普遍都很年轻，对于这些处在剧变时代、思想又特别活跃的先驱们来说，思想上发生变化，或者简单地说从少年的激情走向中年的沉静，都是很正常的事，停滞和固定反而不合常理。其二，时势变化和策略上也是重要因素。就如鲁迅后来所阐述的："譬如你说，这屋子太暗，须在这里开一个窗，大家一定不允许的。但如果你主张拆掉屋顶，他们就会来调和，愿意开窗了。没有更激烈的主张，他们总连平和的改革也不肯行。"③ 在五四运动未成功之前，激烈的姿态是必要的权宜之策。但是在已经取得初步成功后，观点趋于平和也很自然了。

我们指出五四文化的流动性，并不是否定前期五四的意义，五四前期是后期无法取代的，甚至可以说，没有前期五四的激进，也就显示不出后

① 鲁迅：《"感旧"以后（上）》，《鲁迅全集5》，第329页。

② 卢毅：《"整理国故运动"述评》，《贵州社会科学》2005年第1期。

③ 鲁迅：《无声的中国》，《鲁迅全集4》，第13－14页。

期五四的意义，甚至就没有了伟大的五四。二者互为表里，互为意义。当然，从思想的发展和策略的权益两个角度来考虑，后期五四的思想也许更客观深入，也更能代表五四先驱们的真实思想。这是历史发展的客观进程，也是思想演变的常见轨迹。

二

当然，就与传统的基本关系而言，五四的倾向性还是明确存在的，那就是批判和扬弃。只不过前期以批判否定为主，后期则比较注重继承。考虑到与传统的关系是近年来五四讨论中的热点，有必要对其进行简略的检讨。

我以为，尽管在具体的策略和方法上存有可商榷讨论之处，但毫无疑问，五四的基本方向是符合历史发展趋势的。在时代进入到20世纪初，中国传统文化固然尽显滞后于时代之处，即对中国传统文学而言，尽管曾有辉煌的历史，但它的两个重要缺陷，制约着其进入现代社会和向前发展。

其一是与外文化的隔膜。中华文化在历史上一直是开放和兼容的，这也是中华文化长期保持旺盛生命力的重要原因。但是清代的闭关政策，限制了中华文化与其他文化的交流，既窒息了中华文化的发展势头，也使该时期的文学、文化陷入封闭和保守之中——前人早就指出，清代乾嘉学术兴盛之时正是民族创造力的严重萎缩，文学创作水准也急剧下降。其二是与时代现实的隔膜。中国传统文学一直是士大夫文学，很少真正反映普通大众生活，民间文学与士大夫文学有着天然的隔膜和距离。如果说在信息不开放的传统时代，其弊端不那么突出的话，那么，进入19世纪下半叶后，报纸等媒介和市民阶层的出现，意味着传统文学必须要变革，否则就不可能有生机（晚清时期，言情、谴责、官场黑幕小说如此盛行，正是因为传统文学已经失去了生命力，不能进入社会大众的生活）。

所以，从总体上说，五四对传统文学的批判和改造是在促使其进行现代转型，促使其甦生。如果将前期五四比较激烈的言论理解为以一种态度、一种略显暴力的姿态来促进传统文学的转型，那么，后期五四则主要以具体的举措来挖掘传统文学的现代内涵，以建设性的姿态帮助其适应现代社会，进入到更广阔的空间社会。虽然前后期侧重点不一样，但目的和方向是一致的。从结果看，虽然没有完全实现初衷，但基本的目标却已达到——至少，它改变了中国文学与西方文化之间严重隔膜的格局，也拉近了文学与大众之间的距离。

在创作实践上，五四作家们也以多种方式对传统文学进行了借鉴和吸收，促进着中国文学传统的现代传承。这主要体现在后期五四中——这并非说前期五四作家的创作与传统完全无涉，但从总体上说，前期五四作家们的追求目标毫无疑问是西方文学，即使其作品中还保留着内在的传统文化血脉，那也主要是在隐性层面，在作品显性层面表现出来的更多是对传统的反叛和拒斥。

这种情况在后期五四中有明显的改变，许多作家虽然坚持新文学的现代化方向，但却不满于早期文学强烈的西方化色彩，并自觉对传统文学进行借鉴、融合和汲取。从文学史看，五四后期到20世纪30年代，是新文学作家们对传统文学进行创造性吸收和转化尝试最多，取得成就也最大的时期。如诗歌界，闻一多对五四前期的西化倾向有明确的批评："现在的新诗中有的是'德谟克拉西'，有的是泰果尔，亚坡罗，有的是'心弦''洗礼'等洋名词。但是，我们的中国在哪里？我们四千年的华胄在哪里？哪里是我们的大江，黄河，昆仑，泰山，洞庭，西子？又哪里是我们的《三百篇》，《楚骚》，李，杜，苏，陆？"[①] 他之探索"新格律诗"，自然是其思想观念的直接体现。而闻一多的这种思想，在稍后的卞之琳、何其芳那里又得到了进一步的深化和发展。小说领域也是一样。废名是与传统文学关联最早的追求者，他将传统诗歌艺术融入小说之中，指出自己的创作"分明地接受了中国诗词的影响，我写小说同唐人写绝句一样"[②]。他的代表作品如《竹林的故事》《浣衣母》等，既融入了中国传统道家和禅学文化对生命和自然的理解，又传达出中国传统审美精神特征，从而开创了现

---

① 闻一多：《〈女神〉之地方色彩》，原载《创造周报》第5号，1923年。收入《闻一多文集》之"时代的鼓手"卷，海南国际新闻出版中心1997年版，第103页。

② 冯文炳：《冯文炳选集》，人民文学出版社1985年版，第394页。

代“诗化小说”创作的传统。[①] 此后，施蛰存的《黄灯大师》、吴组缃的《菉竹山房》等又对废名的探索进行了自己的推进。

尽管不能说这些探索都取得了成功，但它们却昭示出一个方向，一种重新认识、继承和发展传统文学的自觉。对于新文学的发展来说，它们应该具有突出的方法学意义，也是一个重要的深化和定型阶段。它们与五四文化先驱者们的思想转变和发展有着内在的关联，即以批判性地借鉴传统、吸收传统和发展传统为主旨，促使传统文学向现代转型。只是非常遗憾的是，随着全面抗战的到来，五四后期开始兴起的这种借鉴与融合传统的潮流戛然而止，在新的时代和文化背景下，文学走向了另外的发展方向。

三

认识五四的流动性，实质上就是认识五四的局限性。五四确实是伟大的，但它也不可能完美。从参与者来说，五四带着青春的热血和激情，虽然有足够勇气，却也难以周到和全面；从时间来说，五四的氛围是紧迫的，也是比较仓促的，这是它短短数年间就迅速分化的原因，而这种分化则进一步推动了其仓促；就文学的发展来说，五四的这种情况非常正常，开风气者的使命完成，后续的工作需要后来的继承者去丰富和完善。这正如胡适所说的：“每一类文学不是三年两载就可以发达完备的，须是从低微的起源，慢慢的，渐渐的，进化到完全发达的地位。”[②] 五四再伟大，它也只能起到开风气的作用，真正的深化和拓展只能依赖后人。具体说，对于五四继承者们来说，如何进一步引进西方现代文化，同时更将西方文化融入本土现实，以及如何进一步对传统文化（文学）进行现代的甄选和转化，都是很重要而艰巨的使命。

遗憾的是，五四的后继者们却未能很好地完成这一重任。这其中有多

---

① 贺仲明：《中国传统文学的移形变体——论“诗化小说”的兴起与传承》，《江苏第二师范学院学报》2014 年第 6 期。

② 胡适：《五十年来之世界哲学》，《胡适文集》第三卷，北京大学出版社 1998 年版，第 279 页。

重因素的影响。从外在环境上说，有外在政治影响等多重因素。政治需要激进的文化来作为其思想资源，帮助其政治上的激进变革；从内在精神上说，后来者的传统文化素养越来越弱，缺乏与时代抗争和独立的精神……不管什么原因，一个客观的情况是，五四的后继者们没有像后期五四学者和作家们一样，对传统进行科学的辨析和批判中的继承，他们只继承了前期五四对传统的激烈否定言辞，却完全淡忘了后期五四对传统文化转型所做出的诸多努力和实绩。而且，在认识五四上，他们也完全忽略了五四的多元和丰富，对五四的解读越来越狭隘化和简单化，最终把五四简化为一个彻底激进和反传统的形象，只留下了前期的激进和片面，而后期的理性和冷静、自由和宽容完全不见了踪影。

在时代政治环境的影响下，这种趋势是越演越烈。不只是在文学，而且延续到整个文化教育。从多年战争的混乱，到新中国成立后一系列政治运动，诸如土地改革、破除“四旧”，再到“文化大革命”，逐渐隔断了从主流到边缘、从上层到乡村，各个层面之间与传统文化的密切关系。

这样的后果是，无论是知识分子文化还是底层文化，都距离传统日益遥远。传统文化在整体上都逐渐远离了社会大众的生活和视野，传统的真实面貌已经完全模糊，基本上只是成为一个负面的符号、一个落后和腐朽的代名词。其结果是整个民族大众的传统文化素养日渐低下。作为主流文化的代表者，作家们的精神和文化也难以例外，甚至说，他们既是时代文化的重要推动者，也承担着传统文化匮乏的典型后果。我们看 20 世纪 80 年代以来的作家访谈，鲜有谈论传统文化对其创作产生影响的，绝大多数表达的都是对西方文学的膜拜和追随。其文学创作，无论是在深层文化观念，还是在审美风格上，都没有体现出中国传统的独特个性，基本上是对西方文化和文学的模仿和改写。这也是他们的创作普遍缺乏真正的创造性，难以抵达文学深层境界的重要原因。

在这当中，也有作家们在主观上想回归、借鉴传统，但是客观上他们已经丧失了这个能力。比如 20 世纪 80 年代的“寻根文学”，韩少功、郑义等作家在主观上是非常想“寻根”的，他们意识到传统与本土的重要性，试图回归民族文化传统，在传统中去寻找精神养料，但是，他们长期接受的主流教育和文化观念注定他们走不出时代的藩篱，传统素养方面的限制更使他们的努力举步维艰，于是，他们只能一步步地退让，最终回到时代主流的窠臼，以“寻根”始，以“审根”终。[①] 同样，在 20 世纪 80 年代曾经兴盛一时的“新笔记小说”创作，由汪曾祺、林斤澜等作家倡导，不少青年作家参与其中，然而，真正取得成功的还是那些老作家，因为他们多少存有传统文化底蕴，与“新笔记小说”这一传统文学体裁更能融会，而年轻作家们则由于传统滋养的匮乏，普遍只能停留在文体表面浅尝辄止，没有传达出其真正的精神意蕴。再如 21 世纪以来，莫言、刘震云、格非、贾平凹等不少作家都表达了回归传统的强烈自觉，并在文体、意境、语言等多方面尝试与传统文学进行对接。他们的努力值得尊敬，部分创作也获得了一定成功，但是总体来说，离他们所期待的目标还有相当的距离。

这一点，决定了我们在检视中国新文学传统时，绝不能简单归咎于五四的“原罪”，认为一切问题都肇始于五四的开端。这种简单化理解既忽视了五四的时代情境，也忽视了五四的内在差异性和发展性。

我们今天继承五四，最首要的就是要祛除单一和狭隘，全面完整地认识五四，继承其自由、宽容和多元的传统。在这一基础上，我们对五四就既不应做粗暴简单的否定，也不会是一味地盲从，而应该是在充分尊重和肯定的基础上，批判性和发展性地继承。如此，无论是对待中国传统还是西方现代，都能够更科学、客观。只有这样，才能真正继承五四精神，也才能够避免陷入前人窠臼，充分发挥五四的现代意义。

---

① 贺仲明：《重启中国文学的“寻根”旗帜》，《创作与评论》2015 年第 3 期。

五四作家对中国传统文学经典的重构[①]

关于五四新文学与中国传统文学的关系，一直存在着比较激烈的论争。20 世纪 80 年代前，人们一直揄扬五四的反传统精神，并普遍认同五四对传统文学的彻底批判和疏离特征。但是，20 世纪 80 年代后，以王瑶为代表的一些学者指出，五四与传统文学实质上存在着相当密切的继承关系。[②] 受其影响，不少学者对此进行了多方面的深入研究，也取得了比较丰硕的成果。[③] 然而，迄今为止，在这些成果中，能得到学界广泛认可的观点并不多。文学经典是文学传统的核心部分，世人对传统文学的认识也主要建立在对其经典作品的阅读记忆上。因此，经典对于五四与传统关系的考察具有特殊意义。换言之，五四作家对待传统文学经典的态度，既可折射出五四与传统文学的深层关系，本身又蕴含着五四文学自身的丰富内涵，很有探究之必要。鉴于现有研究成果虽间或涉及这一问题，但缺乏全

① 本文 2016 年发表于《中国社会科学》第 9 期。

② 王瑶：《中国现代文学和民族传统的关系》，《上海师范大学学报》1982 年第 2 期；《中国现代文学与古典文学的历史联系》，《北京大学学报》1982 年第 6 期；唐弢：《西方影响与民族风格——中国现代文学发展的一个轮廓》，《文艺研究》1982 年第 6 期；贾植芳：《中国新文学与传统文学》，《学术研究》1987 年第 6 期。

③ 代表作有方锡德《中国现代小说与文学传统》（北京大学出版社，1992 年）、李怡《中国现代新诗与古典诗歌传统》（西南师范大学出版社，1994 年）、秦弓《五四新文学对中国传统文学的发掘与继承》（《河北学刊》2009 年第 6 期）、宋剑华《新文学对传统文化的批判与承续》（《中国社会科学》2014 年第 11 期）。

面系统的研究，也缺乏从“经典重构”角度进行审视。本文希望对之进行比较深入的探讨，既推进对五四与传统文学关系的认识，同时也深化对五四文学和文化本身的思考。

一、传统经典：从反叛到重构

尽管人们对“文学经典”的概念内涵有多重解读，但是，就文学史的角度而言，文学经典有其独特意义。它们是构成文学传统链条上耀眼的珍珠，其形态不一定相同，却共同构成了有独特文化和审美个性的文学历史，形成了有内在关联的独立传统，并参与民族独特文化精神的构造，沉潜为民族无意识的一部分。正因此，在文学的延承和发展中，经典具有重要而又复杂的意义。一方面，浸润着独特民族文化和审美精神的文学经典，以及由这些经典构成的文学传统，对后来的文学创作者具有深远的典范意义，并对其精神进行感染，对其创作实践产生深刻影响。任何作家都无可置疑会受到传统经典的影响，甚至说，与它们产生关联，被融入传统中，传统经典是他们自觉不自觉的精神皈依。“这种历史意识迫使一个人写作时不仅对他自己一代了若指掌，而且感觉到从荷马开始的全部欧洲文学，以及在这个大范围中他自己国家的全部文学，构成一个同时存在的整体，组成一个同时存在的体系。……有了这种历史意识，一个作家便成为传统的了。这种历史意识同时也使一个作家强烈地意识到他自己的历史地位和他自己的当代价值。”① 而且，对于作家来说，除了精神典范上的意义，传统经典还具有实际层面的价值。因为在传统的辉映下，经典自然拥有崇高的社会声誉或者广大的读者市场，借助其光环，经典的傍依者和追随者往往能在社会影响上获得一定的现实效益。

另一方面，“经典，一如所有的文化产物，从不是一种对被认为或据称是最好的作品的单纯选择；更确切地说，它是那些看上去能最好地传达

① 艾略特：《传统与个人才能》，《艾略特文学论文集》，李赋宁译注，百花洲文艺出版社 1994 年版，第 2 – 3 页。

与维系占主导地位的社会秩序的特定的语言产品的体制化”①，经典的背后往往隐藏着较多的权力因素，承担着主流文化的主导功能，被赋予一定的权威和训导意义。对经典过分的倚重和推崇，可能会形成某些僵化范式，对人们思想造成有形无形的限制和阻碍，从而制约文学的创造性发展。所以，对既有经典的反抗也往往成为经典建构中的重要部分，甚至说，文学的发展历史就是建构经典与解构和重构经典的复杂过程。这一点在社会变化比较剧烈的时期尤为显著，“在以下情况中，传统的发明会出现得更为频繁：当社会的迅速转型削弱甚或摧毁了那些与‘旧’传统相适宜的社会模式，并产生了旧传统已不再能适应的新社会模式时；当这些旧传统和它们的机构载体与传播者不再具有充分的适应性和灵活性，或是已被消除时”②。

五四毫无疑问就是一个文化巨变的时期。对于借镜于异邦、与传统文学有着迥异面貌的新文学来说，要从主流的传统文学氛围中脱颖而出，对传统经典的批判自然是首要目标，但要真正发展和丰富自己，特别是要赢得社会认可，借助传统经典效应也是其必不可少的重要方式。或出于自觉或出于直感，五四新文学倡导者对传统文学经典的态度，就表现出批判、否定和保留、依靠的两面性。

五四文学初期，正奋力从传统文学中反叛出来的新文学先驱者，对传统文学的基本态度是否定的。经典作为传统文学的代表，自然成为批判者的主要矛头所向，他们试图借摧毁这些权威堡垒，为新文学扫清障碍、开辟道路。典型如张扬“革命”大旗的陈独秀的《文学革命论》，将“古典文学”“贵族文学”“山林文学”全面横扫，几乎囊括所有主流传统文学。再如周作人的《人的文学》，以“人的文学”视野来审视传统文学经典，也只见负面意义而无视其积极价值。像《封神传》《西游记》和《聊斋志异》《水浒传》等名著，均被列入“迷信的鬼神书类”“妖怪书类”和

---

① 余宝琳：《诗歌的定位——早期中国文学的选集与经典》，乐黛云、陈珏：《北美中国古典文学研究名家十年文选》，江苏人民出版社 1996 年版，第 276 页。

② E. 霍布斯鲍姆、T. 兰格：《传统的发明》，顾杭、庞冠群译，译林出版社 2004 年版，第 5 页。

“强盗书类”，并视之为“全是妨碍人性的生长，破坏人类的和平的东西，统应该排斥”。[①] 钱玄同的态度更为决绝和极端：“从‘青年良好读物’上面着想，实在可以说中国小说没有一部好的，没有一部应该读的。”[②]

然而，正如有学者早就指出的，五四作家的反传统主要针砭的是同代人的传统文学创作，而非传统文学本身，[③] 几乎从一开始，五四作家中就有对传统经典不完全相同的声音。或者说，有人明智地意识到应借助传统的支援，因此，需要对传统文学进行辨析和区分，以从中寻到新文学的潜在“友人”。最典型如胡适的《文学改良刍议》。它在否定近世不良文学风气时，往往从传统文学经典中寻找正面样板，并表示明确的推崇态度：“此庄周之文，渊明老杜之诗，稼轩之词，施耐庵之小说，所以复绝古今也。”[④] 在稍后的《建设的文学革命论》中，胡适还主张要“多读模范的白话文学。例如《水浒传》《西游记》《儒林外史》《红楼梦》；宋儒语录，白话信札；元人戏曲；明清传奇的说白。唐宋的白话诗词，也该选读”[⑤]。事实上，即便是张扬“革命”大旗的陈独秀的《文学革命论》，也不是全盘否定传统经典，而是做了有保留的肯定：“《国风》多里巷猥辞，《楚辞》盛用土语方物，非不斐然可观。”[⑥] “元明剧本，明清小说，乃近代文学之粲然可观者。”[⑦]

在五四文学发展中，这两种对文学经典的不同态度和观点有许多碰撞和讨论。其中有新文学阵营之外批评者的发言。比如朱经农就针对新文学作家的某些观点与胡适进行了多次公开通信，部分内容关联到对传统文学经典的认识问题：“平心而论，曹雪芹的《红楼梦》施耐庵的《水浒》固是‘活文学’；左丘明的《春秋传》司马迁的《史记》未必就‘死’了。我读《项羽本纪》中的樊哙何尝不与《水浒》中的武松、鲁智深、李逵一

---

① 周作人：《人的文学》，《新青年》1918 年 12 月第 5 卷第 6 号。

② 钱玄同：《致陈独秀》，《新青年》1918 年 4 月第 4 卷第 4 号。

③ 刘纳：《嬗变——辛亥革命时期到五四时期的中国文学》，中国人民大学出版社 2014 年版，第 184 – 188 页。

④ 胡适：《文学改良刍议》，《新青年》1917 年 1 月第 2 卷第 5 号。

⑤ 胡适：《建设的文学革命论》，《新青年》1917 年 8 月第 4 卷第 4 号。

⑥⑦ 陈独秀：《文学革命论》，《新青年》1917 年 2 月第 2 卷第 6 号。

样有精神呢?”[1] 在新文学内部，更存在着不同意见的多次交流。比如在1917年和1918年间，《新青年》杂志连续发表了钱玄同、陈独秀与胡适之间的多次来往通信，集中探讨了对《红楼梦》《西游记》《老残游记》等重要古典文学作品的价值和意义问题。这些讨论体现了五四作家在对待传统文学经典上的多元性，更是其思想的不断深化和整合过程，可以将之看作是五四作家经典重构前的重要理论准备。

总体而言，随着新文学运动的深入，五四作家对传统文学经典的认识更趋全面和客观，偏激言辞逐渐减少，并表现出更为明确的经典重构意识——如果说胡适、陈独秀最初的檄文中已多少包含重构经典意图的话，那么此后作家的态度就更为自主和自觉。如胡适写作《白话文学史》，就是非常明确要为新文学寻找源头，希望以经典重构为媒介，引起更多人对新文学的关注和重视：“国语文学若没有这一千几百年的历史，若不是历史进化的结果，这几年来的运动决不会有那样的容易，决不能在那么短的时期内变成一种全国的运动，决不能在三五年内引起那么多的人的响应与赞助。”[2] 而在文学史写作中，胡适对“白话”的认识已不像以前那样只局限于纯粹的语言层面，而是更为开放和灵活，包括了“旧文学中那些明白清楚近于说话的作品”[3]，换言之，胡适对文学经典的界定范围在理论上已涵盖了传统文学的主体。与五四初期相比，这一认识显然更为宽容和全面，应是汲取了前述讨论的成果。胡适的言行并非个人独见，也远非孤立，在进入20世纪20年代初之后，尽管不是每人都像胡适一样公开表达自己的建设宣言，但对传统文学的态度却发生了很大变化，对传统文学经典的重构也成为一股时代潮流[4]，成果和影响都相当显著。

重构工作之一是建构新的文学历史，推介新的经典作品。文学史是经典建构最主要的方式之一，对此，胡适早有认识，并曾酝酿写一部中国小

---

① 朱经农：《新文学问题之讨论》，《新青年》1918年8月第5卷第2号。

② 胡适：《白话文学史》，《胡适文集》第4卷，人民文学出版社1998年版，“引子”，第20页。

③ 胡适：《白话文学史》，《胡适文集》第4卷，“自序”，第17页。

④ 在这期间兴起的“整理国故运动”，与文学经典重构不完全一致，但却有诸多重合。参与这一运动的新文学作家为数不少，也正是其潮流性的标志。

说史，以进行自己的传统小说经典构建。但真正将这一目标化为现实的是鲁迅的《中国小说史略》。这部改变了“中国小说历来无史”现状的著作，完备而系统地梳理了中国古代小说历史，并做了深入的辨析和考证，对部分原本不入主流文学史家法眼的《红楼梦》《水浒传》《西游记》《儒林外史》等作品给予大力推崇。鲁迅的评述精当贴切，又具有史书的客观和严谨，发表后影响深远，极大地提升了这些作品的文学史地位。此外，胡适的《白话文学史》也是有较大影响的文学史著作。此书不像《中国小说史略》那样客观严密，更多属于开风气之先。它以鲜明的立场致力于挖掘和褒扬那些被传统文学历史忽略的作品，试图建构一个与传统文学经典不同的新经典历史。两部文学史风格有别，体裁范围也分别在不同的领域，却共同完成了对大部分传统文学历史的全新审视，构建了新的经典系列，是五四作家重构传统文学经典的重要成果，影响也最为深远。

工作之二是对部分传统文学经典进行史料考证、版本辨析和现代标点。因为五四作家推崇的经典作品有相当部分未入传统文学主流，其版本史料等也未得到很好地整理和保护，为了还原其真实面目，揭示其历史源流，许多五四作家做了很辛勤的工作。其中贡献最大的是胡适。从1920年开始，胡适撰写了数十篇关于《红楼梦》《水浒传》《西游记》《儒林外史》等古典文学作品的考证文章，还著述了吴敬梓等作家的传记和年谱，参与多部古典文学作品的现代标点和出版工作等，特别是《〈红楼梦〉考证》一书在当时产生很大影响。胡适之外，鲁迅、郑振铎也是重要的参与者。鲁迅的《中国小说史略》固然融会大量史料考证，同时，他还整理了《小说旧闻抄》《唐宋传奇集》等古代小说著作；郑振铎则考证了《三国演义》《水浒传》等作品的演变情况，并搜集、整理了大量俗文学资料，撰写了许多民间文学文章。虽然郑振铎《中国俗文学史》的写作和出版是在五四之后，但部分成果已经产生了影响。正如胡适所说：“要对这些名著做严格的版本校勘和批判性的历史探讨——也就是搜寻它们不同的版本，以便于校订出最好的本子来。如果可能的话，我们更要找出这些名著作者的历史背景和传记资料来。"[①] 五四作家对这些作品作者真伪和身世、版本源流、历史本事等方面的考证，于其经典地位的建立有重要意义。因为中国文化非常重视传统和历史，清晰的历史确证有助于人们形成完整明确的记忆，从而自觉将其纳入传统文学的脉络和轨道，进而成为传统的一部分。版本的辨析和考证，以及现代标点和出版等工作，则能帮助这些作品还原真实面貌，并以最好、最完整的样式呈现给社会大众，从而促进它们在社会上的传播。比如，《水浒传》《红楼梦》等作品在五四期间就有多个新版本被作家发现，并经过作家的辨析、校正和加注现代标点，最好和最完备的版本得以呈现于大众面前。这些作品在五四时期产生的巨大社会影响，与作家的考证、加注标点等工作密不可分。[②]

五四作家所建构的传统文学经典大致可以分为两部分：一部分作品原本就归属于传统经典之列，作家所做的主要是对其进行现代阐释，彰显其现代内涵，赋予其新的价值意义。就如郑振铎所言："新文学运动并不是要完全推翻一切中国固有的文艺作品。这种运动的真意义，一方面在建设我们的新文学观，创作新的作品，一方面却要重新估定或发现中国文学的价值，把金石从瓦砾堆中搜找出来，把传统的灰尘，从光润的镜子上拂拭下去。"[③]《诗经》是个典型例子。《诗经》是中国古典文学的最好经典之一，但在长期的流传和经典化过程中，朱熹等经学权威对其做了充分的政治和道德解读，或将其否定为"淫诗"，或将其曲解为政治道德教谕。五四作家对这些传统解读进行了彻底否定，并致力于对《诗经》内涵进行新的阐释，还原其民间生活面目。如钱玄同认为："这部《诗经》则非赶紧请它洗一个澡，替它换上平民的衣服帽子不可。"[④] "我们若是将《诗经》旧说订正，把《国风》当作一部古代民谣去读，于现在的歌谣研究或新诗

---

① 胡适口述，唐德刚译注：《胡适口述自传》，广西师范大学出版社 2005 年版，第 226 页。

② 王平：《明清小说传播研究》，山东大学出版社 2006 年版，第 160、161 页。

③ 郑振铎：《新文学之建设与国故之新研究》，《小说月报》1923 年第 1 期。

④ 《钱玄同致胡适函》（1921 年 12 月 7 日），《钱玄同文集》第 6 卷，中国人民大学出版社 2000 年版，第 104 页。

创作上一定很有效用，这是可以断言的。"① 胡适的《诗经新解》，更是完全从现代人性人情的角度出发，将《诗经》作品还原为古代老百姓的生活诗和爱情诗。对此，当代学者的评价是很准确的："故而五四一代对《诗经》的读解，并不是要重现那难以重现的作者及前贤的本意，他们强调个人感受的论说，是有鲜明的时代色彩的。"②

五四作家重构经典的更多部分，还是在发掘和推崇新的经典，将那些被传统主流文学史忽略、没被纳入经典之列的作品，赋予了经典的意义和地位。其中，五四作家既针砭了传统文学历史对优秀作品的遮蔽和疏漏，更侧重对新经典作品的介绍和推举。如郑振铎的《文艺丛谈》就在对传统文学典籍的批评中阐释了新的建构态度："中国的旧文学最为混乱。《四库全书总目》别集部所列，多不足为凭；其分类亦未恰当；且尤多遗漏；伟大的国民文学，如《水浒》《三国演义》《西游记》等一概不录——《四库总目》内本就不列小说一门——非以现代的文学的原理，来下一番整理的功夫不可。且中国更多'非人的文学'；也极须整理而屏斥之。"③ 具体的工作更是相当显著：鲁迅的《中国小说史略》冒传统之大不韪，将传统文学所不屑的小说推到崇高地位；胡适的《白话文学史》则发掘了诸如王梵志、寒山、拾得等被排斥于主流文学史之外的白话诗人，给予他们充分的经典化解读；郑振铎则将民歌、变文等几乎被埋没的底层文学挖掘出来，并努力推入传统文学殿堂。从作品来说，最有影响的是对《红楼梦》《西游记》《水浒传》《儒林外史》等小说的推介。这些作品虽早就在民间社会流传甚广，也有部分具有现代意识的近代学者对它们进行肯定，但却一直未能得到主流文学界的认可，被排斥在文学经典之外。胡适、鲁迅、郑振铎等五四作家对它们的推崇，使其首次真正进入文学主流之列，初步奠定了其在中国文学史上的经典地位。

---

① 周作人：《古文学》，吴平、邱明一：《周作人民俗学论集》，上海文艺出版社1999年版，第299页。

② 徐雁平：《胡适与整理国故考论——以中国文学史研究为中心》，安徽教育出版社2003年版，第144页。

③ 郑振铎：《文艺丛谈》，《小说月报》1921年第1期。

五四作家经典重构的影响立竿见影，自20世纪20年代初始，短短数年间，五四作家所推崇经典作品中的大部分就为学术界、出版界和读者大众广泛接受，其中的《红楼梦》《水浒传》《三国演义》等更是从民间走向殿堂，既在社会上家喻户晓，也成为文学史与学者研究和称颂的经典，甚至被列为中国传统文学的典范之作。

“青年必读书”可作为学界态度的一个折射。1923年，《京报副刊》举办了一个“青年必读书目”和“青年爱读书目”征集活动，从调查反馈的结果看，五四作家重构的传统文学经典在学界和青年读者中都拥有很高的认可度。在由著名学者参与推荐的“青年必读书目”中，《红楼梦》和《西游记》名居前列。在青年读者提供的“青年爱读书目”中，《红楼梦》和《水浒传》位列前两位，《三国演义》《儒林外史》也名列前茅。[①] 从文学史角度看，五四作家的经典重构也获得很大成功。在五四时期和之后问世的几乎所有中国文学史著作，都将《红楼梦》《水浒传》《儒林外史》等列入中国文学经典之列，作为重要作品进行介绍——虽然中国文学史的如此变迁不只是经典重构的结果，但却与之有密切关系——此后，直到今日，这些作品的地位再无异议，进入中国文学史上最杰出的经典之列。出版界也同样体现出经典重构的实绩。20世纪20年代初，胡适、陈独秀等人与上海亚东图书馆合作，将大部分新推出的传统文学经典作品出版并予以推广，成为当时整个文化界的大事，社会效益和文化效益都很突出。这一活动既是五四经典重构工作的一部分，也进一步推动了这些作品的经典化进程。以人所熟知、可作为中国古典文学普及经典代表的“四大名著”概念为例。尽管这一概念包含的作品不完全相同，也难以明确落实其最初的源头，但毫无疑问，它是五四作家重构经典的结果，其中可直接关联的就是胡适所说的“吾国第一流小说，古人惟《水浒》《西游》《儒林外史》《红楼梦》四部”[②]。

---

① 刘超：《读中国书——〈京报副刊〉“青年必读书十部”征求书目分析》，《安徽大学学报》2004年第6期。

② 胡适：《再寄陈独秀答钱玄同》，《新青年》1917年3月第3卷第1号。

二、经典重构的现代性张力

五四作家传统文学经典重构活动主要在1920年后，它所传达的某些思想观念与新文学运动初期不完全一致，但宗旨却并未背离新文学运动，它的基本理念依然是新文学运动的“现代”，只是在内涵上有所调整和完善。换言之，五四作家挖掘和建构传统文学经典，所持的是新的、现代的文学标准，是以新观念对传统文学经典的创造性建构。胡适后来曾这样总结五四文学的中心理论，也可将之概括为五四传统经典重构的基本标准：“简单说来，我们的中心理论只有两个：一个是我们要建立一种‘活的文学’，一个是我们要建立一种‘人的文学’。……中国新文学运动的一切理论都可以包括在这两个中心思想的里面。”①

“进化”是五四作家重构经典的首要原则。进化观是五四思想文化界的集体认同，落实在经典重构上，基本内涵就是如胡适所说：“文学者，随时代而变迁者也。”② 即认为文学发展和评判标准随时代发展而变迁，作家应该创作、文学史家应该推崇的，是“最热闹，最富于创造性，最可以代表时代的”③ 文学。在现实语境下，五四作家所指的进化内涵又主要集中在两个层面：一是现代语言，也就是“白话文”。白话是新文学运动的根本，五四作家的经典构建也自然以之为主要依据。可以说，正如胡适《白话文学史》所呈现的价值评判标准：“这一千多年中国文学史是古文文学的末路史，是白话文学的发达史。”④ 白话文是五四作家经典建构无可置疑的首要标准（尽管在具体操作中也不是完全没有调整与妥协），五四作家所建构的文学经典绝大部分都是白话文学作品，使用的是可作为“国语”典范的语言。二是现代文体，最具代表性的是小说。在中国传统文学

① 胡适：《中国新文学大系·建设理论集》，上海文艺出版社2003年影印本，“导言”，第18页。

② 胡适：《文学改良刍议》，《新青年》1917年1月第2卷第5号。

③④ 胡适：《白话文学史》，《胡适文集》第4卷，第22页。

观念中，诗歌和散文才是正宗，但五四作家认为，进入现代社会，最符合进化要求、与时代关联最密切的文体形式应是小说。因此，新文学运动伊始，胡适就特别提出小说文体问题："今人犹有鄙夷白话小说为文学小道者，不只施耐庵、曹雪芹、吴趼人皆文学正宗，而骈文律诗乃真小道耳。"[①] 郑振铎也对传统进行质疑："最奇怪的是子部中的小说家，真正的小说如《水浒传》《西游记》等倒没有列进去，他里边所列的却反是那些惟中国特有的'丛谈''杂记''杂识'之类的笔记。"[②] 在这一观念指导下，五四作家为经典构建而做的考证和推介工作多在小说领域，他们所推崇的经典作品，特别是影响较大的作品，也多集中于小说体裁。

五四作家重构经典的第二个标准是"人"，就是真实基础上的人性和人情。在作家的经典评判中，"真实""人情"都是非常重要的要求。如胡适《白话文学史》对元稹、白居易评价颇高，一个重要原因就在于他们主张"为人生而作文学"，其作品具有"自然的，活泼的，表现人生""真实"等特色。在评价汉乐府民歌时，胡适也特别赞赏其写出了"真的哀怨""真的情感"。其《诗经新解》对《诗经》作品的阐释，更是完全的现代人性化解读。鲁迅在评论《红楼梦》时，也重点突出其"人情"内涵和"真实"品质："虽不外悲喜之情，聚散之迹，而人物事故，则摆脱旧套，与在先之人情小说则不同。""其要点在敢于如实描写，并无讳饰，和从前的小说叙好人完全是好，坏人完全是坏的，大不相同，所以其中所叙的人物，都是真的人物。总之自有《红楼梦》出来以后，传统的思想和写法都打破了。"[③] 陈独秀评价《儒林外史》："之所以难能可贵，就在它不是主观的，理想的——是客观的，写实的。"[④] 他更表示："今后我们应当觉悟，我们领略《石头记》应该领略他的善写人情，不应该领略他的善述故事；今后我们更应该觉悟，我们做小说的人，只应该做善写人情的小

---

① 胡适：《文学改良刍议》，《新青年》1917 年 1 月第 2 卷第 5 号。

② 郑振铎：《整理中国文学的提议》，《文学旬刊》1922 年 10 月第 51 期。

③ 鲁迅：《中国小说史略》，《鲁迅全集 9》，第 233 页。

④ 陈独秀：《〈儒林外史〉新叙》，《陈独秀文章选编》（中），生活・读书・新知三联书店 1984 年版，第 39 页。

说，不应该做善述故事的小说。”[①] 包括在艺术方面，作家也很看重作品与人性相关的因素。如对《西游记》的艺术特点，鲁迅和胡适不约而同地特别强调其生活情趣和娱乐性，将其作为一个重要的文学优长：“这部《西游记》至多不过是一部很有趣味的滑稽小说、神话小说；他并没有什么微妙的意思，他至多不过有一点爱骂人的玩世主义。”“……带着一点诙谐意味，能使人开口一笑，这一笑就把那神话‘人化’过了。”[②] “因为《西游记》上所讲的都是妖怪，我们看了，但觉好玩，所谓忘怀得失，独存鉴赏了——这也是他的本领。”[③] 在评论《儒林外史》时，鲁迅也立足于人的角度，将作品的人物刻画做了高度评价：“故能烛幽索隐，物无遁形，凡官师，儒者，名士，山人，间亦有市井细民，皆现身纸上，声态并作，使彼世相，如在目前。”[④]

五四作家重构文学经典的第三个标准是“民间”，或者说“大众”。五四文学一个显著特征就是促进文学走向大众，周作人的《平民文学》充分体现了五四文学这一基本思想指向，五四时期的歌谣运动等也都包含着这样的旨趣。文学经典的建构也体现了这样的精神，在选取标准上蕴含着强烈的民间意趣和平民情怀。胡适明确表示：“庙堂的文学固可以研究，但草野的文学也应该研究。在历史的眼光里，今日民间小儿女唱的歌谣，和《诗》三百篇有同等的位置；民间流传的小说，和高文典册有同等的位置，吴敬梓、曹霑和关汉卿，马东篱和杜甫，韩愈有同等的位置。”[⑤] 他还声称：“一切新文学的来源都在民间。”[⑥] 因此，胡适《白话文学史》将相当大的篇幅放在民歌和平民诗人上，在鲁迅、胡适所推介的古典小说中，有相当部分是《水浒传》《三国演义》这样具有浓郁民间文化色彩的作品。

---

① 陈独秀：《〈红楼梦〉（我以为用〈石头记〉好些）新叙》，《陈独秀文章选编》（中），第 118 页。

② 胡适：《西游记考证》，《胡适文集》第 6 卷，人民文学出版社 1998 年版，第 150、147 页。

③ 鲁迅：《中国小说的历史变迁》，《鲁迅全集 9》，第 328 页。

④ 鲁迅：《中国小说史略》，《鲁迅全集 9》，第 221 页。

⑤ 胡适：《〈国学季刊〉发刊宣言》，《国学季刊》1923 年第 1 卷第 1 号。

⑥ 胡适：《白话文学史》，《胡适文集》第 4 卷，第 34 页。

这一标准在五四经典重构中的影响力，可在《聊斋志异》与《阅微草堂笔记》两部作品的不同遭遇中见到一斑。两部作品都是文言小说，体裁、内容、文学成就也大体相似，但前者受到五四作家推崇，进入经典之列，后者却基本上被人忽略。之所以如此，一个重要原因就是《聊斋志异》具有强烈的民间文化色彩，而《阅微草堂笔记》则充盈着文人气息。[①] 与之相一致，五四作家在评判和推崇经典时也很重视文学在社会大众中的接受效果，也就是充分考虑作品的社会影响和受欢迎程度。典型者如《三国演义》。胡适对《三国演义》的文学成就特别是审美价值评价并不高，但立足于现实社会效果和影响的角度，依然认为它是“一部趣味浓厚，看了使人不肯放手的教科书”。“五百年来，无数的失学国民从这部书里得着了无数的常识与智慧，从这部书里学会了看书写信作文的技能，从这部书里学得了做人与应世的本领。”[②] 在此，它被赋予了文学经典的地位。无独有偶，鲁迅也认为《三国演义》存在着“描写过实”“文章和主意不能符合”等思想艺术缺陷，但从社会影响角度考虑，也给予了肯定的推崇：“所以人都喜欢看它。将来也仍旧能保持其相当价值的。”[③]

五四作家对传统文学经典的重构，并不是完全的横空出世，而是与前人有所继承和借鉴，他们对许多作品的认识，也建立在前人思想的基础上。

最典型的如进化文学观。这一思想的源头开始于梁启超，王国维亦有所继承和发展。如梁启超说：“文学之进化有一大关键，即由古语之文学，变为俗语之文学是也。各国文学史之开展，靡不循此轨道。”[④] 王国维也指出：“凡一代有一代之文学；楚之骚，汉之赋，六代之骈语，唐之诗，宋

---

① 陈卫星：《“五四”新文学观念对中国古代小说研究的影响》，《华中师范大学研究生学报》2007 年第 2 期。

② 胡适：《〈三国志演义〉序》，1922 年亚东图书馆出版，《胡适文集》第 6 卷，第 86、87 页。

③ 鲁迅：《中国小说的历史变迁》，《鲁迅全集 9》，第 324 页。

④ 梁启超：《小说丛话》，《新小说》1903 年第 7 号，夏晓红：《饮冰室合集·集外文》（上），北京大学出版社 2005 年版，第 148 页。

之词，元之曲，皆所谓一代之文学，而后世莫能记焉者也。”① 正如后人的评判：“王国维有文学蜕变之说，而胡适有白话文学史观。”② 胡适的《文学改良刍议》和《白话文学史》，以及整个对传统文学经典的重构活动，均可看到上述文学进化观的痕迹。再如以“人”为中心的经典评判标准，也可看到与前人思想的关联。特别是王国维对文学与人生关系的强调，对文学独立性特别是对美、真和自然特征的推崇，都对胡适、鲁迅的经典评判有所影响。有学者对王国维文学思想进行这样的概括：“一是形成了以进化论为基础的文学史观；二是对于能够反映国民之思想情感的平民文学的重视，亦即对于小说、戏剧等大众文学的提倡。”③ 它们都可在五四作家的经典构造中找到影子。此外，五四作家所推崇的部分经典作品与前人的认识也颇为相关。作家对小说体例的特别器重，与梁启超开始的“小说界革命”自有联系。包括近现代人对《水浒传》《红楼梦》等作品的阐释和评价，如金圣叹的推崇和评点，如王国维、蔡元培等人的解读和考订，都是五四作家进行经典化建构的重要前提——虽然五四作家的推崇力度和意义都远非前人能比，但确实可看出五四的经典重构是历史的积累，是不断往前推进的一个过程。

但是，正如后来胡适对自己与王国维古典文学观念有所不同的辨析：“其实静庵先生的见解与我的不很相同。我的看法是历史的，他的看法是艺术的。”④ 也如当代学者对他们二人文学观念和文学进化观上差异性的比较：“一个是从古典取来有用的材料，来延伸‘一代有一代之文学’的历史；一个是要直接生活在古典之中，在‘一代有一代之文学’的历史中，选择最适宜生存的文体时代。”⑤ 五四作家是以全新的现代立场，志在建构

---

① 王国维：《宋元戏曲史》，新世界出版社2012年版，第1页。

② 浦江清：《王静安先生之文学批评》，浦汉明：《浦江清文史杂文集》，清华大学出版社1993年版，第9页。

③ 董乃斌、陈伯海、刘扬忠：《中国文学史学史》第3卷，河北人民出版社2003年版，“绪论”，第7页。

④ 《胡适致任访秋》，耿云志：《胡适遗稿及秘藏书信》第19册，黄山书社1994年版，第82页。

⑤ 彭玉平：《王国维与胡适：回归古典与文学革命》，《复旦学报》2013年第5期。

一个新文学的价值观念，对传统文学进行的全面批判性审视，无论是在对传统文学经典最基本的意义理解、文学鉴别，还是在最根本的价值判断标准和立场上，他们都显示了自己的独特性和创造性，与传统文学以往的经典建构形成了显著而根本性的差别。因为在中国文学传统中，对以往经典作品进行反思和重构并不鲜见，而是经典建构过程中的常事，在中国传统文学经典历史中，也时常可见对传统经典进行商榷乃至颠覆的现象。但是，这些反思和重构基本上只有局部、个体的调整和更替，而没有根本性和观念性的变化。五四作家的经典重构借鉴和汲取了前人思想，但在根本原则上是全新的，意义也是重大的。具体而言，其一，它秉持文学独立的原则，将“文学”从传统概念的混乱无际中解放出来，赋予其现代的独立内涵。特别是在小说体裁上，它将这一在以往被视作旁门稗类的文体拉入正规文学殿堂，是对传统文体观念的重大突破。与之相应，它的文学评价标准也完全摆脱了中国传统文学历史中经史相连、文史不分的价值观念，凸显了文学自身的独立特征。其二，它超越了“文以载道”的传统文学标准，不再将文学只是作为载“道”的工具，而是以“人”的个性和解放为中心，贯彻着现代人追求独立自由和个性的精神。其三，它以白话文学和小说创作为基点，对传统主流文学的贵族、官僚气息进行了全面否定，将文学与大众生活和大众接受紧密相连。可以说，五四作家的文学经典建构思想内在地蕴含着“人的文学”“平民文学”主旨，也与“民主科学”“个性解放”“自由平等”等现代精神息息相通。特别是后两个方面，既以现代的文学价值观提升了文学高度，又有效地拉近了文学与生活、文学与大众间的距离，改变了传统意义上的文学特性，是对中国文学的一次历史性解放和提高。

五四作家的传统经典重构是五四文学的一部分，但其观念并不完全等同于五四主流观念，而是具有自己的独特性和创新性，这既显示出经典重构活动本身的文学史意义，也充分体现了五四文学的发展性和张力特征。

首先，从内涵上看，如果说五四新文学最主流，也是最外在的特征是“破”——对传统文化和文学的批判的话，那么，经典重构则更侧重于“立”，是对传统文学的借鉴性构造。因为五四文学作为新文化运动的一部分，其重要的目标是迎取现代文化，因此，批判传统特别是否定传统中的文化因素，构成其最有影响的标识。而经典重构则更多代表了五四文学建设性的一面——正如钱锺书所说："一切成功的文学革命都多少带些复古——推倒一个古代而另抬出旁一个古代；若是不顾民族的保守性、历史的连续性而把一个绝然新异的思想或作风介绍进来，这个革新定不会十分成功。"[①] 所谓有破就有立，有否定就要有建设。作家的经典重构活动尽管与五四的基本目标一致，都致力于中国文学和文化的更新，但是方式却有所差异，甚至在对一些具体问题的认识与评价上还存有龃龉之处。这既显示出五四文学内涵的丰富性，从更深层次看，二者也构成一种互补关系，即促使五四文学在批判与建设、否定与肯定之间寻找更好的平衡。

其次，从观念上说，它更加彰显了五四文学发展的阶段性特点。从时间上看，经典重构主要在五四高峰期过去后，它所代表的主要是五四中后期作家的思想观念。也就是说，持续十余年的五四新文学运动不是静止不变，而是发展变化着的，当中各个阶段的特征和方向并不完全一致，而是有所偏向和分歧的——这一点常为我们认识五四文学时所忽略。我们经常以五四的高峰期和主流观念来指代整个五四文学，却没注意到不同时期的差异以及这种差异背后的意义，特别是没有充分重视后期五四的意义，以及它对前期五四的某些纠偏和超越。比如，我们惯以"白话文运动"来概括五四新文学运动，其实，在五四的不同阶段，特别是在早期与中后期，作家对"白话文"内涵的认识存有较大不同。甚至在同一个作家（包括胡适、鲁迅、周作人这样的代表作家）那里，前后观念都会有明显差异。只有认识到这种发展性，对五四的认知才是全面和准确的。

对传统经典的认识而言，在五四的不同阶段确有差异。事实上，同样参与传统经典重构的作家，其观点和意见也不尽相同。如对于新文学与传统文学的关系，以及究竟尊何为中国传统文学经典，胡适与周作人的看法就有较大差异。周作人很不认同胡适"将白话文学视为中国文学唯一目的"的观点，也反对"古文是死文字，白话是活的"的说法，而是将传统

---

① 钱锺书：《论复古》，《大公报》"文艺副刊"第 111 期，1934 年 10 月 17 日，收入《钱锺书散文》，浙江文艺出版社 1997 年版，第 509 页。

文学经典的内涵定为“性灵”，并将其追溯到晚明时期。他在1932年出版的《中国新文学的源流》一书中，将这一态度表达得非常明确：“我以为：现在的用白话的主张也只是从明末诸人的主张内生出来的。”[①] 此外，在具体经典作品的选择和认定上，作家之间也存有分歧。如胡适、钱玄同对《三国演义》的经典价值就持不同观点，胡适、鲁迅、陈独秀等人对《红楼梦》《金瓶梅》等文学性方面的理解也有较大分歧。这是文学经典建构多元化和复杂性的表现，也体现了五四新文学的丰富性和开放姿态。

从时代发展的角度看，五四作家的传统文学经典重构无疑是顺应历史潮流的。它以现代眼光对传统文学进行再造，是一种将传统文学拉入现代文化的重要方式：“一切被发明的传统都尽可能地运用历史来作为行动的合法性依据和团体一致的黏合剂。”[②] 换言之，以新的视野和方法重新认识和审订传统文学经典，是文学经典发展的正常方式，一味地循规蹈矩反而可能阻碍经典的发展。五四的新旧交替时期，中国传统文学的更新势在必行，传统经典的创新性阐释和建构也非常必要。只有甄选出具有现代内涵的经典，发掘出其现代性特征，才能适应时代发展的要求，伸展、焕发其活力与生命力。从历史角度看，任何文学史的发展都是经典不断被重构的过程。近年来，中国社会文化也有较大变化，人们对五四作家建构的某些传统经典名著也进行了质疑、反思和批判性解构，如质疑《水浒传》中的血腥描写和暴力倾向，如批评《三国演义》中的权谋和人性恶的褒扬性书写，以及对《红楼梦》与《金瓶梅》价值高下的不同意见等。尽管其中存在着某些极端、片面和浮躁的现象，但总体来说，它反映的是一种新的时代文化要求，是新时代发出的再次重构文学经典的呼声。

在此，需要对五四经典建构的所谓“片面性”特征进行一些辩解。近年来，对五四新文学的反思声音渐多，其中，针对五四作家的传统经典建构也多有非议，认为它建构的基本上是白话文学经典而排斥了文言文经典

① 周作人：《中国新文学的源流》，华东师范大学出版社1995年版，第58－59页。

② E. 霍布斯鲍姆：《传统的发明》，顾杭、庞冠群译，译林出版社2004年版，第15页。

作品，态度片面而偏激，其背后隐含的是欧美中心的价值观念，是对中国传统文学的曲解。有人甚至征引梁启超的话来予以贬责："盖由吾侪受外来学术之影响，采彼都治学方法以理吾故物。于是乎昔人绝未注意之资料，映吾眼而忽莹；昔人认为不可理之系统，经吾手而忽整；乃至昔人不甚了解之语句，旋吾脑而忽畅。质言之，则吾侪所恃之利器，实'洋货'也。坐是之故，吾侪每喜以欧美现代名物训释古书；甚或以欧美现代思想衡量古人。"① 但这种责难其实并未充分考虑时代的具体情境。一方面，五四作家的经典重构并不能简单用片面进行概括。它虽然以白话文学为主体，遗漏了不少优秀作品，有其不足之处，但它打捞起的许多新经典，确实是对传统经典极有意义的补充，也是对传统文学史的丰富和完善，有效彰显了传统文学的成就和魅力；另一方面，在五四新旧交替的剧烈文化冲突中，设想以完全客观均衡的态度来阐释和延承传统文学经典，既不现实又不能令人信服。在现实环境下，没有鲜明的立场和坚定的态度，没有一定的片面和激进，是不可能完成现代文化的转型任务的。正如有的历史学家所言："对于过去的探究，是由现实利益、价值体系所引起和确定方向的。"② 而且，"不可能有一部'真正如实表现过去'的历史；只能有各种历史的解释，而且没有一种解释是最后的解释；因此每一代人都有权利去作出自己的解释。……因为的确有一种迫切的需要等着解决。"③ 总体来说，五四作家的经典重构是适应时代要求的行为，他们以自己的思想和行为顺应了时代要求——尽管不能说完美无缺，但却开启了一个新时代，促进了中国文学和文化的现代转型。今天，我们不应该简单苛责五四作家在传统经典建构过程中的某些片面性和选择性，而是要继承五四时期的精神资源和理论方法，并对之进行必要的调整、补充和完善，以便能更好地接续和发展传统。

---

① 梁启超：《先秦政治思想史》，《饮冰室合集·专集》第9卷，中华书局1989年版，第13页。

② 雷蒙·阿隆：《历史哲学》，田汝康、金重远：《现代西方史学流派文选》，上海人民出版社1982年版，第102页。

③ 卡尔·包勃尔：《历史有意义吗?》，田汝康、金重远：《现代西方史学流派文选》，上海人民出版社1982年版，第155页。

三、经典重构与新文学未来发展

五四作家对传统文学经典的重构持续时间虽不是很长，也不如五四初期对传统文学批判的影响大，但它无论是对于五四文学，还是对于传统文学经典本身，甚至对于中国文化整体的现代转型，都具有很重要的意义。而且，其意义不只在当时，今天依然有借鉴和参考价值。

首先，它促进了处于初生状态的新文学运动与传统文学的关联，沟通了它与读者大众之间的关系，从而扩大了新文学的社会影响，有力推动了新文学运动的成功。五四新文学在内容和形式上都与传统文学有很大差异，在其新生之初要获得成功，首先要得到社会大众的认可，产生好的社会影响。通过传统经典重构这一媒介，新文学接续了与传统文学的密切关系，有助于人们对新文学的心理认同。因为在新旧文学交替之际，人们内心对新文学存在心理归属、审美文化传统等多方面的认识误区，将新文学纳入传统脉络，能使读者消弭心理障碍，更自如地接受新的文学形式和文学思想，以成为新文学的拥戴者。重构的传统文学经典在此以非常必要的过渡和中介方式参与了新文学的建设工作，推动了新文学的传播和发展。所以，在1935年总结新文学运动时，胡适将其成功归结于传统，以及对传统力量的借助："若不靠这一千年的白话文学作品把白话写定了，白话文学的提倡必定和提倡拼音文字一样的困难，决不能几年之内风行全国。"①

重构的传统文学经典带着被五四作家发现或赋予的现代性内涵，在比新文学更广大而普遍的读者市场中发挥着现代思想文化的传播作用，推动着中国社会文化走出传统、步入现代。换言之，五四作家的经典重构，既促进了这些古典文学名著在社会文化中的影响力，也促进了其融入现代生活，完成自身与现代对接，展示了强盛生命力。因为五四作家所推崇的这些经典，确是中国传统文化和文学中优秀的部分，其本身就具有适应现代

① 胡适：《中国新文学大系·建设理论集》，"导言"，上海文艺出版社1935年版，第16页。

社会的潜质，因此，五四作家对它们的重构，是对其优秀品质的挖掘和提升，也是让中国传统文化参与现代社会的重要方式。从更宽广意义上说，五四的经典建构不是作家独立完成的，而是有社会、大众的推动而共同建构的。《红楼梦》《西游记》《水浒传》等作品一经作家推动进入出版市场，很快就受到广泛欢迎，这正是因为它们适应了时代大众的接受需求，适应了社会发展大潮。

其次，它对于新文学的发展方向起到了重要的规范和纠偏作用。具体地说，它避免了新文学偏离民族文学的发展轨道，走入“全盘西化”的境地。在五四初期确实存在这种可能性，因为完全隔离传统文化和文学乃至废除汉字的极端言论时有出现，而其在知识分子中的影响更大。如陈独秀和钱玄同就说过：“新旧之间，绝无调和两存之余地，吾人值得任取其一。”[①]“欲使中国不亡，欲使中国民族为二十世纪文明之民族，必废孔学、灭道教为根本之解决；而废记载孔门学说及道教妖言之汉文，尤为根本解决之根本解决。”[②] 对传统文学经典的重构客观上避免了五四文学发展走向全盘西化的可能，它既让读者认识到新文学并非外来之物，对它有了更多的认同和接纳，也让作家增加了与民族、传统文学关联的自觉。特别是从文化角度考虑，传统文学经典的被建构加强了文学界的民族认同感与对传统的归属感，胡适、司马长风等人之所以在后来主张把五四新文学运动称作“中国文艺复兴运动”，正是认为五四传统经典重构工作接续了传统，复兴了传统。[③] 作为新文学的开端，五四所引导的道路和方向对于新文学的发展也许是根本性的。假如新文学在彻底的非传统氛围中发展，作家创作向着完全西化的方向发展，那真是中国文学的噩梦。

五四作家建构的传统文学经典，对新文学创作的影响巨大而深远。对处于草创期的五四作家来说，有了对传统文学经典化的先导，他们就可避免“保守”和“落后”的心理障碍，更在西方文学之外找到了另一新的精

---

① 陈独秀：《答佩剑青年》，《新青年》1917 年 3 月第 3 卷第 1 号。

② 钱玄同：《中国今后之文字问题》，《新青年》1918 年 4 月第 4 卷第 4 号。

③ 胡适：《一九五八年五月四日在台北“中国文艺协会”的讲演》，司马长风：《中国新文学史》上卷，昭明出版社 1980 年版，“导言”，第 1 页。

神和艺术资源。而且，相对于西方文学而言，中国传统文学资源更亲切，也更易接近。从新文学发展历史看，传统文学的因素从未中断，五四作家所建构的古典文学经典更是深刻影响着新文学的发展。有学者认为："就拿《红楼梦》来说，'五四'作家正确评定了它在中国小说史上的典范地位，亚东书局出版了分段标点整理的新版本，从而使它获得更广泛的读者，并由此影响了一批现代作家。""《红楼梦》成为那一时代文学青年的第一部爱读的书，正是直接或间接推动长篇大家庭小说在三四十年代结出丰硕果实的一个重要因素。"① 此后，在抗战文学、"十七年文学"等多个阶段都曾出现传统文学经典的仿写潮，《红楼梦》等作品的家族主题更被巴金、林语堂、茅盾、张爱玲，以及陈忠实、王蒙、王安忆、格非等人广泛借鉴。中国新文学的迅速成长，西方文学的导引固然重要，但与中国传统文学经典的典范性影响也有深刻联系。

最后，它对中国近现代社会的中西文化关系具有方法论意义。审视从甲午战争到五四20多年的历史，人们对中西文化关系大致取两种态度：一是"化西"，即所谓的"中学为体，西学为用"，主张以中国文化为本体，借鉴和吸收西方文化优长，补强自己；二是"西化"，即按照西方文化的标准来改造自己，以西方文化为目标来改变自己。这两种观点各有影响，也各自在不同时期取得思想的主导地位。但是，它们又都存在各自无法调和的矛盾，难以达成共识。因为"化西"的前提是不在实质上改变自己，因此，它存在着究竟能否在根本上跟上现代步伐的关键症结；而"西化"的主张又让人担心是否能保存独立本体，以致完全成为西方文化的仆从。

五四的传统文学经典重构以自己的方式避免了"西化"和"化西"的困境。其一，它不是对中国传统进行简单的断裂，而是有效地继承，并且还采用考证、辨析等多种方法，去探测和挖掘其真实的历史状貌，加深而不是解构其与历史的关系。然后，通过这些重构的经典所具有的中介作用，新文学与传统发生有效的关联，又促进了传统的现代化变革。正如艾略特所说："从来没有任何诗人，或从事任何一门艺术的艺术家，他本人

---

① 方锡德：《中国现代小说与文学传统》，北京大学出版社1992年版，第14、22页。

就已具备完整的意义。他的重要性，人们对他的评价，也就是对他和已故诗人和艺术家之间关系的评价。”① 也就是说，优秀作家与传统的关系既不是僵化的，也不是断裂的。一个作家只有融入传统，才能依靠深厚的民族文化背景，彰显自己的独特性，呈现自己更为深厚的价值。五四作家的传统经典重构正是这一要求的充分实践，它将自己融入传统，在继承中进行融通和再造。其二，它并非固守传统，而是持批判性的发展和革新态度。它甄选经典的标准、赋予经典作品的内涵都是现代的，推介的经典作品也都是具有现代内涵和潜质，与现代社会文化方向是相一致的。这就保证了它所建构的经典不会落入传统文学的窠臼，而是让传统文学融入现代社会，步入现代生活的轨道。周作人在新文学运动结束后的自我评述，既展示了传统文学经典在新文学发展中的作用，也揭示出五四对传统经典的重构和借用已跨越了“中西究竟何者为体”的界限，而是以融合的方式共同推进了新文学的现代转型。它既是对传统的继承，也是对传统的超越；既是对西方的学习，也是对西方的本土化融入。他表示：“我相信新散文的发达成功有两重的因缘：一是外援，一是内应。外援即是西洋的科学哲学与文学上的新思想的影响，内应即是历史的言志派文艺运动之复兴。假如没有历史的基础这成功不会这样容易，但假如没有外来思想的加入，即使成功了也没有新生命，不会站得住。”②

经典重构的方法论价值还包括对历史的实证和实践精神。要想立足于现代角度辨析、甄选和构造传统，一个重要前提是深入传统之中，了解和认识传统。在这方面，五四作家做出的贡献是巨大的。他们对传统文学经典作品进行的大量爬梳辨析、考证还原等实践工作，是这些作品的经典地位得以建立的重要基础，也是其精神内涵得以充分呈现的基本前提。就现代人认识和判别传统而言，这种方法和精神是非常重要的。遗憾的是，五四时期之后，这种精神和方法在中国文化和文学界都逐渐消失。在焦虑的

---

① 艾略特：《传统与个人才能》，《艾略特文学论文集》，百花洲文艺出版社 1994 年版，第 3 页。

② 周作人：《中国新文学大系·散文一集》，上海文艺出版社 1981 年影印本，“导言”，第 10 页。

社会文化环境中，多数人急于彰显自己的态度和立场，却疏于做认真的梳理和考辨工作，以至于人们虽奢谈传统，却并不真正了解传统，其结果是我们对于传统的内涵越来越陌生，对传统实质的理解也变得越来越模糊。审视近年来的许多学术史和文学史，我们看到的基本上是各种立场和态度的交锋，却看不到对传统认识的实质性推进。包括后来者对五四新文化的认识，也往往忽略了其基础性和实证性的一面，将它简化为某种立场和态度来进行张扬和继承。实际上，我们最需要继承五四的，恰是其艰难持守的实证精神，是对传统的潜心考辨和实践方法。以此为前提，才可能做到对传统的深入理解和科学判断，进而进行现代化的扬弃。

当然，五四作家的传统文学经典建构并不是没有缺陷，只是这些缺陷的存在有着复杂的历史文化背景。指出这一点，既无损于我们在整体上对它的充分肯定，也绝没有苛责之意，而是为了让后来者绕开陷阱，更好地继承前人的事业。缺陷之一是文化实用色彩过强，对经典的选择太过狭窄和严苛，未能让更多的传统经典接受现代的“洗礼”和演化。胡适曾说过，他们开展新文学运动的最终目的在于国语的革命，为了将语言作为工具，他表示：“我们所提倡的文学革命，只是要替中国创造一种国语的文学。有了国语的文学，方才可有文学的国语。有了文学的国语，我们的国语才可算得真正国语。”① 也就是说，运动的目的并不在文学本身，而是以文学为工具来介绍和引进西方文化，进行文化启蒙。因此，他们在品评和选择经典作品时，语言的应用成为首要甚至是唯一的原则，其他的文学要素特别是纯粹审美因素被严重忽略，从而导致其经典建构的范围局限性较大，一些重要的优秀经典如屈原、苏轼和中国古典戏曲文学等都未能进入视野，许多虽不是白话，却蕴含着鲜明的现代人性和独立个性因素的优秀作品却被遗漏了。在全力推崇白话文、意图迅疾进行文学现代转型的时代背景下，不能说五四作家的做法是错误的，特别是考虑到一些特别因素存在，这一问题就变得可以理解了。这些特别因素是时代急迫、国家衰落，作家急于启迪民智，因此投身经典重构活动的作家相对较少，工作也无法

① 胡适：《建设的文学革命论》，《新青年》1918 年 4 月第 4 卷第 4 号。

系统化。但客观地讲，它对中国传统文学更合理有序地实行现代转型，对中国传统经典意义更有效的彰显，确实存在一定的负面影响。

缺陷之二是对文学因素重视不够。正因为过于从功利角度出发，虽然也有人在经典讨论中提出要关注文学性："适以为论文学者固当注重内容，然亦不当忽略其文学的结构。"① 但实际上，整个活动的重点与文学还是有相当程度的疏离。作家对传统文学经典作品的选择和评论多立足于历史、社会进化角度，侧重于它们与社会、时代的关系，较少关注其审美个性，更难以对审美传统进行经验总结。简言之，五四作家的传统经典重构完成了一部具有思想和语言进化意义上的中国文学历史，却尚未建构起中国文学独特审美个性的历史，没有充分揭示中国传统文学的独特个性与价值。这对中国文学的发展具有某些不利影响。以中国古典戏曲为例，在新文学运动早期，胡适等人也曾表示过对中国古典戏曲的肯定："适每谓吾国'活文学'仅有宋人语录，元人杂剧院本，章回小说，及元以来之剧本，小说而已。"② 但这些表态基本上只是从功利层面出发，仅从"白话"方面考虑，并未触及中国戏曲独特的文学审美属性。很自然的，这种急功近利式的肯定态度不可能持久，所以很快地，他们就都改变了态度，明确站在西方戏剧的观念和立场上，全面贬低甚至是彻底否定了中国古典戏曲的意义："如其要中国有真戏，这真戏自然是西洋派的戏，决不是那'脸谱派'的戏。要不把那扮不像人的人，说不像话的话全数扫除，尽情推翻，真戏怎样能推行呢?"③ "扫除旧日的种种'遗形物'采用西洋最近百年来继续发达的新观念，新方法，新形式，如此方才可使中国戏剧有改良进步的希望。"④ 在五四作家所建构的传统文学经典中，也几乎完全将传统戏曲文学排除在外，包括《西厢记》《牡丹亭》等素有盛名的传统经典也都没得到作家的关注。这一状况对新文学戏剧艺术的发展造成了很大的负面影响——不只是中国传统戏曲发展式微，新兴的以西方为模板的话剧艺术也

① 胡适：《再寄陈独秀答钱玄同》，《新青年》1917 年 6 月第 3 卷第 4 号。

② 《胡适留学日记》下册，安徽教育出版社 1999 年版，第 318 – 319 页。

③ 钱玄同：《随感录十八》，《新青年》1918 年 7 月第 5 卷第 1 号。

④ 胡适：《文学进化之观念与戏剧改良》，《新青年》1918 年10 月第 5 卷第 4 号。

同样发展缓慢。其中涉及的因素当然不止一个，但五四经典重构中没有充分重视传统戏曲的价值，没有对其审美特征进行充分挖掘和建构，从而影响到中西艺术的高度融合，应有一定关系。此外，文学因素的相对匮乏，也影响到作家对具体作品的评论。其中不乏肤浅简单的论断，对一些作品价值的判断也存在较为明显的失误。如对《官场现形记》《二十年目睹之怪现状》等清末谴责小说的评价就明显高于其实际成就，而对《三国演义》《红楼梦》的艺术评价则明显偏低，或者说没有充分彰显其独特艺术成就。

在新文学运动十余年后，胡适这样谈当初忽视文学性的缘由："我们开始也曾顾到文学的内容的改革。例如玄同先生和我讨论中国小说的长信，就是文学内容革新的讨论。但当时那个时期，我们还没有法子谈到新文学应该有怎样的内容。世界的新文艺都还没有踏进中国的大门里……所以在那个贫乏的时期，我们实在不配谈文学内容的革新，因为文学内容是不能悬空谈的，悬空谈了也决不会发生有力的影响。"① 这也许不无道理，但不管怎么说，这种情况都限制了新文学与传统文学经典在艺术上的接纳和继承。特别是在五四之后，由于政治、文化等多重外在因素的影响，新文学与传统文学和文化之间的距离越来越远，作家的思想文化更是普遍游离于中国传统文学之外。许多作家的最大遗憾是不能尽善尽美地接近西方文学，对于他们来说，传统文学既陌生又卑下。

正因为如此，我们审视新文学历史，虽然可以看到传统文学经典的影响印迹，也不乏学习和借鉴传统文学经典的成功者，但总的说来，这种借鉴特别是在审美和艺术层面的借鉴很不充分，传统文学的审美个性、叙事方法等未能被有效融入新文学创作中，蕴含中国传统文化精髓的独特哲学和审美思维更是基本上处于断裂状态。在新文学作品中，几乎看不到古老传统文学精神的现代回响，取而代之的完全是西方化的观念、思维、方法乃至意象。包括传统文学的经典故事类型也较少受到作家钟爱，得到现代性的改写和阐扬——比较起来，在现代西方文学中，经常可见经典文学故事被改写并大获成功的例子，如圣经故事、荷马史诗、堂吉诃德、哈姆雷

---

① 胡适：《中国新文学大系·建设理论集》，上海文艺出版社 1935 年版，"导言"，第 28 页。

特和浮士德等故事就曾无数次被歌德、乔伊斯等著名作家显性或隐性地书写，近年在读者中广受欢迎的《哈利波特》也有着对英国传统文学故事的巧妙继承。经典传统故事既是文学书写的资源，也是深厚民族文化传统的重要标识，中国传统文学这一资源没有被充分开发，显然是一个很大的遗憾。我们不是说要简单固守中国传统文学的个性特征，事实上传统文学确是中华民族独特文化的典型体现，是其以独立个性和深度卓然于世的重要原因。今天中国文学如不能继承这一点，要真正进入世界，立于世界文学之巅，几乎是不可能的。当然，这一结果不能简单归咎于五四，更不能归咎于五四的经典重构；相反，应该从我们自身寻找原因，正是后来者没有很好地继承和发扬五四，没有祛除其缺陷，汲取其精华，才导致这些问题的产生。今天，反思五四经典重构的价值意义和不足，也是为了更好地发展五四传统，科学和理性地对待传统。

任何历史、文学活动都不可能是完美无缺的。但对于一个民族的文学和文化来说，经典是个永远都必须面对和重视的问题。正如有学者所说："任何国家都必须忠于自己的过去和历史上的英雄人物。每个国家都要依靠艺术家和知识分子去塑造民族历史的形象，去述说民族过去的故事。从某种意义上说，政治领导权的竞争就是民族自我认同的不同故事之间的竞争，或者说是代表民族伟大精神的不同形象之间的竞争。"① 无论是一个作家创作的成熟，还是一种文学的深层次发展，乃至于一种民族文化精神的建立，文学和历史的建构都是非常重要的。文学经典更以其在传统中的独特地位，以及在社会文化中的独特影响力，承担着核心的典范意义。所以，在任何时代，经典的建构、流转和接受，都值得作家、文学界乃至整个文化界给予特别重视。今天，尽管我们的时代背景与五四有较大差异，但也处在一个剧烈的文化转型当中。在商业文化和互联网文化的双重夹击下，中国社会文化发展存在平面化、浅俗化的不足，这就容易与传统文学经典的建构形成某种矛盾性，也容易导致现实文化对传统经典（今天的"传统"已是包括五四文学在内的"新传统"）持戏谑和嘲笑的解构态度，

---

① 理查德·罗蒂：《筑就我们的国家：20 世纪美国左派思想》，黄宗英译，生活·读书·新知三联书店 2006 年版，第 1－2 页。

这也是为什么各种“戏说”“大话”“注水”屡见不鲜的原因。不是说这些解构毫无意义，有时它也折射出经典建构在新时代的变革要求，但从根本上说，无底线的解构会对经典的传播和影响构成毁灭性伤害，进而严重影响民族精神的重塑和社会伦理文化的重建。对此，显然迫切需要有针对性的思考和有效的举措。一个世纪前的五四先驱对传统文学经典的重构，其中的经验和教训以及所蕴含的重要命题，如传统与现代、本土与西方等，都应引起我们的思考。这是传统经典文学重建及其中国现代文学和文化进一步发展所不可忽略的。

后期鲁迅（1927—1936）新论[①]

在鲁迅研究中，对后期鲁迅（1927—1936）的认识和评价问题非常值得关注。鲁迅在世时，瞿秋白和李长之就分别在《〈鲁迅杂感选集〉序言》和《鲁迅批判》中提出鲁迅思想和创作的分期问题，特别是瞿秋白提出的思想“飞跃”说[②]，经过毛泽东《新民主主义论》的再度认定，一时之间几乎成为定论。但“新时期”以来，学术界却出现了多种不同的声音，其一是有意回避分期和评价的问题，如钱理群的《丰富的痛苦——堂吉诃德与哈姆雷特的东移》和钱理群、吴福辉、温儒敏的《中国现代文学三十年》等都是如此。其二是明确否定分期说。如20世纪80年代以来一些重要的鲁迅研究成果和文学史著作，包括汪晖的《反抗绝望》、王晓明的《无法直面的人生——鲁迅传》、程光炜等的《中国现代文学史》等，都认为鲁迅的后期与前期之间没有发生重大变化，以启蒙为主旨的国民性批判始终是鲁迅的核心思想。进入21世纪，一些年轻学者集中关注后期鲁迅思想的积极意义，但很少有人关注鲁迅的分期问题，将鲁迅的后期与前期进

① 本文2017年发表于《文艺研究》第1期。

② 何凝（瞿秋白）：《〈鲁迅杂感选集〉序言》，《鲁迅杂感选集》，北方文艺出版社2010年版，第1－23页。

行关联研究①。

鲁迅的思想是客观的历史存在，变化的只是研究者的解读。也就是说，在对后期鲁迅见解纷纭的背后，隐藏着不同的政治、思想和文化的观念变迁。所以，真正深入地认识后期鲁迅，既是对真实鲁迅的辨析和还原，关联着对鲁迅思想的整体评价，也是对现代思想文化观念变迁的梳理和深入思考。

一、从“文”返“医”：国民性批判的嬗变

关于后期鲁迅，最关键，也是争议最大之处，就是他思想的变化问题，即后期鲁迅的思想究竟有没有发生根本性的变化？要回答这一问题，需要重点考察鲁迅思想的核心之处。研究者一般认为以“立人”为根基的国民性批判是鲁迅前期最具代表性的思想，著名的“弃医从文”故事就来源于此，其《阿Q正传》《狂人日记》《长明灯》等作品都阐述了这样的主题。事实上，今天许多学者认为鲁迅思想保持前后一致，理由也主要建基于此。显然，以国民性批判为中心来考察鲁迅后期思想，是最有说服力和代表性的。

我以为，后期鲁迅确实如一些学者所说，并没有完全放弃国民性批判，在一些文章中，他依然延续前期对中国人和中国传统文化的否定性阐释，但从根本上说，后期鲁迅的思想已经不再以国民性批判为中心。换言之，他的思想重心不再是以启蒙为中心的文化批判，而是转到以革命为中心的实践启蒙上。套用一个大家都熟悉的形象说法，就是他已经从“弃医从文”重新回到以“医”（实践）为中心。

这首先表现在后期鲁迅对国民性批判的质疑上。进化论思想是支撑鲁

---

① 张永泉在2004年就指出，近年来已经很少有人对鲁迅思想的分期问题展开讨论，并且基本上没有认识上的进展（《鲁迅思想分期再探》，载《鲁迅研究月刊》2004年第7期）。在今天，这种情况依然没有实质性的改变。事实上，大家之所以不再谈论鲁迅思想分期问题，正是对后期鲁迅认识和评价的回避。

迅早期启蒙思想的重要支柱。正因为相信青年与思想的进化，鲁迅才会对启蒙的前景存有希望，从而发出“救救孩子”的激烈呼吁，并“不恤用了曲笔”[①] 来表达乐观的心情。但经历过1927年后的一系列政治事件，鲁迅对进化论和“青年”产生了强烈的怀疑，也动摇了他启蒙的信心：“我一向是相信进化论的，总以为将来必胜于过去，青年必胜于老人……然而后来我明白我倒是错了。”[②] 这一前提下，鲁迅多次表达了对文化启蒙的怀疑：“总而言之，现在倘再发那些四平八稳的‘救救孩子’似的议论，连我自己听去，也觉得空空洞洞了。”[③] 他甚至对自己曾寄予很大希望的“文”充满无力感：“文学文学，是最不中用的，没有力量的人讲的；有实力的人并不开口，就杀人，被压迫的人讲几句话，写几个字，就要被杀；即使幸而不被杀，但天天呐喊，叫苦，鸣不平，而有实力的人仍然压迫，虐待，杀戮，没有办法对付他们，这文学于人们又有什么益处呢?”[④]

与之相应，鲁迅对国民性的认识和态度也有新的变化和发展。早在1925年，鲁迅就表达过对改变国民性的信心：“难道所谓国民性者，真是这样地难于改变的么……幸而谁也不敢十分决定说：国民性是决不会改变的。”[⑤] 而后期鲁迅对国民性的态度更转向冷静和客观，其中时见肯定和褒扬。比如他将中国国民性与日本民族性进行对比，不无骄傲和自信：“日本国民性，的确很好，但最大的天惠，是未受蒙古之侵入；我们生于大陆，早营农业，遂历受游牧民族之害，历史上满是血痕，却竟支撑以至今日，其实是伟大的。但我们还要揭发自己的缺点，这是意在复兴，在改善……”[⑥] 更典型的当然是《中国人失掉自信力了吗》《沙》等文章，其中的许多名言体现了鲁迅思想的变化：“我们从古以来，就有埋头苦干的

---

① 鲁迅：《呐喊·自序》，《鲁迅全集1》，第419页。

② 鲁迅：《三闲集·序言》，《鲁迅全集4》，第5页。

③ 鲁迅：《而已集·答有恒先生》，《鲁迅全集3》，第456页。

④ 鲁迅：《而已集·革命时代的文学——四月八日在黄埔军官学校讲》，《鲁迅全集》第3卷，第417页。

⑤ 鲁迅：《华盖集·忽然想到》，《鲁迅全集3》，第17－18页。

⑥ 鲁迅：《致尤炳圻（1936年3月4日）》，《鲁迅著译编年全集》第20卷，人民出版社2009年版，第75页。

人，有拼命硬干的人，有为民请命的人，有舍身求法的人……这就是中国的脊梁。”[①] 尤为突出的是对国民性批判的主要对象——普通大众——鲁迅的态度有了非常明确的转变。正如一位研究者指出的：“鲁迅后期不再用‘国民性’这样的词，有时指责‘中国人’‘国民’，往往是指资产阶级、市侩、小市民……指责包括劳动人民在内的中国人有什么‘劣根性’，从一九二六年以后就不见了。”[②]

其次，鲁迅对传统文化的态度有比较明显的变化。对国民性批判的质疑必然关涉到传统文化，因为批判传统文化正是启蒙的核心内容之一。鲁迅在五四时期关于国民性批判的一系列言论中，最有影响的就是对传统文化的批判，诸如“礼教吃人”等言论都是其中的代表。但后期鲁迅对传统文化的态度有了明显的变化。比如，他对新文学与传统文化的关系的认识更趋向客观：“我也以为‘新文学’和‘旧文学’这中间不能有截然的分界，然而有蜕变，有比较的偏向。”[③] 1933 年，当施蛰存翻出鲁迅 1925 年的《青年必读书》，指责其曾认为“少看中国书，其结果不过不能作文而已”时，鲁迅已经不再坚持过去的观点，而是进行辩解，强调当时的“时候和环境”[④]。对鲁迅来说，这种退却姿态相当少见，它表明鲁迅对此问题的认识发生了较大改变。此外，对曾经激烈否定过的文言文，后期鲁迅也表示了难得的宽容：“我也赞成必不得已的时候，大众语文可以采用文言，白话，甚至于外国话，而且在事实上，现在也已经在采用。”[⑤]

再次，鲁迅批判的重心从国民性转移到政治体制。后期鲁迅之所以对国民性批判和传统文化的态度有如此大的变化，一个重要的原因是他对国民性形成的基础和文化传统的复杂性有了更深入的思考。在对民族性格不断的思考中，他深切体会到残酷的政治统治是形成中华民族诸多不良品性的根本原因，“愚民的发生，是愚民政策的结果”[⑥]，而残酷的暴政对民族

① 鲁迅：《且介亭杂文·中国人失掉自信力了吗》，《鲁迅全集 6》，第 118 页。

② 倪墨炎：《鲁迅后期思想研究》，人民文学出版社 1984 年版，第 45 页。

③ 鲁迅：《准风月谈·“感旧”以后（上）》，《鲁迅全集 5》，第 329 页。

④ 鲁迅：《准风月谈·答“兼示”》，《鲁迅全集 5》，第 359 页。

⑤ 鲁迅：《花边文学·“大雪纷飞”》，《鲁迅全集 5》，第 552 页。

⑥ 鲁迅：《集外集拾遗·上海所感》，《鲁迅全集 7》，第 411 页。

性的败坏应该承担最主要的责任，“自有历史以来，中国人是一向被同族和异族屠戮，奴隶，敲掠，刑辱，压迫下来的，非人类所能忍受的楚毒，也都身受过”①。他还将民众不能有自己的文学直接归咎于政治体制：“人民在欺骗和压制之下，失了力量，哑了声音，至多也不过有几句民谣……这情形一直继续下来，谁也忘记了开口，但也许不能开口。”② 也就是说，鲁迅已经意识到对于中国社会发展来说，最根本的原因是政治体制问题——回到鲁迅曾经进行的“文”和“医”之间的选择，此时鲁迅的认识显然与此前有所不同：既然国民性形成的最根本原因不在思想文化本身，而在政治体制，那么改造国民性也难以依靠所谓的文化启蒙，实践的“医”反而是更重要、更恰当的方式。

对国民性与传统文化关系认识的深入是另一个原因。鲁迅结合中国历史文化的演变，认识到在民族性的形成过程中，与政治制度关系密切的政治文化起了恶劣作用，其最大的罪恶在于对传统文化的曲解和亵渎。也就是说，民族传统文化本身其实很有价值，只是在政治文化的曲解和利用中，它才逐渐失去自己的本来面目和正面价值。在《魏晋风度及文章与药及酒之关系》一文中，鲁迅以“魏晋风度”为个案，剖析了传统礼教的本质以及强权政治对它的扭曲和毁坏，指出那些所谓维护礼教者，其实是在戕害传统文化，而所谓破坏者实际上是传统文化的坚韧继承者：“魏晋时代，崇奉礼教的看来似乎很不错，而实在是毁坏礼教，不信礼教的。表面上毁坏礼教者，实则倒是承认礼教，太相信礼教。”③ 换言之，正是强权政治文化对传统的曲解和误导，才实质性地伤害了传统文化，并进而导致了民族性格走向负面化。这种认识使鲁迅对传统文化的认识更趋全面和冷静，并努力寻求以还原的方法来认识传统文化。张钊贻对鲁迅与传统关系的理解很有道理：“鲁迅表面上激烈反传统，实际是‘否定的否定’，重估

---

① 鲁迅：《且介亭杂文·病后杂谈之余》，《鲁迅全集6》，第180－181页。

② 鲁迅：《且介亭杂文二集·田军作〈八月的乡村〉序》，《鲁迅全集6》，第286页。

③ 鲁迅：《而已集·魏晋风度及文章与药及酒之关系》，《鲁迅全集3》，第513页。

的重估，是要恢复另一个传统，一个非奴隶的精神传统……”①

正是这种认识，决定了后期鲁迅批判重心的转移。如果说鲁迅之前的批判重点是“文明批评”或“文化批评”，即以传统文化为主要目标，那么后期鲁迅的批判就变成了以现实批判为中心的“社会批评”。这期间鲁迅创作的杂文中，最主要的批判目标之一是当时的社会政治体制。另一个主要批判目标是生活中的各类“帮忙”“帮闲”，其中的重点是知识分子群体（虽然前期鲁迅对知识分子也有批判，但后期是最集中的时期）。在以《文坛三户》《从帮忙到扯淡》等为代表的大量杂文中，鲁迅对知识分子进行了犀利批判，而且他还专门撰写了七篇题为《文人相轻》的杂文批评知识分子的不良习性。

有学者认为鲁迅的知识分子批判是其国民性批判的继续②，但我以为这其实是对社会批判的补充，因为鲁迅批判知识分子的角度主要侧重于知识分子与统治者之间的“帮忙”“帮闲”和“帮凶”的关系，往往将知识分子的品行与社会现象结合起来分析。与之相关的是，鲁迅对知识分子的批判，还重点针砭了其粉饰和远离现实的清谈传统。比如，他对粉饰现实者非常不满：“如果从奴隶生活中寻出‘美’来，赞叹，抚摩，陶醉，那可简直是万劫不复的奴才了，他使自己和别人拥有永远安住于这生活。”③在后期创作的历史小说《采薇》和《起死》中，鲁迅更是通过对伯夷、叔齐和庄子等人在现实面前无所作为的讽喻，进一步嘲笑了中国文化中的清谈传统。而与之形成对应的是，后期鲁迅对实践传统表示高度认可。在《中国人失掉自信力了吗》等文章中，鲁迅赞颂那些具有实干精神的人。在《采薇》《出关》《治水》《非攻》等作品中，他更是明确地表达了这种态度。前两篇作品将清谈派与周武王、孔子的实践思想进行对比，对后者表示了明确的褒扬；后两篇作品则正面肯定了大禹和墨子等实干家。这些作品都传达出对实践精神的高度认可和强烈的关注现实的情怀。

---

① 张钊贻：《鲁迅：中国“温和”的尼采》，北京大学出版社 2011 年版，第 222 页。

② 张梦阳：《悟性与奴性——鲁迅与中国知识分子的国民性》，河南人民出版社 1997 年版。

③ 鲁迅：《南腔北调集 · 漫与》，《鲁迅全集 4》，第 589 页。

显然，这些方面都传达出一个明确的信号，就是鲁迅对文化启蒙的怀疑，以及转而对实践，或者说革命的期待。它使鲁迅将批判的矛头直指各种现实中的政治，而不再是抽象的、文化层面的国民性。他不再坚持文化救国思想，而是转向了以实践方式改变中国的方向："潜心于他的鸿篇巨制，为未来的文化设想，固然是很好的，但为现在抗争，却也正是为现在和未来的战斗的作者，因为失掉了现在，也就没有了未来。"① 正如有研究者所说："鲁迅的思想中，比起寄予未来的远大希望和深远壮大的真理，更为明显的倾向是重视现在的每一步和每一个平凡的事实。"② 在心理层面上，鲁迅更为看重的是针对现实政治的批判，它既更有现实价值，也更能体现自己作为一个知识分子的意义。正是作为这种变化的结果，鲁迅在后期才会表现出激进的态度，并较多地介入政党政治的活动。

在上述鲁迅思想变化的基础上，我们能够更准确地理解鲁迅与"革命文学"之间的关系。在"革命文学"论争中，鲁迅的一些文章侧重于驳斥"革命文学"的倡导者，较少论述自己对革命的认同。不过，鲁迅与"革命文学"的论争，更多是由于他被误解（当然部分也由于他们观点上的分歧），他在论争中的发言较为情绪化，是一种被误解后的反击，不能完全看作是鲁迅的真实思想。这就如鲁迅在写给许广平的信中表示的："我现在对于做文章的青年，实在有些失望；我看有希望的青年，恐怕大抵打仗去了，至于弄弄笔墨的，却还未遇着真有几分为社会的，他们多是挂新招牌的利己主义者。而他们竟自以为比我新一二十年，我真觉得他们无自知之明，这也是他们之所以'小'的地方。"③ 他既认同革命，却又怀疑那些"革命文学"的宣传者，其批判主要针对后者。事实上，后期鲁迅的许多思想与"革命文学"颇多相通之处，他也曾尝试与之进行合作。1926 年 7 月至 1927 年 9 月在厦门、广州期间，鲁迅就曾经在书信中表达过希望"与

---

① 鲁迅：《〈且介亭杂文〉序言》，《鲁迅著译编年全集》第 19 卷，第 510 页。

② 丸山升：《"革命文学论战"中的鲁迅》，《鲁迅·革命·历史——丸山升现代中国文学论集》，王俊文译，北京大学出版社 2005 年版，第 58 页，第 41－42 页。

③ 鲁迅：《两地书·八五》，《鲁迅著译编年全集》第 14 卷，第 342 页。

创造社联合起来，造一条战线，更向旧社会进攻”[①]。1927年10月到达上海后，他更是很高兴地接受郭沫若的邀请，积极参与创造社的活动，只是后来遭到创造社成员的无理攻讦后才作罢[②]。这也可以解释为什么在“革命文学”论争后，“个性独立、思想深刻、以生命自由为鹄的的鲁迅却和那些激进而张扬，躁进自命的文学青年‘握手言和’，并结成了文学的联盟”[③]。

不过这里需要廓清的是鲁迅所推崇的实践与现实革命之间的差异。如前所述，瞿秋白等论者认为后期鲁迅向左转，甚至已经成为马克思主义者。其实，正如鲁迅对“革命”的阐述：“所谓革命，那不安于现在，不满意于现状的都是。文艺催促旧的渐渐消灭的也是革命（旧的消灭，新的才能产生），而文学家的命运并不因自己参加过革命而有一样改变，还是处处碰钉子。”[④] 鲁迅寻求改变中国的方法，其内涵是一种社会实践，并不能与无产阶级革命打上等号。换言之，鲁迅与左翼文艺合作的前提是对现实的不满和反抗，他所追求的革命与无产阶级革命有关，也有某些一致性，但具体内涵却存在较大差异。特别是在与“革命文学”和“左联”的交往中，鲁迅发现政治革命的真实形态与他对革命的预期有较大反差，分歧自然呈现，从而导致他们之间的很多争论。在这方面，斯诺的认识很准确：“鲁迅的‘笔战’多半保持着一个知识分子改革者那种合乎逻辑的独立判断。”[⑤] 也正如有论者所言：“鲁迅是以自己的方式和独立的姿态参加革命的，他不是严格意义上的革命者，而始终是革命的‘同路人’。”[⑥]

---

① 鲁迅：《七〇》，《两地书》，人民文学出版社1952年版，第210页。

② 郑伯奇：《忆创造社及其他》，生活·读书·新知三联书店香港分店1982年版，第50页。

③ 龙永干：《生命的筹划与惆怅——论鲁迅后期的思想与生存》，湖南师范大学2010年博士论文，第103页。

④ 鲁迅：《集外集·文艺与政治的歧途》，《鲁迅全集7》，第118－119页。

⑤ 埃德加·斯诺：《鲁迅——白话大师》，佩云译，《鲁迅研究资料》第4辑，天津人民出版社1980年版，第428页。

⑥ 赵歌东：《启蒙与革命——鲁迅与20世纪中国文学的现代性》，中国社会科学出版社2011年版，第180页。

二、鲁迅为什么不再写小说：文学观的迁移

在对后期鲁迅的研究中，鲁迅的小说创作问题一直引人关注。在生命的最后十年间，鲁迅将最主要的精力用于杂文写作。我以为，应该将这一现象放在后期鲁迅的整体变化中去看待。也就是说，鲁迅的这一选择并不是孤立的，而是其文学观嬗变的结果。而文学观作为思想的一部分，其嬗变的背后又与鲁迅思想整体变化有着密切关联。

具体说，与前期相比，后期鲁迅文学观最显著的变化是文学主体的变化。前期鲁迅文学观的主体无疑是知识分子，鲁迅和五四知识分子对文学的思考，都是要借助文学的方式来传播思想、启蒙大众。现代的思想与形式是他们考量文学的最主要因素。然而对后期鲁迅来说，文学的主体已经不再是启蒙大众的知识分子，核心问题变成了如何让大众来掌握文学，以文学来描绘他们的生活。也就是说，他对文学的理解不再是传播思想，而是直接影响社会的变革："文学与社会之关系，先是它敏感的描写社会，倘有力，便又一转而影响社会，使有变革。"① 文学与实践、革命（当然是鲁迅意义上的革命）之间，有了更为直接的关联。

正因为这样，后期鲁迅不认同现实中的"平民文学"："在现在，有人以平民——工人农民——为材料，做小说做诗，我们也称之为平民文学，其实这不是平民文学，因为平民还没有开口。这是另外的人从旁看见平民的生活，假托平民底口吻而说的……一看好像是平民所说的，其实不是；这不是真的平民小说。"② 他指出："别阶级的文艺作品……，倘写下层人物罢，所谓客观其实是楼上的冷眼，所谓同情也不过空虚的布施，于无产者并无补助。而且后来也很难言。"③ 他所期待的是真正能够促进革命的文

① 鲁迅：《致徐懋庸（1933 年 12 月 20 日）》，《鲁迅全集 12》，第 302 页。

② 鲁迅：《而已集·革命时代的文学——四月八日在黄埔军官学校讲》，《鲁迅全集 3》，第 422 页。

③ 鲁迅：《二心集·关于小说题材的通信》，《鲁迅全集 4》，第 367－368 页。

学："所以仅仅有叫苦鸣不平的文学时，这个民族还没有希望，因为止于叫苦和鸣不平……至于富于反抗性，蕴有力量的民族，因为叫苦没用，他便觉悟起来，由哀音而变为怒吼。怒吼的文学一出现，反抗就快到了……"① 在这一前提下，鲁迅不再将希望寄托在启蒙知识分子身上，而是寄希望于出现真正来自工人、农民的作家和文学。作为"革命人"的作家是他最期待的："我以为根本问题是在于作者可是一个'革命人'，倘是的，则无论写的是什么事件，用的是什么材料，即都是'革命文学'。从喷泉里出来的都是水，从血管里出来的都是血。"② 他还将理想的文学家放在革命后的"解放者"身上："现在的文学家都是读书人，如果工人农民不解放，工人农民的思想，仍然是读书人的思想，必待工人农民得到真正的解放，然后才有真正的平民文学。"③

这种文学观构成了后期鲁迅最基本的文学思想，也影响到他对文学的评判和理解。比如，鲁迅对文学语言形式的要求是"易懂"："为了大众，力求易懂，也正是前进的艺术家的正确的努力。旧形式是采取，必有所删除，既有删除，必有所增益；这结果是新形式的出现，也就是变革。"④ 最具典型意义的是鲁迅对"大众语运动"和"拉丁语运动"的态度。正如有学者所说："鲁迅的支持拉丁化实际上表达了他对文字不再'为特权者所收揽'，'将文字交给一切人'的希望，而不能看作一种具有实质内容的要求，也并不是对声音为中心的简单认可。"⑤ 鲁迅在给朋友的信中，两次坦承自己"关于大众语问题，我因为素无研究，对个人不妨发表私见，公开则有一点踌躇"⑥。他支持大众语的唯一原因是为了让大众能够接受文学，

---

① 鲁迅：《而已集·革命时代的文学——四月八日在黄埔军官学校讲》，《鲁迅全集3》，第419页。

② 鲁迅：《而已集·革命文学》，《鲁迅全集》第3卷，第544页。

③ 鲁迅：《而已集·革命时代的文学——四月八日在黄埔军官学校讲》，《鲁迅全集3》，第422页。

④ 鲁迅：《且介亭杂文·论"旧形式的采用"》，《鲁迅全集6》，第24页。

⑤ 钱伟：《思想与文学传统间的鲁迅》，法律出版社2009年版，第213－214页。

⑥ 鲁迅：《致曹聚仁（1934年8月13日）》，《鲁迅书信集》上，人民文学出版社1976年版，第615页。

能够形成他理想中的“大众作家”，“最要紧的是大众至少能够看……逐渐使大众自能写作，这大众语才真的成了大众语”①。同样，他之主张废除文字，也是因为觉得汉字不易为大众接受和理解，所以希望所有人都能用文字表达思想，为了“中国的文化一同向上”②。只有在充分考虑鲁迅的文学观后，我们才能更深刻地理解鲁迅略嫌偏激的观点。也就是说，鲁迅的目的是让大众参与文学，并以文学来介入社会变革，完全立足于大众的接受和实用方面来考虑大众语问题，因此，他的观点才会有强烈的实用性特征：“中国语拉丁化；到大众中去学习，采用方言；以至要大众自己来写作，都不错。但迫在目前的明后天，怎么办？我想，也必须有一批人，立刻试作浅显的文章，一面是试验，一面看对于将来的大众语有无好处。”③

文学主体的变化，直接影响到文学的基本理念和对文学价值的评判。典型的表现是，后期鲁迅更强调文学与现实生活、本土大众以及民族性的关系。在当时的社会环境下，真正“大众化”的文学和作家都只能是一种理想，不可能真正实现，因此，尽管鲁迅非常迫切地寄希望于“大众文学”，但这一运动的失败是必然的。于是，鲁迅只能放弃对其理想的期盼，退而求其次，借助批评当时的文学创作来传达他的文学思想。

书写和关注现实是鲁迅对文学创作的要求：“我希望一般人不要只注意在近身的问题，或地球以外的问题，社会上实际问题是也要注意些才好。”④ 他还将文学价值的评判与之相关联：“现在有许多人，以为应该表现国民的艰苦，国民的战斗，这自然并不错的，但如自己并不在这样的旋涡中，实在无法表现，假使以意为之，那就决不能真切，深刻，也就不成为艺术。”⑤ 在这样的前提下，后期鲁迅在审美判断上特别推崇“本土性”和“民族性”的特征。

后期鲁迅的文学观发生了较大移易，但并非说其改变是坚决的、截然

---

① 鲁迅：《致曹聚仁（1934 年 7 月 29 日）》，《鲁迅全集 13》，第 188 页。

② 鲁迅：《且介亭杂文・门外文谈》，《鲁迅全集 6》，第 95 页，第 100 页。

③ 鲁迅：《致曹聚仁（1934 年 7 月 29 日）》，《鲁迅全集 13》，第 188 页。

④ 鲁迅：《集外集拾遗・今春的两种感想》，《鲁迅全集 7》，第 388 页。

⑤ 鲁迅：《致李桦（1935 年 2 月 4 日）》，《鲁迅书信集》下，人民文学出版社 1976 年版，第 746 页。

的，相反，它其实不无矛盾和自我冲突。鲁迅的文学观本来就很复杂。在他早年著名的、系统表达其文学思想的《摩罗诗力说》中，就既包含对超功利的纯美的赞赏，又有对文学现实性的强烈认同。比如，他认为“由纯文学上言之，则以一切美术之本质，皆在使观听之人，为之兴感怡悦。文章为美术之一，质当亦然”，但同时又表示文学于社会、人生极具实际意义，“其为用决不次于衣食，宫室，宗教，道德”[①]。也就是说，作为一个深受传统文学熏陶，又有文学情怀的作家，即使处在特殊时代中，他也在具有知识分子的社会责任感的同时，葆有对文学之美的热爱和尊重。正是这种复杂性，使鲁迅既能够创作出《朝花夕拾》和《野草》这样具有强烈美感特征的作品，又会在五四精神的感召下，因“听将令”而走上“呐喊”式的启蒙文学道路。

如果说在五四时期，鲁迅文学观中的复杂和矛盾能够基本上被掩盖，那么到五四文化已经分崩离析的时候，鲁迅文学观中的自我冲突就充分显现出来。一方面，出于对启蒙文学意义的怀疑，他不愿再遵循启蒙的原则，创作“呐喊”式的文学作品；另一方面，出于对内在文学精神的坚持，他又绝对不可能走进纯文学当中，去写作与现实完全无关的作品。在后期鲁迅的文学论述中，可以清晰地看出其文学观念的矛盾性。在多篇文章中，鲁迅都表达了对文学独立性和艺术特性的充分认识，颇具对文学本体的尊重。比如，他指出：“因为好的文艺作品，向来多是不受别人命令，不顾利害，自然而然地从心中流露的东西；如果先挂起一个题目，做起文章来，那又何异于八股，在文学中并无价值，更说不到能否感动人了。”[②]在这一认识的基础上，鲁迅凡涉及文学工具性问题时，始终将艺术置于非常重要的位置：“木刻是一种作某用的工具，是不错的，但万不可忘记它是艺术。它之所以是工具，就因为它是艺术的缘故。”[③] 他还多次表示对

---

① 鲁迅：《坟·摩罗诗力说》，《鲁迅全集1》，第71页。

② 鲁迅：《而已集·革命时代的文学——四月八日在黄埔军官学校讲》，《鲁迅全集3》，第418页。

③ 鲁迅：《致李桦（1935年6月16日）》，《鲁迅著译编年全集》第18卷，第383页。

“革命文学”阵营提出的文学工具化观点的不满。在生命临近终结时，他依然表示对于那种“空头文学家”[①] 的极端拒绝——所谓的“空头”文学家，并不同于真正的文学家，他们往往是把文学当作工具，实质上是对文学的亵渎和伤害，是一种“伪文学家”，这是对文学非常尊重的鲁迅所不能容忍的。

但是，鲁迅对文学独立性的尊重又往往与他对文学功利性的强调交织在一起。在同一时期的很多文章中，鲁迅多次表示对纯文学的否定，以及对文学与现实关系的反复呼吁。甚至可以说，后期鲁迅的文学观给人印象更深的，恰恰是“文学大众化”，特别是上述提及的他将文学与革命紧密联系起来的思想——这毫无疑问可以用“工具化”来理解。作为这种矛盾的一个典型表现，我想举鲁迅对辛克莱“一切文艺是宣传”文学观的评述为例。在文章中，鲁迅一方面对辛克莱表示认同：“一切文艺，是宣传，只要你一给人看……那么，用于革命，作为工具的一种，自然也可以的。”但紧接着，他又坚持“以为一切文艺固是宣传，而一切宣传却并非全是文艺……要用文艺者，就因为它是文艺”[②]。可以说，表述上的纠结正体现着鲁迅内心的自我冲突。

这种矛盾性，也许能够更准确地解释后期鲁迅为什么基本上放弃了小说创作，以绝大部分精力去写作杂文。对于鲁迅来说，写作杂文也许是缓解他内心矛盾的最好方式。因为在现实情境中，他已经没有从事纯文学创作的可能，但他又不愿意像那些“空头文学家”一样，将文学创作当作政治的工具。两难之下，他非常理性地选择做一个专门的杂文家。所以，鲁迅一方面将自己从事的杂文写作与文学创作做了清楚的区分：“也有人劝我不要做这样的短评。那好意，我是很感激的，而且也并非不知道创作之可贵。”[③] 在晚年做自我检视时，他也表示自己“可以勉强称为创作的”，只有《呐喊》《彷徨》《故事新编》《朝花夕拾》和《野草》，“此后就一

---

① 鲁迅：《且介亭杂文末编 · 死》，《鲁迅全集 6》，第 612 页。
② 鲁迅：《三闲集 · 文艺与革命》，《鲁迅全集 4》，第 84 页。
③ 鲁迅：《华盖集 · 题记》，《鲁迅全集 3》，第 4 页。

无所作，‘空空如也’”。[①] 另一方面，他又并不以自己的选择为非。确切地说，鲁迅通过杂文写作，对自己的身份做了更清晰的定位，将自己定位为知识分子而不是作家。在杂文写作里，他既能够充分实现自己知识分子的批判功能（当然事实上他也能够在其中表达自己的文学志趣），又能够避免文学工具化带来的对文学的伤害，不会损害内心对文学的尊重。对于当时的鲁迅来说，这未尝不是一件两全其美的事。

三、象征与超越：我们究竟该如何认识后期鲁迅

后期鲁迅的变化，貌似有些突兀，但却有一定的必然性。首先，后期鲁迅的思想并非与前期思想截然相反，而是保持着某些内在关联。比如文化启蒙和国民性批判，尽管不再是后期鲁迅关心的首要问题，但并没有完全消失，而是在一定程度上有所延续。对传统文化的批判在其后期文章中也时时可见。而对于国民性批判的质疑也不是只出现在后期，其前期思想中已经偶尔可见。比如《祝福》中对“我”的启蒙能力的深刻怀疑，比如《伤逝》《在酒楼上》等作品中对知识分子的迷茫和痛苦的表现，都蕴含类似的思想。同样，对待传统文化，前期鲁迅也曾有比较客观的认识，比如早在1925年，他就对孔子有所肯定：“孔丘先生确是伟大，生在巫鬼势力如此旺盛的时代，偏不肯随俗谈鬼神。”[②] 其次，后期鲁迅的某些转变并不完全是改变，而是可以视为回归。换句话说，早期鲁迅曾认同某些思想，只是在时代文化背景的影响下，他或主动或被动地进行了掩藏，到后期，这些思想才以更真实的状态表现出来。所以，它们也许与鲁迅前期思想有差异，但却可以在其更早的思想中找到渊源。虽然“呐喊”时期的鲁迅部分认同文学的工具化，但即使在当时，他也在《〈呐喊〉自序》中对“遵命文学”表达过自嘲，其对文学的尊重贯穿于整个文学生涯。而鲁迅对文学社会性的认识也同样是一以贯之的，从他早期生涯对东欧文学的翻译，

---

① 鲁迅：《南腔北调集·〈自选集〉自序》，《鲁迅全集4》，第456页。

② 鲁迅：《坟·再论雷峰塔的倒掉》，《鲁迅全集1》，第192页。

到后期对“文学大众化”的支持，都是其典型表现。

因此，后期鲁迅的转变在很大程度上是鲁迅思想自然发展的结果，他的许多变化都与其思想整体有着不可分割的联系。虽然1927年前后国内政局的巨大变化对鲁迅的影响非常深刻，并导致其思想发生转变，但在很多情况下，鲁迅后期思想变化究竟以何时为界，并非那么绝对，它是一个渐进的发展过程。从理论上说，任何人的思想都不会是固定状态，鲁迅身处的20世纪上半叶更是如此。在社会剧烈变化的背景下，个人思想发生变化是非常普遍也非常正常的。特别是鲁迅，他有着强烈的自我剖析和自我批判精神，不断进行自我超越，年龄尚未到半百的鲁迅要维持固定思想才是不正常的。事实上，在学术界，有很多学者认同这种转变的内在性：“以写下等社会人的生活为文艺的对象的，鲁迅纵或不是第一人，也是最早的人们之一……在他不意识地中间，他已反映了时代的要求了，他已呼吸着时代的气息了，倘若我们明白这一点，就知道他后来的所谓‘转变’，实在是一件毫不奇怪的事。”[①] 丸山升也认为后期鲁迅的大众化革命艺术观并非来自外部，而是与其内心思想的深层表现：“鲁迅以上文学观虽然包含了对文学阶级性的认识，但并不一定是在普列汉诺夫和卢那察尔斯基等的马克思主义艺术论的基础上形成的，而是在接触这些理论之前，在他的内心已经成形的思想。”[②]

除了自身原因之外，外在社会因素也是促成鲁迅后期思想变化的重要原因。在五四一代人中，鲁迅的思想变化并非个案，而是一种很普遍的现象。甚至可以说，鲁迅是坚持五四传统最持久的人之一。五四新文化运动的主将陈独秀、李大钊等人改弦易辙自不必说，茅盾、郭沫若等人也先后投笔从戎（包括最具传统文人气的郁达夫，后来也走上了这一道路）。而包括胡适、周作人在内的许多人，在五四退潮之后，对自己的思想观念（特别是在对待传统文学、传统文化方面）也有较大的修正甚至改变。

---

① 李长之：《鲁迅批判》，《李长之文集》第2卷，河北教育出版社2006年版，第38页。

② 丸山升：《“革命文学论战”中的鲁迅》，《鲁迅·革命·历史——丸山升现代中国文学论集》，王俊文译，第58页，第41－42页。

从这个角度看，鲁迅在后期的转变，其实具有相当强的必然性因素。五四新文化运动是一场充满青春色彩的去旧迎新运动，在当时的情况下，正如鲁迅说的："即使搬动一张桌子，改装一个火炉，几乎也要血……"[①] 激烈的姿态是必要的权宜之策，只有如此，才能迅速突破旧的障碍，迎接新生。但是，一个人和一个时代都不可能永远停留在青春期，理性与成熟才是社会发展的健全状态。所以，陈思和曾以"先锋性"来概括五四新文学运动[②]，而任何先锋性的文学（文化）运动不可能总维持在高峰上，过后会自然地恢复常态，从青年的激情回归到中年的冷静。这样，我们就不难理解在五四高潮过后，多个先驱者的回归理性、冷静和客观，整体文化的格局也发生了大的变化——这并非说后期鲁迅的变化都是值得肯定的，只是说其转变有其合理性和必然性。

后期鲁迅思想有较大改变，这一情形的辨析应该说并不复杂，而且文学界也早有瞿秋白等同代人进行过详细的分析，并得到鲁迅本人的认可。那么在近年，为什么有那么多的鲁迅研究者对此视而不见，或者不愿意承认，或者干脆予以回避？我以为，其背后的原因值得深思。

最根本的是源于人们对五四文化的认识以及鲁迅与五四文化之间的密切关系。无论是当时还是今天，绝大多数中国知识分子都对五四新文化运动有非常高的评价，认为它是中国社会走向现代的开端，它引进的许多观念依然主导着人们的思想，其设定的理想依然是人们追求的目标。对于许多中国知识分子来说，五四新文化是一个不可逾越的思想顶峰，或者说已经成为不可碰触的禁地，对它的任何质疑似乎都有大逆不道的味道。由于多方面的原因，陈独秀、胡适等五四新文化先驱先后走上了其他道路，特别是因为与政治过于密切，他们已经不适宜作为五四新文化的代表。相比之下，鲁迅去世较早，与现实政治的关系也相对疏离，因此成为五四新文化最恰当的象征。所以，鲁迅早期的许多思想，诸如"国民性批判""立人""救救孩子"等，是五四新文化运动中最有影响的观点，特别是鲁迅"弃医从文"的故事，更成为现代启蒙文化的经典例证。人们对鲁迅的推

---

① 鲁迅：《坟·娜拉走后怎样》，《鲁迅全集 1》，第 164 页。

② 陈思和：《试论五四新文学运动的先锋性》，《复旦学报》2005 年第 6 期。

崇，也在一定程度上是因为鲁迅与五四之间唇齿相依的密切关系。换句话说，这种推崇其实不只是针对鲁迅个人，更是针对一个抽象的、群体化的五四形象。

对于这一象征的建构来说，唯一有些为难，却又难以逾越的是后期鲁迅问题。这涉及五四新文化与中国革命的关系问题。在五四之后的很长一段时间内，五四新文化一直受到革命文化的压制，经历了以工农为文学主体的延安文学运动之后，五四文化与革命文化之间有了更多龃龉和冲突。虽然后来的左翼政权也曾积极参与鲁迅的经典化，但历史的积怨和观念上的分歧决定了五四文化的倡导者不可能轻易认同“革命化”的后期鲁迅。在这种情况下，研究者在面对后期鲁迅的转变问题时就遭遇到两难局面。在许多人看来，鲁迅后期以实践（“革命”）为中心的思想是对五四新文化的倒退甚至是背离。但是，由于鲁迅在五四新文化中的独特地位，人们又不能明确否定他（因为否定鲁迅这个象征，事实上也就否定了五四），于是，他们更愿意选择回避的态度。也就是说，研究者之所以选择回避这一问题，初衷在于维护鲁迅，但更根本的理由是维护五四。因为经过鲁迅研究界多年来的努力，对鲁迅评价的多元化已经很正常了，质疑、挑战甚至谩骂鲁迅的都不少见。但是，鲁迅作为个人可以被批评乃至亵渎，而作为五四的象征则不行。即使是鲁迅本人，由于后期的他脱离（或者说偏离）了五四新文化，也会遭到被忽视和被曲解的命运。

正因为如此，对后期鲁迅转变的得失，很少有人去认真探讨和总结，选择某种立场成了人们认识后期鲁迅的基本姿态。其实，只要我们更客观地看待五四一代人，将它当作历史发展中的一个阶段，完全可以有新的认识。也就是说，我们当然承认五四启蒙文化的伟大和不朽，它对中国社会文化从传统进入现代是绝对不可缺少的。而且在今天，五四的许多任务还没有完成，其思想依然有很重要的现实意义，但我们绝不能说五四新文化就是完美的。作为一种带着强烈青春气息的新文化，它存在着某些不足是很正常的事。

检讨五四是一个重大而复杂的话题。我以为，五四新文化肯定存在可以讨论的巨大空间。其一是如何将启蒙思想有效地传达给普通大众。启蒙的目的是将现代思想观念传播给大众，但由于中国民众的文化水平较低，启蒙进行了近一个世纪，但是效果却并不见佳。除了努力克服外在的限制，启蒙姿态和立场等内在因素也值得反思。也就是说，作为启蒙者的知识分子如何改变俯视的姿态，以更平等、平和的方式来进行启蒙，也许是现代启蒙者值得思考的话题。其二，在文化启蒙之外，启蒙的其他形式，如实践启蒙，是否也可以作为变革中国的方式？长期以来，思想界一直流行一种观念，就是五四新文化运动是历史发展的必然结果，即中国社会的改革经历了从器物到体制的多个过程、多次失败，才正确认识到文化革新才是救中国的第一要务。这是文化救国成为主流思想的重要原因，鲁迅的"弃医从文"由此而生，并演变成为现代思想转型的典范。这样的结果是，现代历史上许多"从医者"——实践启蒙者或被长期置于历史的边缘，或受到批判和鄙视。其实，实践启蒙实施得当（比如好的政治制度、教育水平的提高等），有助于文化的传播。这二者应该形成互相补充、互相促进的关系。废其一端，只能限制另一端的力量和深度[①]。

在此前提下，我们来审视后期鲁迅，不能说他对五四的反思和思想转变完全正确，但其中无疑有值得肯定之处。

其一，是强烈的自我反思和自我超越精神。鲁迅对五四新文化有明确而深刻的针砭，其怀疑与反思都是同时代人中最深刻的，也切中了文化启蒙的实质性缺陷。当然，尽管后期鲁迅曾不断自我反省，但正如他的这些思想一直为人所忽视一样，在此后的发展中，启蒙文化的缺陷并没有得到有效的纠正。其后果则是知识分子精神的不断萎缩。很多人质疑五四之后中国文化的发展状况，或认为"救亡压倒启蒙"[②]，或者认为五四启蒙文化受到政治文化的长期压制。这些分析有部分道理，但其实，最根本的问题还是源自五四的自我缺陷。因为五四新文化的传播方式的局限，它无法深入人民大众，坚实地扎根于民族大地之中，也就不可能具有真正对抗政治的信心和力量。即使不出现民族救亡的局面，其最终走向对自我的放弃也是必然的结果。

其二，是鲜明的身份意识和文学本土意识。鲁迅是一名优秀的作家，

---

① 在这方面，20 世纪 80 年代后的王元化提倡"新启蒙"，对传统启蒙观念做出了有益的修正和补充（参见王元化《传统与反传统》，上海文艺出版社 1992 年版；《九十年代反思录》，上海古籍出版社 2000 年版）。

② 李泽厚：《启蒙和救亡的双重变奏》，《中国现代思想史论》，东方出版社 1987 年版，第 7－49 页。

也是一位关注现实的知识分子。这两种身份可以统一，但在某些情况下也可能顾此失彼。后期鲁迅对此有高度自觉，他有意识地将自己的“社会批判者”身份与“文学家”身份分开，避免文学受到前者的较多影响（当然，这并非意味着鲁迅杂文没有文学价值。他在这一文体上取得难以超越的成就，正说明他为了“社会批判”而在文学方面做出了巨大牺牲）。这种清晰的身份意识，是鲁迅给我们的重要遗产。因为长期以来，由于政治对文学的过多介入，也因为20世纪中国政局的复杂，文学家或主动或被动地与政治有着较多的关联，作家与知识分子的身份往往交织在一起。这种情况很可能伤害到文学的独立性，也会影响作家对文学艺术的专注探索。另外，鲁迅对文学本土和民族意识的强调也是一份值得珍惜的重要遗产，特别是在当前社会背景下，随着全球化时代的到来，文学世界性与民族性的问题更显突出，鲁迅的思考更具有现实意义。

其三，是鲁迅对文学、民族、大众的拳拳之心。如前所述，鲁迅的思想不全是正确的，但在任何时候，都可见其真诚（如“文学大众化运动”，在当时现实情况下很难做到，甚至说是一个不可能解决的困境，但鲁迅对它的思考和热情背后，蕴含的是他对普通民众的热情和善良愿望，很值得尊重）。或者说，在后期鲁迅的不无矛盾冲突的自我否定和自我发展中，始终可以感受到鲁迅对时代、民族和大众的执着关怀，以及强烈的忧患意识和人道主义精神。这种精神是鲁迅具有超越时代的魅力、始终受到普通大众热爱的主要原因，也是所有时代文学家都应该追求的目标。

最后，还需要说明的是，如同五四启蒙文化一样，鲁迅虽然伟大，却也不是完美的。正如竹内好所说：“中国文学只有不把鲁迅偶像化，而是破除对鲁迅的偶像化、自己否定鲁迅的象征，那么就必然能从鲁迅自身中产生出无限的、崭新的自我。这是中国文学的命运，也是鲁迅给予中国文学的教训。”① 今天学术界对鲁迅的研究，既不应将之虚无化，也不应将之完美化，最重要的是还原一个真实的鲁迅。只有完整的、真实的鲁迅，才能让人们更真切地认识其意义和价值，认识其时代和文化的真实状况，这样，后人才能够真正站在巨人的肩膀上，推动中国文化不断向前发展。

---

① 竹内好：《鲁迅》，李心峰译，浙江文艺出版社1986年版，第38－39页。

论新文学的自我批判传统[①]

一、五四自我批判的传统与张力

中国新文学的自我批判传统自其诞生之初即存在，五四文学有显著的自我剖析和自我批判特征。

最具代表性的作家是鲁迅。鲁迅在深刻解剖和反思传统文化缺憾的同时，严厉反省自己身上的传统因袭物，将传统文化定性为“吃人”，而将自己视作也曾经“吃过人”的人。在此心态下，他自我命名为传统与现代的“中间物”，并以绝望而决然的态度看待自己，认为他们一代人已经无法代表中国文化的未来，而将希望寄托在青年人身上，表示愿意做一个时代的过渡者，做青年人的垫脚石：“自己背着因袭的重担，肩住了黑暗的闸门，放他们到宽阔光明的地方去。”[②] 他以现代知识分子为中心主题的作品，如《伤逝》《在酒楼上》《孤独者》《祝福》等，几乎每一篇都渗透着强烈的自我反思精神，以特别的深切和沉重，拷问和剖析了他那一代人的深层内心和文化世界；而以《一件小事》《故乡》《药》为代表的部分作品则着力于检讨知识分子与大众之间的隔膜，并将之延伸到对知识分子启

---

① 本文 2017 年发表于《学术研究》第 9 期。

② 鲁迅：《我们现在怎样做父亲》，《鲁迅全集 1》，第 130 页。

蒙和革命的反思。

鲁迅之外，五四还有很多作家表达了自我批判精神。如郁达夫具有自叙传性质的小说完全笼罩在自我忏悔和检讨之中，对心灵阴暗处的袒露和自审是其时代中最显著的个性；郭沫若则着眼于传统文化，特别是旧家庭对他心灵的羁绊，以及给他内心造成的创伤。此外，叶绍钧、许地山、庐隐……也都在创作中寄托着对自我的反思和批判，以至于感伤和自剖成为他们许多人的创作特征。

五四文学的自我批判传统有其历史和现实背景，有其时代必然性。在五四时期的中国文化现代转型中，知识分子是最直接推动者。他们最早感受到西方现代思想的价值，洞察到中国传统文化诸多缺陷和转型的迫切要求，并以积极态度进行了呼应。他们是促进中国文化新生的首功者，也是传统文化的优秀逆子。但是同时，他们大多接受过良好的传统文化教育，传统文化的影响渗透其精神血脉，他们不可避免会受传统文化某些负面因素所局限和束缚，以致影响到他们前行之路。而且，五四文化在中西之间的选择也不可能一蹴而就，西方文化的接受和新文学的现代化发展也需要艰难而漫长的磨砺过程，批判和自我的批判都不可缺少。五四知识分子在引导现代文化转型和新文学建设的过程中，既需要批判他者，也需要“自啮其身”，批判性地完善和发展自我，促进自我与时代更新的共同完成。

由于传统与现代、自我与他者等多种内涵的杂糅，五四文学的自我批判存在着复杂的张力，对作家们提出了相当严厉的挑战。在内容上，照理说，五四作家的自我批判应该需要涉及两方面内容的：其一，对自我过去的检讨——即与古老传统文化之间的关系；其二，对现在走向现代当中的问题和疑难的反省，以及对现代本身的反思。但如果检讨后者，就有可能会有违于其启蒙的初衷，影响到启蒙的效果。因为新文化运动的目的本来就在于引进现代文化，促进中国文化的现代更新。从形式上说，五四作家也存在立场和姿态上的两难。因为在新文化运动中，五四作家的身份是启蒙者，是大众的指导者。在这种身份背景下，他们非常需要维持自我的权威和形象。而至少在显在层面上，自我批判是与这种身份维护相对立的。过于明确的自我批判姿态有可能会损伤到启蒙者的权威性，也会对启蒙者的身份合理性产生不利影响。伤人与自伤，批判他人与自我批判，张力自然而生。

五四作家在内容上的选择相对简单。他们自我批判的目标基本上集中于传统，却将现代批判搁置一旁。对于他们的绝大多数人来说，自我批判其实也是五四启蒙运动的一部分。它针砭的虽然是自我，但这个自我只是传统的代表者和承载物而已，作家们所批判的是自我身上的传统因素，其真正和终极的批判目标是传统文化。

比如，鲁迅所反复否定和拼命割舍的自我，是与中国传统文化密切关联的“旧我”，是与鲁四老爷等人难以断绝的心灵关系，是吕纬甫和魏连殳身上摆脱不了的传统重负。当然，鲁迅的《伤逝》等作品也反思了现代路途中的困惑。这也是鲁迅超于同时代人的卓越之处。同样，困惑着郁达夫、郭沫若、庐隐等人，让他们心灵饱受折磨、痛苦不堪的，是背负的传统伦理的束缚，是传统的家国观念与现代文明之间所构成的尖锐冲突。在这方面说，五四新文学作家们的自我批判，又是他们大力倡导的“国民性”的一部分，是自我投入方式的另一种启蒙。

在民族文化整体向着西方和现代的背景下，作家们单一化的选择无可厚非，具有一定的历史合理性。但是，从长远来看，它却也留下了不可忽略的后患。一方面是单一化的现代化思维方式，缺乏足够的对现代的反思精神；更重要的是另一方面，许多人因此而缺乏真正的自我批判意识，认识不到自己也存有局限，特别是认识不到现代本身也可能具有不足。长此下去，他们会对自己启蒙者身份认同过于强烈，不知不觉将自己当作高于民众的先觉者，并习惯以俯视的姿态来指导和批判他人。

相比之下，形式方面的张力也许难度更大，因为它意味着更高的自我要求。要解决好自我批判身份和姿态上的困境，最核心的要求是在自我主体和自我批判之间保持良好的平衡。作为批判者，必须拥有独立的自我主体精神，然后在此前提上进行自我批判。在本质上，它所依靠的不是外力，更不是被迫，而是完全出于自我的意愿，是自我思想发展的结果。自我批判的成果也不是对自我的放弃，而是对自我的发展和提升。显然，批评者非常需要有一个批判“度”的分寸把握，只有如此，才可以既保持启蒙者的独立性和足够信心，又能够在批判中深化自我。

在这方面，五四作家具有一定的先天优势。因为他们大多拥有深厚的传统文化功底，所以，他们对传统批判虽然极端，但却不可能真正完全失去对传统的依恃，传统始终是他们内在的精神依靠。这样，他们更易于在传统与现代之间找到和谐点，建立起自己的独立主体。也许正因为如此，鲁迅的自我批判虽然最为尖锐极端，自己的思想也经历了自我否定式的变化，但他始终没有完全失去自我，很少出现人云亦云、随波逐流的情况。此外，胡适、周作人等人，也基本上形成了比较稳定的思想立场。

但是，客观说，五四作家们并没有能够做到最好。具体说，就是在传统与现代、自我与大众之间，作家们的价值选择并没有找到恰当的平衡点。对传统过于极端的否定，致使他们只看到自我身上蕴藏传统因素的负面因素，而看不到积极的一面，从而容易在对自我的极端否定中走向自我主体建构的不足，并严重影响其对自我的信心。以鲁迅为例，他不断否定自我，体现了其对自我的不满和发展要求，但也带来了强烈的自我怀疑和自相矛盾。“彷徨”是鲁迅重要的精神特征，“反抗绝望”的姿态虽然决绝，却也蕴含着强烈的虚无和黑暗倾向。

二、张力之一：自我批判与主体匮乏

如果说五四作家尚能依靠自身的传统积淀，在自我批判和主体精神上勉强保持平衡的话，那么，他们的后继者们则没有了这份幸运。因为他们缺乏五四作家那样深厚的传统素养，也尚未能真正深入地接受现代文化，将西方文化作为自己坚强的精神后盾。更重要，也更艰难的是，20 世纪 30 年代后，中国社会现实迅速变迁，现实政治的强大压力，让他们没有了充分接受和融化现代文化的时间和心理余裕，反而迫使他们放弃自我。在这样的背景下，连鲁迅都对文学的意义产生了深重的怀疑：“我想：文学文学，是最不中用的，没有力量的人讲的；有实力的人并不开口，就杀人，被压迫的人讲几句话，写几个字，就要被杀；即使幸而不被杀，但天天呐喊，叫苦，鸣不平，而有实力的人仍然压迫。虐待，杀戮，没有办法对付他们，这文学于人们又有什么益处呢?”① 除此之外，他们接受的是五四文化未能解决好的批判主体文化的影响，承受的是五四文化所集体造就的匮乏自信心的精神格局。

在这种情况下，作家们的主体精神自然薄弱，很难建立起足够的自信。在强大的现实面前，他们更容易感受到内心的空虚和茫然，其自我批判也很自然地走向放弃自我和对外在强力因素的依附。较早的蒋光慈等“革命的罗曼蒂克”作家，就充分体现出自卑与自恋结合的特征。他们的自卑源于比较富裕的家庭出身和传统文化教育背景，于是，仇恨过去、反叛家庭，就成了他们告别昔日自我、追求新我的重要方式。以往我们都将背叛家庭作为具有强大主体力量的表现之一，但实际上需要更具体的分析。在一些情况下，比如说五四时期，家庭对个人的管制和压抑普遍严重，这时候对家庭的背叛既需要勇气，也往往能够体现出一定的自我主体意志。但是在 20 世纪 30 年代政治背景下，政治力量已经远胜过家庭。在政治面前，所谓家庭压制已经不再是压迫的中心。许多人反抗家庭的行为也不是由于家庭的严厉管制，而是为了响应外在力量的号召，希望借助反抗家庭的方式来表达对革命的皈依、仰慕和追随。茅盾的“农村三部曲”、叶紫的《丰收》等都是如此。典型如蒋光慈的《咆哮了的土地》，相对于革命的强大洪流，作品中的父亲其实是弱者，主人公反叛家庭的行为更多源于主动的寻求而非被动的无奈。从深层心理上说，这种行为的精神实质是对弱者的拒绝和对强者的追慕，是源于内心严重的自卑和依附心理。

此后的情况更朝着这方面发展。抗战时期，如此多青年奔赴延安，表达出的首先当然是他们对国统区现实的不满和对理想的追求精神，但是，其中也不排除精神主体匮乏的因素。典型如一些人像膜拜圣地一样亲吻延安的土地，更对一些领导人表现出无条件的崇拜，在工农干部面前产生发自内心的自卑情绪。特别是在延安整风运动中，对现实政治给予的改造自我的要求，绝大多数人都或违心或自觉地予以迎合，对自己的家庭出身和

① 鲁迅:《而已集·革命时代的文学——四月八日在黄埔军官学校讲》,《鲁迅全集 3》, 第 417 页。

过往经历表达强烈的忏悔，[①] 都是这一情况的集中反映。

新中国成立后，在“反右运动”以及“文化大革命”中，许多知识分子对自我的态度变异为自残式忏悔。历次政治运动中那么多的反省和检讨书，部分是在强大政治压力下被迫而作的，其中既难有内心主动，更无思想自觉，是丧失自我独立性的精神呻吟和无奈屈从。而且，那些主动和真诚的忏悔之作，其真诚也许比虚假更可怕，因为它意味着心灵完全臣服与自我彻底丧失。

“文化大革命”结束后，在张贤亮、从维熙等“五七作家”的创作中，因这些作家在过往的政治运动中饱受磨难，其作品也不同程度地对苦难进行了倾诉和展示。但是，这些作品展示苦难的目的不是进行批判和否定，而是如王晓明等学者所分析的，它们的目的是赞美苦难，并在对苦难合理性的肯定中表达对自我的再度否定，从而借此来表达与时代的和解或对时代的献媚。[②]

对于从20世纪30年代开始的漫长知识分子作家精神蜕变和萎缩的历史，许多学者进行了探讨，或认为源于“救亡与启蒙的冲突”[③]，或认为是“启蒙与被启蒙的错位”[④]，但都一致将主要责任归咎于政治时代和外在环境。然而我认为，最根本的原因还是在于知识分子自身的主体性问题，以及与之相关的自我批判问题。正是因为没有形成独立的自我主体，导致精神软弱，主体自信匮乏，才会去寻找精神依靠，进而在外在现实面前丧失清醒的判断力，最终沦为现实的附庸和卑微者。

---

① 艾克恩：《延安文艺回忆录》（中国社会科学出版社，1992年）；韦君宜：《思痛录》（人民文学出版社，2012年）；贺仲明：《喑哑的夜莺——何其芳评传》（南京师范大学出版社，2004年）等。

② 王晓明：《潜流与漩涡——论20世纪中国小说家的创作心理障碍》，中国社会科学出版社1991年版。

③ 李泽厚：《启蒙与救亡的双重变奏》，《中国现代思想史论》，东方出版社1987年版。

④ 许志英：《五四文学精神》，江苏文艺出版社1991年版。

三、张力之二：批判自我与批判他人

五四作家自我批判在内容选择上的片面性，也对后来的作家产生深刻而复杂的影响。如前所述，五四作家的自我批判，绝大多数都集中在反思“旧我”，即与传统的关系之上，他们自我批判中的“自我”其实只是一个表象，并未真正切入自我实体。在精神上，他们也并没有真正放下心态，接受被批判者（尽管是自我批判）的角色身份。

这种批判姿态发展到部分后继者那里，就完全忽视了自我批判的真实内涵和重要意义。他们只是一味地努力向新向前，将自己作为“新”和“前”的绝对代表和时代文化的绝对引领者，却没有考虑自己可能也存在某些缺陷。他们批判的矛头更多的只是习惯性地对准他人，却很少指向自己。这一点，就如张天翼所说：“我们中国现在的许多作品，是在重写着《阿 Q 正传》。”① 作家们都习惯于批判各式各样的“未庄”和阿 Q，审视各种各样的国民性，却少有深刻审视自己的作品，虽然这当中并非没有例外，如柔石的《二月》、路翎的《财主底儿女们》，都是其中具有强烈自我反思倾向之作。

在政治运动频繁的 20 世纪，这样的姿态必然会遇到现实的阻力和打击。只是它所带来的最显著后果不是妥协而是对抗——这与五四强大的精神传统有关，也与政治的粗暴简单有直接联系。这一点，在胡风等人的例子中可以清晰找到线索。正如有研究者早就指出的，虽然胡风在新中国成立后遭到了周扬等人的严厉打击，但在精神实质上，胡风与周扬等人并没有不同，如果把他们的位置换过来，很可能只是受害者不一样，发生的事情会基本相同。但是，在政治运动过去之后，胡风等人欣慰和骄傲于自己的坚持，却很少反思自己思想深处可能存在的缺失。当年钱锺书先生在评

---

① 张天翼：《论〈阿 Q 正传〉》（原载 1941 年 1 月 10 日《文艺阵地》第 6 卷第 1 期），陈漱渝：《说不尽的阿 Q——无处不在的魂灵》，中国文联出版公司 1997 年版，第 326 页。

阅杨绛《干校六记》时，指出其中最需要的应该是“记愧”，也正表现出他对这一点的深刻认识。[①]

从精神层面说，启蒙者的坚持确实值得钦佩，特别是对权力的不妥协精神尤为难得。因为长期以来，知识分子一直作为被改造和被批判的对象，其中许多人的自我批判被利用为打击他们的武器。在这种情况下，许多人在恐惧之中，逐渐彻底地失去自我，无所坚持，无所独立，甚至沦为权力投靠者。相比之下，这种独立性的坚持自然有其勇毅和韧性的价值。不过，当坚持中缺乏对自我的深入反思，也会对坚持的价值产生负面影响。因为只有对自己有清醒认识、不断发展和超越的坚持，才能真正具有批判和反抗的力量，也才能更赢得大众的尊重和认同。无论对他们自己，还是对启蒙本身，这种情况都是一种遗憾。

在政治历史中，有信仰的坚持者极为罕见，更多的是庸常者、趋附者甚至共谋者。如果说不管怎样，坚持者始终可以拥有其光荣和意义，那么，庸常者拒绝自省的姿态则未免可笑，而趋附者与共谋者则尽显卑微和丑陋了。“文化大革命”后文学创作的折射非常清晰。此时期一度非常盛行所谓“伤痕、反思”文学，除了极少数作品外，很少有人反思和剖析自己，所有的责任和罪恶被一股脑地推给了历史和他人，他们则成了完全的无辜受害者。对此，已经有许多学者论述过，这里不再赘述。从文学史看，这就是为什么充满自我批判和反思精神的巴金《随想录》在时代中会成为难得的卓越之声的重要原因，而且，其问世之后虽然反响很大，但追随者却始终寥寥。事实上，从20世纪80年代到现在，文学创作中的自我批判意识是越来越弱，已经很难形成一个基本的创作轨迹和特征。

等而下之，回避自我批判就成了某些人遮蔽历史和维护自我利益的遮羞布。如在“文化大革命”历史中曾经有过某些缺陷的“石一歌”等人，包括一些曾经有过不光彩历史的红卫兵，在时过境迁之后，想方设法试图遮蔽真相，拒绝揭示和反思自己，一个重要原因就是他们担心真相的揭示会影响到自己在大众中的形象。这种对自我批判的拒绝，是对自我的掩饰

① 钱锺书：《〈干校六记〉小引》，杨绛：《干校六记》，生活·读书·新知三联书店1981年版。

和虚构，更是对虚假知识分子精英形象怯弱的维持。

四、自我批判：远未完成的重任

从根本上说，无论是对于新文学，还是对于新文化运动的思想发展，自我批判都有非常重要的意义。因为任何思想，如果停滞封闭，就绝对不可能成熟、完善，只有在不断的自我否定和变革中，思想才能达至高峰。五四之所以伟大，不是其思想本身，而正是其自我否定、自我批判的精神，它是现代思想和文学最宝贵的资源——尽管五四的自我批判传统存在缺陷，但是意义却不可忽略。

只是遗憾的是，20 世纪以来的新文学历史没有取得让人骄傲的自我批判成果。其中的原因和值得总结之处甚多，但更值得我们关注的则是对新文学发展和现代思想文化演进所产生的不利影响。

最根本的影响是在作家和知识分子群体的精神层面。缺乏深入而独立的自我批判，现代作家和知识分子文化精神出现严重的缺憾。其一是精神“缺钙”。100 年来中国作家和知识分子群体的精神倾向是越来越软弱，越来越缺乏独立性和坚韧性。在一定程度上，近年来的知识分子精神气节已经不高于普通大众。而无论是从中国传统，还是从现代西方文化来说，知识分子绝对应该比一般大众有更高的精神自律，有更强大的自我和更坚定的独立性。在今天审视五四后的百年，可以说知识分子的精神格局和气象是日益衰落，五四新文化运动所带来的新的质素正逐渐消磨殆尽。其二是思想停滞。自我反省的匮乏，导致思想失去了向前发展的动力和自我更新的可能性，致使现代思想文化呈现日渐下滑，而不是上升的趋势。百年中国没有给世界提供创造性的哲学思想，悠久而深邃的中国传统哲学完全没有焕发出现代的光华，这已是普遍性定论。而事实上，即使在具体的伦理精神和思想问题层面，中国现代思想文化也都缺少足够的创新性发展。

新文学的成就也同样受到严重影响。精神高度是文学价值的重要体现，也是文学承担社会文化功能的重要基础。但是，100 年来新文学极少表现出独立的精神价值和超越现实的深邃思考，它们更多是在做时代传声筒和简单的表现者，却没有成为时代冷静的观察者和思考者。在整个20世纪中国文化思想史上，除了极个别作家外（他们也往往多出现在20世纪20—30年代），很少有作家提供真正有深度和高度的创造性思想，大部分作家的思想基本上等同于芸芸众生，人云亦云。新文学正在严重丧失审视和批判现实的勇气和能力。[①] 其典型表现是近30年间，面对汹涌的物质文化潮流，中国文学表现出集体性精神萎缩和思想失语，没有发出独立而有力的批判声音，投靠和屈服却成为时代醒目的群像姿态。

自我批判的缺失，还严重制约了对新文学发展中一些关键问题的认识深度。五四新文学在西方和传统的复杂融合中诞生，其发展和成熟不可能一蹴而就，许多问题都需要在不断的反思和否定中调整。但是，在新文学发展中，只有后来者对五四传统的简单膜拜，或者是粗暴简单的打击，却缺乏深入严肃的反思，致使许多问题悬而未决，甚至步入歧途。

比如新文学与大众关系问题。这严重影响新文学发展，因为文学要有生命力，被大众接受是不可或缺的。但是，它又绝对不应该是对大众的臣服和对自我的放弃。自新文学诞生之日起，这个问题就引起了广泛的争议和讨论。特别是20世纪30年代，瞿秋白、茅盾等开展“大众化”问题讨论，并对五四文学有所针砭，抗战时期的“民族形式问题”讨论也与之密切相关。此后，新文学经历了简单化、朴素化的发展道路，一直到80年代后的重新回归。其中的是非得失，非常需要深入地讨论。但是事实上，无论是在历史中，还是在今天现实中，简单武断代替了客观论证和冷静思索，对很多问题的讨论都停留在“翻烙饼”的层面上。我们检视人们的思想观念，基本上还是停留在20世纪30—40年代中，没有发生实质性的进展和改变。而这样的后果则是文学长期疏离于大众，未能在时代文化形成和演变中起到重要的影响力，在商业文化冲击下更是日渐被大众抛弃。最突出的例子是诗歌——这一在中国传统文学中最辉煌的文体，今天已经完全沦为圈子化的产物，在诗歌圈之外几乎产生不了任何影响。

---

① 孙郁：《文学批评中的鲁迅遗产》，《文学评论》2016年第2期。

再如新文学与传统文化、传统文学的关系，这同样是影响新文学发展方向和成就的关键问题。五四新文学以批判传统而促动其进行转型，其许多极端和片面言论有其时代合理性，但后来者应该做的不是简单地跟随，而是需要有所修正。当然，这绝非说新文学要简单回到传统，其现代化道路不但非常必要而且是不可逆转的潮流。但是，如何创造性地择取传统中的某些因素，以及将传统中的独特因素融入今天文学当中，是新文学形成独立文学个性的重要前提，也是文学不可缺少的文化命脉之所在。对于这些问题，认真的探讨远比简单的否定重要，但遗憾的是，在历史和现实中，同样多的只是简单化的声音。[①]

今天，文学的自我批判已成为略嫌遥远和沉重的话题。因为在长期的政治运动中，知识分子和其文化成为受迫害者，特别是在近年来的商业文化压力下，文学被严重边缘化，知识分子文化也沦为弱势者，遭受多方面压制和打击。无论是在社会大众角度还是知识分子自身角度，文学和知识分子原有的启蒙身份正被严重消解。在许多人看来，文学已经失去现代思想性意义，知识分子也不再是启蒙者。在此背景下，不少作家和知识分子也丧失了对自我身份的认同感，视自己为普通大众，因此，他们努力获取的是更多的个人利益，而不是承担责任。即使仍然有些立场坚定者还在顽强维持其启蒙身份，继续启蒙，但带来的现实效果只能是无奈和尴尬。这样，对于现实中的文学和知识分子文化来说，似乎首要问题是生存，以及如何维持其生存价值和意义，讨论新文学的自我批判话题，似乎与时代潮流相背离。

但我以为，这也许正体现了新文学自我批判的迫切和严峻。新文学的现实困境多少关联于它曾经的失误，也就是说，越是在艰难局势下的反省，才能更认识到历史的局限和症结之所在，也才能真正经受时代的淘洗和考验，在逆境中提升自己。从长远来说，思想永远是指引人类前行的重要明灯，它可能暂时暗淡但却总会光明。只是它所需要的是不断创新和发展，是真正的启迪性和创造性。所以，无论从历史还是从现实来说，自我

---

① 贺仲明：《五四作家对中国传统文学经典的重构》，《中国社会科学》2016 年第 9 期。

批判都是新文学发展和成长的必由之路，无可选择也无从回避。历史已经充分展示了这一批判的难度和困境，在今天，阻力、陷阱、疑难以及压制都不言自明。如何吸取历史教训，面对现实，新文学，以及整个的现代文化都任重道远。

中国传统文学的换形变体[①]
——论“诗化小说”的兴起与传承

一、什么是诗化小说

在中国现代文学研究界“诗化小说”的称谓和范围都比较混乱。在概念上，诗化小说往往与抒情小说、浪漫小说、散文化小说等杂糅在一起，没有明确的区分，如在学术界影响很大的小说史著作就将以郭沫若、郁达夫为代表的“浪漫抒情小说”特点之一概括为“小说的诗化”。[②] 在范围上，一些论者的“诗化小说”中既包括郁达夫、郭沫若的作品，还包括冰心的作品，有学者甚至将鲁迅的《故乡》当作诗化小说的开端。

在我看来“诗化小说”的最基本核心是“诗化”，它将诗歌艺术融入小说艺术中，构成了有独特艺术内涵的创作风格，并形成了有延续性的创作传统。具体说，典型的诗化小说应该具有几个特征。一是整体上的象征含义。作者创作小说的意图不以写实为最大目的，而是追求一种更高的象征含义——这本来应该是诗歌艺术的特征。作为抒情艺术的典型，诗歌的主旨不仅在还原和再现现实，更在于追求超越性的意境，追求抽象的内涵

① 本文2014年发表于《江苏第二师范学院学报（社会科学）》第6期。
② 杨义：《中国现代小说史》第一卷，第529页。

和精神，诗化小说借鉴了诗歌艺术的这一功能，它往往传达某种文化意蕴，表达出与中国传统文化相密切关联的哲学、文化思想。二是较强的抒情色彩，较淡的故事情节。强调诗歌艺术意境美的构筑，这是其突出的艺术表现方式和艺术特征，也是其艺术魅力之所在。如此，它自然不追求小说的故事情节，不着意于复杂的故事构架。三是诗化的语言艺术，诗化小说的语言不追求生活的本色和质朴，而是杂糅了诗歌艺术的意境美特征，追求语言的诗意、韵味和含蓄，或者说是以诗歌的语言写小说。这三个特点的结合是诗化小说的基本要素。也许在具体的作家作品中，这些特征的表现会有不同的侧重和倾斜，但基本特点不会有大的改变。

由此，诗化小说与抒情小说、浪漫小说、散文化小说就有了明确的区分。像郭沫若、郁达夫等人的独白抒情小说虽然也包含一定诗意，但他们的作品着力于个人情感的抒发，有诗歌的抒情艺术特征，却缺乏诗歌艺术最根本的象征性，缺乏诗化小说的内在文化内涵。浪漫小说的侧重点在于表现方法，与“诗化”是完全不同的两个概念；散文化小说则侧重于结构形式，与诗化小说有关联，但同样不具有诗化小说的文化和象征特质。

诗化小说的创作者从废名开始，沈从文为中坚，萧红、师陀、萧乾、孙犁和汪曾祺是其重要的组成者。这当中，废名、沈从文是最突出的中心，也是诗化小说最重要的倡导者。废名说自己部分作品的创作缘起于某种意念：“我写《河上柳》，是在某一种生活之中，偶然站在某地一棵杨柳之下；《花炮》里的诗人，是由某地而起。”他将写作比喻为“做梦”，阐述“创作的时候应该是‘反刍’。这样才能成为一个梦。是梦，所以与当初的现实生活隔了模糊的界。艺术的成功也就在这里”。[①] 他的作品基本上回避现实，以诗化的象征为主要创作目的，诗的色彩非常典型。沈从文的作品也同样追求象征内涵，将人放在诗意中生存。他的《边城》《长河》都是时代象征的书写。诗化小说的其他作家，如汪曾祺、萧红等，也具有类似创作特征。这些方面，很多学者都已经谈到了，无须赘言。只是一些论者忽略了师陀，却是很不应该的。师陀的《果园城记》诗化小说的特征

① 废名：《说梦》，《冯文炳选集》，人民文学出版社 1985 年版，第 323 页。

非常典型。作品追求超越现实的精神内涵："我有意把这小城写成中国一切小城的代表，它在我心目中有生命、有性格、有思想、有见解、有情感、有寿命，像一个活的人。"① 作品又很着力追求诗歌艺术的意境美，语言也富有诗意特征，是典型的诗化小说创作。

诗化小说的发展脉络清晰明确，作家之间创作具有相当明显的共性，更是一种传统的延续和自我的体认。这当中，不少作家有着直接的影响乃至继承关系。如沈从文与废名虽然年龄差距不大，但沈从文一直很认同废名的创作，也不否认对他们创作风格关系密切的说法；萧乾则是由沈从文直接引上文学创作道路的，沈从文对萧乾创作的指导和影响几乎贯穿于萧乾的早期创作中；师陀虽然否认自己当初走上文坛曾受沈从文帮助，但他早年向沈从文编辑的《大公报·文艺》大量投稿却是事实，而且，他更因为艺术倾向上的共同点，被文学史家纳入"京派作家"之中；② 至于汪曾祺，更是将自己称作沈从文的私塾弟子，明确表示是其追随和继承者。

当然，正如刚才我对上述作家之间的继承关系梳理得并不全面，文学历史上的诗化小说传统在一定程度上不排除有后来者强作解人的地方——任何文学史研究都不可排除这样的嫌疑——但是，从另一个方面说，我把这些作家拉在一起，又确实有理由，就是他们都共同体现着一种文学发展的构想，具有某些共同的追求目标。

二、诗化小说的成因

说实话，虽然上述对"诗化小说"概念的辨析和作家归属与现有观点略有差异，多少追求一点新意，但大的方面其他研究者也已经谈到过。我写这篇文章的目的显然不是为了重炒冷饭，而是试图探讨这一创作背后的文学史因素，而这，既是我们深入认识诗化小说的重要拓展，也是以往研

---

① 师陀：《果园城记·序》，刘增杰：《师陀全集》第2卷，河南大学出版社2004年版，第453页。

② 师陀：《师陀给刘增杰信》，刘增杰：《师陀全集》第8卷，第12－13页。

究者较忽略的方面。

我们首先需要讨论诗化小说的精神来源和思想资源。绝大多数学者在谈诗化小说时，都认为它来自西方，是西方文学影响下的产物。事实上，根据我们对西方小说传统的了解，虽然西方（以及西方之外的其他区域）也有抒情类小说的传统，但是，一方面，它们在西方小说传统中始终不占主流位置。根据英国理论家爱·缪尔《小说结构》的说法，西方小说依据结构形式可以划分为情节小说、人物小说和戏剧性小说。[①] 抒情小说与上述任何一种都不吻合，因此，它在西方文学中发展并不充分，也缺少系统的思想和理论。另一方面，也是更重要的，是废名、沈从文等的诗化小说创作与西方抒情小说有很大的不同。最重要的一点，就是中国的诗化小说的精神气质与西方抒情小说完全不一样。如果说现代小说抒情上的浪漫、表述上的散文化是西方文学影响的结果，那么诗化小说的“诗”的韵味、情调则主要是传统文化的投影。前面说过诗化小说的几个特征，其中最重要，也是最独特的，在于其强烈的文化底蕴，在于其蕴含的中国传统文化的思想内涵，这些都是西方抒情小说完全不具备的。

比如废名、沈从文的作品都蕴含着比较深的佛家与道家文化思想。废名作品的强烈禅佛意识已经为学者们广泛论证，无须多言。或者说，正如废名对孔子论诗传统的理解：“这个诗是中国民族的诗。这里也就是道，因为孔子的道是伦常，离开伦常就没有道。这个伦常之道又正是中国的民族精神。”[②] 他小说中渗透的，是浓郁的中国传统民族精神，是传统文化的现代观照。沈从文小说所构筑的“人性小庙”，虽然有希腊文化的影响，但同样是以中国传统农耕文明为底蕴。《边城》《长河》等作品所表现的人生观、价值观，既与作者的苗族民族身份有深刻关联，也有楚文化传统的深厚印记。萧乾作品借儿童爱的主题表现人性关怀，精神内核是中国儒家传统的“仁者爱人”思想。孙犁、萧红等作家的创作虽然受政治环境影

① 卢伯克等：《小说美学经典三种》，方土人、罗婉华译，上海文艺出版社 1990 年版，第 343 – 413 页。

② 废名：《响应“打开一条生路”》，止庵：《废名文集》，东方出版社 2000 年版，第 239 页。

响，思想较为复杂，但也蕴藏着儒家的入世精神和责任意识。

从这个方面说，诗化小说在形式上也许受到西方文学的较大影响，但最核心的精神是来自中国文学传统。换言之，诗化小说里的“诗”，既是形式，又远不限于形式，它所蕴含和寄托的，是现代作家们的一种文化态度，一种将传统文学现代化的文学立场。

在诗化小说中，我们可以看到作家们对传统小说进行的创造性改造。中国古代小说也有“诗小说”之说，如有学者认为“唐人传奇的文才和意想，唐人传奇的内涵的浓郁和诗的意境”，以及《红楼梦》“以诗为魂，构成了特有的诗的意蕴”[①]，只是这种“诗小说”中“诗”的内涵是蕴含在故事当中的，或者说，它们有诗的意蕴，但其根本尚未脱离中国古典小说的基本特点，故事性、描写等中国古典小说的基本特点依然在其中占主导位置。而且，在古代文学中，文体意识并不像现代这么强，各种文体之间的界线不像后来那么清晰，小说虽然是叙事类的文体，但是它并不排斥抒情方法。

诗化小说对古代的“诗小说”也许有精神上的继承，但它绝对不是因袭，而是对之进行创造性的开拓和改造。与传统小说相比，它是一个全新的产物，最突出的地方，是它借鉴了中国古典诗歌艺术，将之借用到小说中，以传统诗歌艺术与现代小说形式相杂糅，实现创造性的重新组合。在诗化小说里，既有传统诗歌艺术的意境，更有传统文化思想的精神，却完全是现代的小说形式，是传统的再造。也许，沈从文这段对传统的理解可以作为这一小说形式创新内涵的准确注解：“我说的传统，意思并不是指从史传以来，涉及人事人性的叙述，两千多年来早有若干作品可以模仿取法，那么承受传统毫无意义可言。主要的是有个传统艺术的空气，以及产生这种艺术品的心理习惯。在这种艺术空气心理习惯中，过去中国人如何用一切不同的材料、不同的方法，来处理人的梦，而且又在同一材料上，用各样不同方法，来处理这个人此一时或彼一时的梦。”[②]

---

① 宁宗一：《中国小说学通论》，安徽教育出版社 1995 年版，第 44 页。

② 沈从文：《短篇小说》，《沈从文全集》第 16 卷，北岳文艺出版社 2002 年版，第 503 页。

当然，说诗化小说主要来源于中国传统文学和文化，并非说它与西方文学完全没有关系。在五四文学氛围影响下的诗化小说，完全封闭于西方是不可能的。西方文学的影响肯定会渗透在文学创作的多个方面，事实上，无论是在沈从文，还是在萧乾、汪曾祺等作家创作中，都可以看到西方作家影响的某些痕迹。所以，诗化小说可以看作是中国传统文学在现代的复杂转化，它的精神是中国传统的，但又融合了现代西方文学的某些因素。它是小说，也是诗，它是传统的，更是现代的。

从更深层面说，诗化小说也许还蕴含着现代作家们在西方与传统之间的复杂心态。新文学以西方文学为蓝本，思想上承载的更是西方现代文化。在这一潮流之下，现代作家们即使拥有对传统文学的深厚情感和回归愿望，也不可能明确地表现出来，它们会被作家们主动或被动地抑制。然而另一方面，现代作家们在新旧文化交替之间成长，传统文学（文化）对他们滋养很深，对于他们来说，传统文学（文化）是一种浸润到他们心灵和血液中的因素，是他们精神和灵魂的一部分，其表达的愿望是发乎自然、难以抑制的。面临这种时代与个人、外在与内心的尖锐冲突，许多作家选择比较私密的方式来进行缓解。最典型的表现方式就是旧体诗写作。旧体诗在新文学作家中这么盛行，是因为作家们在这个私人空间中宣泄他们对传统的情感依恋和文化联系。

诗化小说的兴起与旧体诗在新文学作家中的盛行有内在相似之处，只是方式和涉及的范围较窄而已。作家们以诗化小说创作这种更为复杂却又更为直接的方式，努力化解他们在现代与传统之间的矛盾和尴尬，既以满足其对传统文学的怀念、向往和继承，又不会与西方化的现代时代潮流构成冲突。

当然，诗化小说的意义远不在作家自我本身，它对现代小说发展具有不可忽略的重要意义，甚至对于整个现代文学和文化，它都有很强的启示意识。因为在诗化小说创作背后，蕴藏着现代与传统交错之中的艰难，以及在化解这一艰难上的探索和努力。这些艰难、这些探索，都是现代文学和现代文化都需要直接面对，值得认真思索的——无论是对于中国传统文学还是传统文化来说，现代化是其无法避免的选择，但是，如何在不舍弃传统的基础上去芜存菁，继承精髓，得其神韵，始终是一个异常艰难而未得解决的重大课题。

三、诗化小说的历史、命运及文学史意义

诗化小说在现代小说史上虽然只是一股不太耀眼的支流，但它远非突兀而起，而是有深在的渊源；它也不只是个体的单独行为，其背后可以看到多人思想的结晶，是许多人努力和探索的结果。

早在1923年，董巽观撰写《小说学讲义》，就将“意境”作为小说的一个重要论题。虽然他的“意境”与后来所谈的小说意境有所不同，文章的目的也主要在介绍西方小说理论，但其思想中已经可以看到一些中国传统文学因素，体现了对中国小说传统的某些因素的融合企图，也已经可以见出诗化小说理论的某些雏形。[①] 此后，郭沫若对小说与诗歌的关系做了自己创造性的关联：“诗是文学的本质，小说和戏剧是诗的分化”，“诗是情绪的直写，小说和戏剧是构成情绪的素材的再现”。[②] 虽然郭沫若的小说不同于诗化小说，但在理论上，他的思考是有探索意义的。

当然，最主要而系统的贡献者还是废名、沈从文等诗化小说的创作者。废名明确表示自己“分明地受了中国诗词的影响，我写小说同唐人写绝句一样”，并坦承“到了《菱荡》，真有唐人绝句的特点，虽然它是五四以后的小说”。[③] 沈从文更是对小说技法有独到的理解：“照一般说法，短篇小说的必需条件，所谓‘事物的中心’，‘人物的中心’，‘提高’或‘拉紧’，我全没有顾全到。也像是有意这样作，我只平平地写去，到要完了就止。事情完全是平常的事情，故既不夸张也不剪裁地把它写下来

---

① 严家炎：《二十世纪中国小说理论资料》第2卷，北京大学出版社1997年版，第325-327页。

② 郭沫若：《文学的本质》，《文艺论集》汇校本，湖南人民出版社1984年版，第279页。

③ 废名：《冯文炳选集》，第394页。

了。”[①] 而且，他坚持认为：“短篇小说的写作，从过去传统有所学习，从文字学文字，个人以为应当把诗放在第一位，小说放在末一位。”[②] 萧乾则明确将小说分作“诗的”和“戏剧的”，认为“诗的小说是重意境而轻情节，戏剧的小说是重情节而轻意境”[③]。到此，诗化小说的概念内涵基本定型。此后，孙犁和汪曾祺也不约而同地表达了在这方面所做的努力，可以看作是实践上的深入：“我少年时，也很喜好这种手法，以为兼小说与诗歌为一体，实便于情感的抒发尽致。”[④] “我年轻时曾想打破小说、散文与诗歌的界限。”[⑤]

诗化小说的发展也经历了一定的演变。也就是说，在诗化小说的大前提下，不同作家的创作也存在着一定的差异。最典型的，是在象征与现实的关系上。诗化小说以象征为主要特征，但小说毕竟以生活为基础，因此，二者之间的不同侧重就自然会显示在不同作家的创作上，也使这一创作呈现出丰富的多元性。

废名是诗化小说最早的创作者，也是象征色彩最浓郁的作家。他的创作基本上是游离于现实之外，生活色彩最为薄弱。尤其是《桥》之后的作品，如《莫须有先生传》等作品，完全是幻想、意境的书写。对于这一点，他的后继者沈从文也不赞同。对于废名的《莫须有先生传》，沈从文这样评价：“作者把文体带到一个不值得提倡的方向上去，是‘有意为之’了。”批评“这趣味将使中国散文发展到较新情形中，却离了‘朴素的美’越远，而同时所谓地方性，因此一来亦已完全失去，代替这作者过去优美文体显示一新型的只是畸形的姿态一事了”[⑥]。比较废名，沈从文的创作生活写实色彩明显强化，即使是《边城》这样的象征意蕴比较浓郁的作品，

① 沈从文：《〈石子船〉后记》，《沈从文全集》第 5 卷，第 318 页。

② 沈从文：《短篇小说》，《沈从文全集》第 16 卷，第 505 页。

③ 萧乾：《小说艺术的止境》，《旅人行踪——萧乾散文随笔选集》，中央编译出版社 200 年版，第 22 页。

④ 孙犁：《小说的抒情手法》，《尺泽集》，山东画报出版社 1999 年版，第 92 页。

⑤ 汪曾祺：《〈汪曾祺短篇小说选〉自序》，《汪曾祺全集》第 3 卷，北京师范大学出版社 1998 年版，第 166 页。

⑥ 沈从文：《论冯文炳》，《沈从文全集》第 16 卷，第 148 页。

也有比较鲜明的生活气息。沈从文之后，如萧红、孙犁、萧乾和汪曾祺等，都比较明确往现实生活方向发展。只有师陀，在一定程度上又试图回归象征的路数——当然，他的象征内涵和废名相比又有较大差异。

因为这些差异，人们对诗化小说作家的创作评价存在着较大争议。一般来说，人们认为其中成就最高的作家是沈从文，他在现实和象征之间处理得最熟练也最和谐。废名则是争议最大的作家。誉之者对他评价非常高，但同时他的读者却非常狭窄，数量也很少。在我看来，废名对诗化小说之创始功不可没，也有其他人没有达到的独到之处，但他一味追求空灵，忽略现实，与小说体裁的距离太远（相反，他早期创作的《竹林的故事》，由于不过分追求诗意象征，生活色彩较浓郁，艺术上更为自然）。因为诗化小说毕竟是小说，它的诗化特征不能建立在虚空之上，必须有生活为底蕴。

诗化小说"诗"的特点，注定了它在现代文学时期不可能得到大的发展。在政治环境始终不平静的现代文学30年，对文学的现实参与性要求是第一位的，诗化小说将小说当作"诗"来写的做法当然不合时宜。在这个意义上说，诗化小说的衰颓命运有一定的无奈和必然性。毕竟，当一个民族面临着覆灭的危机，追求诗的艺术（而且不是那种情感化的诗歌艺术，而是象征性的诗歌艺术）显得有些奢侈。所以，包括像沈从文这样的诗化小说大家，在抗战时期也较大幅度地改变了自己的风格，创作逐渐走向了衰落。事实上，即使是在它最为兴盛的20世纪30年代和40年代，它也一直处于边缘状态，其创作声势远不但不能与写实类小说相比，而且多次受到主流文学的冷落和批评。

除了与生活的关系，诗化小说另一个重要因素就是传统文化底蕴。少了这一点，也就难得诗化小说独特的文化韵味了。废名小说之文化底蕴最深，让人回味之处也最多。沈从文、萧红、孙犁、萧乾、师陀等人的小说同样具有传统文化底蕴，其对现实和生命的观照中蕴含有较浓郁的传统文化气息，这是他们作品具有较大魅力的重要原因。

正是因为传统文化底蕴问题，诗化小说在近年来发展艰难，甚至面临巨大的困境。较早的表现是20世纪80年代初。这时节，诗化小说在现代时期的最后继承者汪曾祺以《受戒》《大淖记事》等作品，重新呈现了诗化小说的魅力，引起了文坛的很大关注。受其影响，一些青年作家也积极参与，声势渐隆，诗化小说似有复苏的迹象。然而最终，这一潮流很快停歇，不只创作难以为继，更少有成功的作品。究其根本原因，显然是经历漫长政治运动之后，深受文化劫难影响的一代作家普遍不具备前代作家们的传统文化素养，他们的创作缺乏传统文化的深刻内涵，难以呈现诗化小说的独特韵味，承担不起诗化小说的创作传统。

事实上，即使是汪曾祺的小说，与废名、沈从文等作家创作相比较，文化深度也有较大的不足。汪曾祺的作品虽然着力于文化人物、故事的书写，但其故事背后的文化意蕴略嫌单薄，难以体会到中国哲学的深厚底蕴和深广的文化传统关怀。从这个角度上说，汪曾祺小说在艺术形态上也许具备了诗化小说的几许魅力，却未能全面呈现诗化小说的独特精神内涵。

在新文学历史上，真正具有创造性的文体形式并不多，诗化小说是其中之一。而且，正如前文所说，对于在现代和传统之间煎熬和压迫中的新文学来说，诗化小说具有某种突围性的意义。它以换形变体的方式继承传统，将传统内涵与现代小说形式相嫁接，很好地实现了现代小说的本土化探索。不能说诗化小说的尝试是完美无缺的，但其借鉴意义绝对不可忽略。[①] 由此考虑，诗化小说的存在价值，以及这一创作传统在近几十年的萎缩和中断，都具有值得特别关注的意味。

20 世纪 80 年代诗化小说的短暂繁荣如同一次回光返照，显示了这一文体的艰难。90 年代后，也有一些作家在抒情小说传统中徜徉，如红柯、石舒清、迟子建等作家都取得了比较高的成就，不过令人遗憾的是，这些创作同样还没有表现出深厚的传统文化底蕴，尚未能充分接续上现代诗化小说的传统。诗化小说传统的恢复当然并不容易，也非短暂之功，但其先驱者沈从文的这段话也许能够对作家们有所启迪：“若是一个短篇小说作者，肯从中国传统艺术品中取得一点知识，必将增加他个人生命的深度，增加他作品的深度。”[②]

---

① 贺仲明：《新文学本土化理论引论》，《南京师大学报》2013 年第 1 期。

② 沈从文：《短篇小说》，《沈从文全集》第 16 卷，第 503 页。

文体·传统·政治[①]

——论孙犁的长篇小说《风云初记》

孙犁是20世纪40年代到“十七年”最优秀的作家之一，也是少数能够经得起时间考验，超越于时代之上的作家。当然，对于孙犁的思想和创作，学术界也存在有争议，特别是对孙犁与“革命”、与时代文学潮流之间的关系，以及对孙犁晚年创作的成就价值，等等。这当中，孙犁的长篇小说《风云初记》受关注不多。准确地说，在作品问世的时候，评论界有不少叫好之声，但进入80年代以后，学术界的态度有较大变化。虽然明确表示批评的声音不多，但沉默和忽略正传达出不积极的评价意见。我以为，孙犁的长篇小说《风云初记》背后有很多值得思考之处，而且，它对我们更准确地认识孙犁整体的创作和思想精神，也很有启迪意义。

一

严格说来，孙犁的长篇小说作品就一部《风云初记》。但它显然不是孙犁的重要作品，无论是文学成就和社会影响，《风云初记》都远不能与其短篇小说相比。甚至把它放在“十七年”长篇小说的创作群落中，它的地位都不能算突出。应该说，《风云初记》的缺陷是多方面的。

其一是在艺术表现上。结构方面的问题最为突出，孙犁自己对此深有

---

① 本文2018年发表于《扬子江评论》第1期。

体会。在1977年写就的《关于长篇小说》一文中，开篇第一句就是："创作长篇小说，感到最困难的，是结构问题。"[①] 并且具体谈到结构中容易遇到的问题："写作长篇小说最容易遇到的问题是：中间枝蔓太多，前后衔接不紧，写至后来，像漫步田野，没有归宿；或作重点结束，则很多人物下落不明；或强作高潮，许多小流难以收拢；或因生活不足，越写越给人以空洞同散漫之感；或才思虚弱，结尾已成强弩之末，力不从心。甚至结尾平淡，无从回味；或见识卑下，流于庸俗。"[②]

这应该是他真切的教训之谈，因为至少在他谈到问题的前三个方面，《风云初记》都明显存在。比如"枝蔓太多"就很典型。作品一开始的线索还比较单一，但是此后不断延展，叙事速度也明显加快，像一幅幅战争速写画。前面的情节和人物很多还没有得到发展，新的人物和情节又不断地涌现出来，说"枝蔓太多"确实不为过。人物安排方面作品缺点同样很突出。许多情节线索和人物都来去突然，没有完整的发展和归宿，用"下落不明"来概括显然毫不夸张。比如作品中间部分突然出现吴大印回乡的情节，感情上的生硬不说，结构上也相当突兀，而此后这个人物也没有多出场，看不到在作品中的意义，性格特征更是模糊。甚至像重要人物李佩钟，在后半部分也基本失踪，只是在结尾部分非常简略地介绍了其命运结局。最后一点"结尾平淡"，也不需多说。作品后30节明显后继乏力，结尾散漫，在盲目中发展，也在草率中收场。

在艺术手法上，《风云初记》也存在比较明显的不足。比如说写实太弱。这并非说作品无写实，只是其前半部分抒情胜过写实，后半部分则是叙述多过写实，真正扎实的战争和生活场景都很匮乏。如果说抒情能够处理好，尚可以与写实相得益彰的话，那么，过于空洞的介绍性叙述则绝对会影响作品的艺术效果。所以，尽管说写实并非长篇小说必需的艺术特点，但是，文学是具体形象展现生活的艺术，而且，正如《风云初记》小说标题所蕴含的，作品的目的是表现时代"风云"，如此匮乏细致具体的

---

① 孙犁：《关于长篇小说》，《孙犁全集》第3卷，人民文学出版社2004年版，第521页。

② 孙犁：《关于长篇小说》，《孙犁全集》第3卷，第530页。

写实艺术，就不可能将“时代风云”的创作意图充分地体现，只能达到有表无里、有名无实的效果。对这一缺陷，作者也许有所意识，并试图穿插一些抒情性的风景描写来弥补，作品中也偶尔可见到一些动人的细节，但是，它们只能算是零星的点缀，散落在枯燥的政治叙述周围，远不能构成作品的整体特征，改变不了作品的基本艺术面貌。

其二是在人物塑造上。对于传统长篇小说，人物形象是评价其价值高下的重要标准之一。事实上，孙犁对人物塑造一贯很用力，其女性群像是中国现当代文学史上著名的人物形象系列之一。在《风云初记》中，孙犁也表现出这样的努力态势。作品的前半部分对李佩钟、春儿等女性形象的塑造，就保持了孙犁一贯的特点和风格。比如对女性复杂情感世界的细腻描写，展示两位女主人公心灵的自觉，表达她们内心的精神独立和向上追求[①]，与《铁木前传》对小满儿、九儿等形象的塑造一脉相承。再如将人物置身于复杂情境中，展示她们的困惑和追求。代表人物是李佩钟。她的家庭出身，特别是作为地主儿媳的身份，与其自身的情感追求和革命追求之间构成巨大的张力，既构成了人物复杂内心世界的重要前提，又寓含着丰富的政治和人性冲突的内涵。如果能够让人物充分地发展下去，李佩钟绝对可能成为当代文学人物形象史上独特的一位。

但是，遗憾的是，这些形象塑造得并不充分。除了李佩钟形象的复杂丰富面貌有所展现之外，其他人物的个性都很不鲜明，作品花最多笔墨着力塑造的春儿和芒种，形象特征其实很模糊。其原因部分可以归咎到作品的艺术结构上，它只是散点叙述，没有设计出典型集中的矛盾冲突来展示人物内心世界，刻画人物的个性特征。更主要的原因是在作品的后半部分，随着故事叙述范围更广，人物更多，作者在前面重点塑造的春儿、芒种、李佩钟等形象逐渐失去了踪影，即使偶尔见到，也基本上成为时代主题的附庸，丧失了自己的独立个性，在前面曾经展现较多的人物心理描写，也已经不见了踪影。人物的塑造不但没有加强，反而更显弱化。在一定程度上，这时候，作品中的人物已经没有了基本的形象主体性，人物之

---

① 孙犁：《风云初记》，《孙犁全集》第3卷，第280－285页。

间也失去了最基本的正常伦理关系，他们只是传达集体政治声音而已。像这样的人物，我们称他为“春儿”“芒种”，也完全可以随意改为另外一个名字。至于高疤等次要人物形象，概念化和类型化更为严重，完全湮没于时代的漫画化特征当中。包括作品的另一个形象俗儿，其个性追求与时代氛围之间的张力本来很有《铁木前传》中小满儿的潜质，或者说本可以弥补《铁木前传》对小满儿形象塑造不够完整的缺憾，然而遗憾的是，作品的人物塑造太过简单笼统，偶尔出场展现行动，也完全缺乏必要的思想主导性，结果是人物形象特征涣散，完全成了一个有名无实的面具。全篇而论，没有将人物个性刻画鲜明，没有塑造出真正能够站立于文学史之上的文学形象。

其三是思想上。长篇小说，特别是经典现实类长篇小说思想的卓越处主要在于两方面，一是独立的思想深度，将现实问题融入更宽阔的背景当中，展现出对历史、未来和人类命运等方面的深刻思考，从而让读者感受到思想的深邃和悠远；二是具有时代纵深度，对现实生活的认识和表现深入透彻，能够窥见时代社会中一般人难以感受和认识到的深流和暗流，并呈现出具有预见性的洞察和锐见。在这两方面，《风云初记》都有一定的追求趋向，但却都没有贯彻和深入。

《风云初记》最突出的思想就是试图从个人发展的角度来展现时代风云变幻，也就是将人物成长与时代发展结合起来。这其中包括孙犁对战争与人性关系的某些独特思考，也有对时代战争细微方面的体察。作品对春儿和芒种成长过程的展示，并将这种成长置于大的时代背景下，就包含着将个人复杂精神世界与时代洪流相交融的意图。尤其是对李佩钟形象的塑造，特别关注她复杂的内心世界，书写其个人追求与时代政治之间的巨大裂隙和剧烈冲突，揭示出了某些极易被人们所忽视和遗忘的，大时代变动背后的个人命运，以及精神和情感世界。如果真能实现这一目的，《风云初记》可以卓然立于同时代文学之上了。因为无论在任何时期，个人与时代的关系都是一个有意味的主题，只要不脱离人这个中心，政治、时代都可以很好地与人构成复杂的张力关系，并深入表达对人性的关注。对于中国现当代文学来说更是这样，因为这期间的绝大多数作家都努力表现时代，却很少关注个人，文学作品中严重匮乏有独立个性和复杂性的人物形象。

然而同样让人遗憾的是，作品的思想表现并不充分。如前所述，如果说在前半部分，作品还显示了对人物个性、个人与时代之间关系的挖掘，揭示时代的深邃和幽微之面，偶尔还穿插出对战争、对人物命运的抒情性思考，显示了一定的思想独特性的话，那么，作品的后半部分充斥大量的政治术语和政策宣传，基本上成为时代颂歌和政治传声筒，对许多历史人物和历史事件的叙述也都是教科书式的传达。在整体上看，《风云初记》没有超越同时期的其他战争小说，呈现出独特而深入的个性化思想。

二

《风云初记》的这些缺憾，我以为是多方面的原因所导致的。

首先，与孙犁的个性、气质，以及创作时的身体状况有关。孙犁是一个敏感多情的人，无论是在生活经历中，还是在其晚年写作中，都可以看出他是一个特别重感情，对故乡、亲人、童年都有深厚情谊和记忆的作家。所以，正如他自己所概括的："我的作品单薄，自传的成分多。"[①] 孙犁的文学创作基本上都建立在其自身生活和感受的基础上，很少有纯粹的虚构。也就是说，在本质上，孙犁是一个心灵化和诗化的、偏向个人性气质的作家，而不是那种现实化和社会化的作家。正因为这样，孙犁反思自己："《风云初记》没有写完，是因为我才情有限，生活不足。你看这部作品的后面，不是越写越散了吗？我也缺乏驾驭长篇小说的经验。"[②] 晚年的孙犁更是完全放弃小说创作，改写散文。这并非说孙犁不适合写作长篇小说，而是说，从精神气质看，孙犁更适合写作个人化的、内倾型风格的作品，却不很适合写作外向社会型、"历史风云"型长篇小说。文学创作是作家个性的体现，每个作家在文体上有其擅长和短板，是很正常的事。

孙犁创作时的身体状态也有影响。《风云初记》虽然不到 30 万字，但

① 孙犁：《澹定集》，山东画报出版社 1999 年版，第 4 页。
② 孙犁：《澹定集》，第 10 页。

其实是“三记”合成，第一部“初记”出版于1951年，第三部完成时已经是1962年，前后长达十几年。漫长的写作过程中，孙犁曾多次跟朋友慨叹身心之疲累，并且抱怨难以维持创作情绪：“近日实无创作情绪，散漫发展下去，失去中心，反不好收拾。且近日的要求，亦以配合当前任务为重。”[①] 事实上，这整个的十几年中，孙犁精神健康状况很不好，创作几度中断。如此身体状态和不连贯的创作方式，小说的文气自然难以充沛淋漓，情节的连贯性也难以做到充分一致。

其次，与孙犁对长篇小说文体特点的掌握，以及所接受的文学传统影响有关。在创作《风云初记》之前，孙犁篇幅最长的作品《村歌》《铁木前传》都是结构相对单一的短篇小说。而《风云初记》具有历史宏大画卷的创作目的，是一部正规的史诗型长篇小说框架。然而，从创作技巧和方法上说，《风云初记》还没有完全摆脱其最擅长的短篇小说创作技巧，甚至可以说，在很多方面，他依然是在以短篇小说的方法来写长篇小说，没有充分展现出长篇小说，特别是现代长篇小说的独特艺术特点。

比如说，孙犁小说艺术中最突出的特色是抒情和细节描写。他特别擅长心理描写和景物描写，都以细致入微见长。作品中，他将风景和人性人情、生活细节融为一体，一切皆着我之色，在细微处表达微妙的情感，然后通过这些情感和对人性的感悟而感染读者，获得好的艺术效果。相比之下，他在写实方面就弱了不少，特别是不善于写大场面，包括对战争场景的书写——他的绝大多数短篇小说都回避了写战争场景，与此未尝没有关系。此外，孙犁不太擅长故事型的构架，很少曲折、复杂的情节变化，而多是采用片段化和抒情化的结构方式。“其抗战小说不仅叙述对象单一，而且故事情节也十分简单，在大致雷同的叙事模式下，这些小说其实所讲述的故事只有一个：那便是乡村女性参加到抗日洪流中来的故事。”[②]

孙犁创作上的这些特点，放在短篇小说创作方面完全可以是长处，而不是缺陷。因为短篇小说的故事不要求很复杂，也不一定要塑造出非常完整的、性格立体的人物形象，在艺术手法上也完全可以回避大范围的写

---

① 孙犁：《1951年6月23日致康濯信》，《孙犁全集》第11卷，第48页。

② 叶君：《参与、守持与怀乡》，社会科学文献出版社2006年版，第33页。

实，在片段、抒情中获得独特的美感。但是，这些特点，对于长篇小说来说，就是很明显的缺陷了。

追溯起来，这也许部分可以联系到孙犁所接受的文学传统影响。孙犁一直热爱中国传统文学，古文素养也很好，受其影响较大是很自然的。中国传统文学的基本特征是个人化、文人化，社会化的色彩不是很突出。因此，在中国传统文学中，长篇小说，特别是具有现代社会化特征的长篇小说创作不是很发达，即使是短篇小说，也是多笔记体、以故事为主的创作，很少有较广泛地展示和反思社会生活的作品。而孙犁对传统文学的选择和认同，也基本上在抒情和笔记类创作方面，《聊斋志异》《阅微草堂笔记》等文人笔记小说是他最喜欢的作品[①]。与之一致，孙犁在西方文学接受方面也是偏向于抒情类的短篇小说："我很喜欢普希金、梅里美、果戈理和高尔基的短篇小说，读的也比较多，我喜欢他们作品里那股浪漫气息，诗一样的调子，和对美的追求。"[②] 相比之下，西方的现代长篇小说作品显然没有对孙犁产生很大的心灵触动，让他找到强烈的认同感受。

就艺术传统的表现而言，《风云初记》中有较深的传统中国小说不同于西方抒情短篇小说印记，却少有西方现代长篇小说的特征。比如在结构艺术上，前面谈到的枝蔓多、散点式的结构，就有很浓的《儒林外史》《老残游记》的特点。说到底，这种结构方式，在根本上与中国传统笔记小说的叙事模式有关系。笔记体小说不讲求宏观的、连贯的整体结构，而是片段式的故事构成，也是中国传统小说的散文和小说形式相融合的特征。至于西方短篇小说中的抒情、浪漫、诗化等美学特征，也都可以在《风云初记》中找到很深的印记。

最后，是时代政治因素。《风云初记》创作的时代跨越从新中国成立初到"文化大革命"前的十余年。这期间，文学知识界受到时代政治的较大压力，孙犁尽管是来自解放区的作家，政治上有一定优越性，但是，一方面，是其创作特点与时代要求并不完全合拍，早在 20 世纪 40 年代就被批评为"客里空"。1951 年，《光明日报》更是刊登整版文章对孙犁进行

---

① 孙犁：《谈笔记小说》，《陋巷集》，山东画报出版社 1999 年版。

② 孙犁：《勤学苦练》，《孙犁全集》第 3 卷，第496 页。

批评，指责其创作中的“小资情调”。这种全民参与的运动式的、捕风捉影式的文学批评方式，特别是文学界中多位作家被严厉批判的实例，不可能不对一贯谨慎胆小的孙犁产生心灵上的震撼。另一方面，虽然孙犁自己是革命干部，家庭环境也只是一般，但并不能避免父亲在土改运动中被划成地主成分，并遭受批斗。孙犁没有在作品中流露关于这些问题的内心情绪，但心理压力是可以想象的。在这种情境下，孙犁显然不希望成为时代的落伍者，更特别担心再次因文罹祸。

这种压力对《风云初记》的写作有直接的影响。最典型的是在人物塑造和思想主题上。孙犁原来所构想的在人物发展中折射时代洪流，与时代要求并不完全吻合——时代所要求的中心毫无疑问是时代集体，而不是个人，更不是复杂化的个人。特别是李佩钟形象就触及相当敏感的政治问题，或者说其人性层面的复杂性与现实政治之间构成了某些冲突。在这种压力下，李佩钟形象自然难以继续发展，作者也只能安排李佩钟在后半部分基本隐形，春儿、芒种等形象塑造也朝无个性化方向发展。这一点，正如有学者进行的阐述：“正是因为李佩钟‘个人的发展’无法为某种‘社会秩序’提供充分的辩护而失去了‘合法性’，这一形象才未被充分展开。她被作者扼杀的深层原因就在于此。”[①] 特别是考虑到《风云初记》的后半部分，也就是第 61 节到第 90 节的写作时间已经是在 20 世纪 50 年代末 60 年代初，时代政治环境已经更为严厉。在如此背景下，《风云初记》后半部分与前面内容有多方面的割裂和背离，也是很自然的事情了。

三

共和国成立时，孙犁才不到 40 岁，正处在创作的黄金年龄。而且，孙犁又是一个自省意识很强的作家，他有非常清醒的自我认知，包括在写作过程中，孙犁经常会反思自己的缺陷，指出不足。既然如此，孙犁为什么还要避其所长，扬其所短，要去写自己并不太擅长的写实风格长篇小说？

---

① 孙先科：《作家的“主体间性”与小说创作中的“间性形象”——以赵树理、孙犁的小说创作为例》，《河南大学学报》2003 年第 1 期。

这当然并非偶然，而是与当时的社会环境，与孙犁的性格气质，以及他的政治观、文学思想，都有很密切的关系。

近年来，一些学者不赞同孙犁是一个革命作家，认为他思想本质上游离于革命之外，革命与其内心有着强烈的冲突，其革命色彩的文学创作也都承受着时代的压力。如此来看，《风云初记》似乎属于这一类型的作品。但我并不这样认为。我以为，在根本上，《风云初记》并非是孙犁受时代所迫而写，而是呼应他内心需求的创作，折射着孙犁儒家思想参与社会的文化情怀，隐含着他与时代之间又隔又合的复杂关系。孙犁虽然不是一个纯粹的革命作家，但“革命”与其本质并不冲突，而是有内在的和谐和一致处。这其中，最关键的因素就是民族战争的时代环境。正如我之前曾经分析过的，孙犁在本质上是一个深受儒家（具有较强乡村文化色彩的）文化浸润的“仁者”[①]。“仁者”之心，就有“兼济天下”的传统家国和救世情怀，也就是为了救世可以委屈乃至牺牲自己。孙犁所生活的抗战时代正是整个中华民族的危难时期，在这样的环境下，孙犁很自然地选择为国家牺牲和奉献，为了时代的需要，他选择投身于战争中，压抑自己对“恶”和“丑”的反感，以文学方式对之“美化”和“善化”，以此实现其儒家情怀。

因为其“仁者”文化更多乡土色彩，回归乡土的自然、宁静和守成特征就比较突出，在本质上，孙犁也就属于自我、内向的独善其身之士，蕴含着乡村文化的传统精神。在时代需要的召唤下，他可以改变自己，压抑自己，但内心却并没有背离对自然、宁静和自在的向往。一旦没有了时代民族的压力制约，他就很自然地会寻求回归。正因为这样，新中国成立后的孙犁做出了与绝大多数人不同的人生选择。他放弃了入仕做官的机会，选择离群索居，做一个时代的边缘人。“孙犁一生有野心，不在官场，也不往热闹地区，却没有仙风道骨，还是一个儒，一个大儒。”[②] 贾平凹的看

---

① 贺仲明：《“仁者”的自得与落拓——论孙犁创作的两个世界》，《天津社会科学》2002 年第 4 期。

② 贾平凹：《孙犁论》，《贾平凹文集》“求缺卷”，中国文联出版公司 1995 年版，第 469 页。

法是很准确，很有道理的。只是在20世纪50到60年代的环境中，孙犁的这种选择是悖逆于时代要求的，他也必然要承受比较大的精神压力。而且，他个人与时代之间的关系也不可能一蹴而就，而是依然存在有内在的关联和紧张。这也是孙犁为什么长期精神紧张，乃至不得不中断创作、生病求医的重要原因。

从文学创作来说，更契合孙犁内心世界，真正融入个人精神的创作还是其晚年散文，以及一些短篇小说（它们游走于自我与时代和谐之间）。但长篇小说创作体现了他追求与时代和谐的努力，也就是具有强烈的服务时代目的。他写作《风云初记》，目标明确，“初记”，有时代史诗的意图。开头部分，有纵横捭阖的架势，如《战争与和平》《静静的顿河》这样的格局。所以说，文体背后的作家心理是他追赶政治和时代的意图。“我们所处的这个时代的精神，时代的行动，确是波浪汹涌的。而且它‘波及’一切东西，无微不至。这精神和行动，便是战斗和民主……我们一定要写出新生活的内容和外观……在生活的改革里，有许多是利用‘旧形式’的，有时新的旧的结合着，但究竟是为的用新的代替那旧的。我们的任务是：从各方面写出这个复杂的生活变化的过程。”[①] 在这个意义上说，《风云初记》是孙犁弥补内心世界割裂的作品，是他努力寻求与时代和谐的作品。

当然，如前所述，孙犁《风云初记》的写作中也有时代的压力存在。从20世纪40年代后期到50年代，特别是在新中国成立前夕，孙犁受到现实的较大冲击。这其中包括对他创作倾向的批评，也包括他父亲政治上的受批判和受打击。从表面上看，这种冲击对孙犁创作上的影响似乎不太明确，甚至相反，它带来的是孙犁创作上的兴盛。50年代是孙犁作品创作数量最多的时期，特别是发表了大量谈文学创作理论方面的文章。值得提出的是，这些文章的内容几乎无一例外都带有明显的跟随政治形势的色彩，用语方面也是如此。这种情况在孙犁的创作历史上是非常罕见的。无论是之前的40年代，还是之后的数十年中，孙犁都很少有过这样集中写作这类

① 孙犁：《文艺学习》，《孙犁全集》第3卷，第226－232页。

文章的时期。我们当然不能简单地将它归咎于政治压力和一些外在原因，如现在的生活更稳定，从事的又是文学编辑工作，关注文学理论和批判更多等等。腾云先生也将之作为孙犁没有受到政治批评影响的证据："虽受到批判，但写作热情未减"，"批判一过，作品如潮"。[①] 但我的看法恰好相反，我以为，这些政治理论文章正是孙犁受到现实批判影响下的产物。换句话说，孙犁之所以这么积极写作这些文章，其实是在做一种政治表态，希望以之来表示自己在追求与时代的合一，以免被人看作是对抗（消极对抗）的方式。这一创作高潮映射的是孙犁内心的恐惧和无奈。孙犁之所以努力创作反映时代风云的长篇小说《风云初记》，未必完全没有类似的心境存在[②]。换言之，虽然孙犁的《风云初记》是他内心对民族抗战大时代风云召唤的积极回应，但在主观上也有因为担心落伍于时代而努力趋附的意图。

对于孙犁来说，这种努力肯定是艰难的。所以，《风云初记》的创作始终难以连贯。在与田间、康濯等友人的通信中，孙犁也多次抱怨时代的影响压力大，难以集中精力创作。对当时盛行的政治化文学批评，他更颇多腹诽："但批评这个东西，在今天很难说，它常常是由'上'来个号召，就造成了群众的影响。因为写批评，就是代表工农甚至代表党来说话的，声威越大越好，叫群众服从，真正群众的意见，就湮没了。"[③] 而他最终罹患精神上的疾病，不得不放弃创作，也与之有密切联系。滕云先生指出，"母亲深知他体弱多病，秉性又内敛，这些年里里外外大事小事他都郁结于心，最容易得病、发病，这意思也正是孙犁自己说的'身心交瘁'"[④]。固然不能说这种压力全在政治，但政治绝对是一种很重要的因素。

即使有时代压力的因素存在，对于孙犁追求与时代和谐的努力，我们也没有任何理由能够进行菲薄。在民族危难时代，是选择拒绝政治、独善

---

① 滕云：《孙犁十四章》，人民文学出版社 2015 年版，第 779 页。

② 滕云：《孙犁十四章》对孙犁的研究非常精彩和深入，我很认同他对孙犁总体思想上的定位。但对 20 世纪 50 年代的孙犁是否存在有现实政治压力，我们的观点略有不同。

③ 孙犁：《1949 年 4 月 2 日致康濯信》，《孙犁全集》第 11 卷，第 8 页。

④ 滕云：《孙犁十四章》，第 89 页。

其身，还是投身政治、参与到拯救和改造的时代洪流中，完全是个人的选择，而且我认为也许后者更艰难，也更值得敬重，同时也更符合中国传统知识分子的道德标准。从文学角度说，孙犁突破自己以往的短篇小说方式，尝试写作“时代风云”的长篇小说，也未尝没有其意义。对于民族抗战这样的宏大题材来说，时代风云式的创作非常需要，政治也是其中不可缺少的重要内容。孙犁投身于时代风云的记叙，提供了这一创作丰富性的可能。假若孙犁真能够充分地将自己的艺术个性与时代要求结合起来，将个人成长、人性关怀和时代变革的大主题很好地融汇起来，确实可能诞生一部真正优秀的时代巨制。只是由于多种原因的限制，孙犁未能在作品中充分地展现自己的才情，弥补自己的弱点，从而局限了作品的思想艺术高度。

对于孙犁来说，一部长篇小说的失败其实并不是多大的遗憾。它并不对孙犁文学史地位构成决定性影响。像鲁迅、郁达夫、汪曾祺等人，终生只是在中短篇小说领域开拓，其价值意义并不逊色于许多长篇小说作家。每个作家有文体上的擅长和弱点是很正常的事情。事实上，晚年孙犁就有自己非常清晰的认识：“人的一生，无疑是个大题目。有不少人，竭尽全力，想把它撰写成一篇宏伟的文章。我只能把它写成一篇小文章，一篇像案头菜花一样的散文。菜花也是生命，凡是生命，都可以成为文章的题目。”① 所以，《风云初记》的失败与其说是孙犁的遗憾，不如说是时代的遗憾。对于今天的我们来说，《风云初记》所能提供给我们的，除了那些被中断和未完成的诸多遗憾，还有在文学传统、作家个性和文体等的多方面启示。

① 孙犁：《菜花》，《如云集》，山东画报出版社 1999 年版，第 25 页。

文学批评与文学史构建中的外在因素影响[①]

——以丁玲等文学史评价为中心

文学批评和文学史构建是一种重要的文学活动，按理说，它们应该立足于文学本位，以文学为基本准则。但是，在具体的实践中，却要经常受到政治、经济、文化等权力因素的影响，作家和文学作品的价值定位也与这些影响有着深刻关系。克罗齐曾经说过“一切历史都是当代史”，福柯更透彻地分析了文学史建构过程中各种权力的运作和干预，那么如何看待这种外在权力的影响，以及如何处理其内外之间的分寸，很值得我们思考。在新文学史上，丁玲、萧红和张爱玲是三位成就最为突出的女作家，对她们的批评和文学史评价历史都相当复杂，其中既可看到文学自身的因素，更可以看到政治、经济和文化等多方面的影响。

一

在对丁玲的文学批评和文学史评价中，政治的影响最为显著。丁玲成名之初，人们对《莎菲女士的日记》等作品的批评基本上是建立在文学范畴之内，但是，随着她进入“左翼文学”阵营，情况很快有了改变。对丹仁（冯雪峰）的批评开了先河，其批评角度和视野完全以政治为根本，对作家的价值定位也基本立足于政治立场和政治态度。此后，虽然丁玲经历

① 本文2013年发表于《理论学刊》第8期。

了从“左翼作家”到“延安作家”和文学官员、再到“反党分子”和“右派分子”的复杂政治身份变迁，人们对她文学评价的政治色彩却始终没有改变。可以说，正如政治因素的影响乃至决定了丁玲的创作方向和创作道路一样，政治因素也严重影响到对丁玲的认识和文学史定位。

一个显著的标志是，伴随丁玲个人政治身份和时代政治环境的变化，丁玲在文学史上的位置有了显著改变。在丁玲以政治的正面形象出现的20世纪50年代初和80年代，文学批评和文学史著作对于丁玲的评价是正面而积极的。比如，此期间问世的王瑶的《中国新文学史稿》、唐弢主编的《中国现代文学史》等重要文学史著作，都对丁玲的文学成就持较高评价。而在丁玲遭受厄运的“反右”到“文化大革命”时期，丁玲则成了文学史上的丑角和败类。值得关注的是，90年代之后，虽然丁玲已经去世，政治氛围也不那么严厉，但外在因素仍然对丁玲的评价产生着重要影响。随着政治对文学的限制相对放松，这时期的文学史界有意识地“淡出政治，回归学术”，但在这种背景下，丁玲的文学史地位依然有着明显的下降。学术界不断出现对她作品的贬斥声音，一些文学史著作也不再将她列为重要作家介绍，甚至颇多否定之词。丁玲曾经说过一段话以概括自己历史评价的巨大落差，只是她没有想到，这种状况并不局限于她在世之时：“一个浪来，我有时候被托上云霄，一个波去，我又被沉入海底！”①

政治不只是影响丁玲的文学地位，也影响到对她文学作品的认识和定位。在20世纪90年代之前，丁玲最受人们肯定的是她那些政治色彩较强的作品，她的另一类创作如以初期的《莎菲女士的日记》为代表，或者受到尖锐批判，或者最多是否定与肯定并存。但是在之后，批评界对丁玲政治色彩较强的作品则普遍持贬斥态度，早期作品的价值则得到明显提升，丁玲最具代表性、最有成就的作品不再是《太阳照在桑干河上》，而是《莎菲女士的日记》。这种转变也体现在对丁玲作品的具体解读中，并直接决定了丁玲的文学价值定位。例如《在医院中》《我在霞村的时候》和《夜》等作品，以往研究者都是从社会政治主题来进行解读，无论是赞扬

---

① 丁玲：《我怎样跟文学结下了“缘分”》，《丁玲文集》第5卷，湖南文艺出版社1984年版，第415页。

还是批判都没有脱离这一角度，但是现在，研究者对它们的理解基本上转为女性意识角度，其社会政治层面的意义被严重忽略。与此相联系，对丁玲从“莎菲”时期到“水”之后创作上的巨大转型，以往均持无保留的肯定态度，丁玲的文学身份也始终被定位为政治型作家，但是现在，情况有了完全的逆转。人们认可的是转型前的丁玲，对她的定位也基本上是以早期创作为基本，“女性文学作家”是今天绝大多数研究者对丁玲的基本价值定位。以黄修己主编的《20 世纪中国文学史》为代表，这是近年来依然保持对丁玲较高评价的一部文学史，不过，它认可的主要理由亦是丁玲的女性意识，且这一价值也随着女性意识的衰微而自然下降。“随着整个主流倾向由个性解放向民族救亡转移，女性意识在遭受冷落的同时，又不得不自我放弃了。”①

与丁玲相似，对张爱玲的批评和文学史构建也存有较强的政治影响，只是，张爱玲文学史地位的变迁恰恰与丁玲形成鲜明对比。在丁玲声誉最隆的 20 世纪 50 年代初和 80 年代，张爱玲几乎完全被湮没，几乎所有重要的文学史均未谈论过张爱玲，包括像司马长风的《中国新文学史》、周锦的《中国“新文学”史》等海外文学史著作，都基本上没有提及张爱玲。应当说，张爱玲成名时所处的沦陷区这种独特的政治环境是其原因之一（特别是对海外的文学史来说），50 年代创作的《赤地之恋》和《秧歌》，更是她被中国文学史界集体贬斥和拒绝的最主要原因，甚至因此被蒙上了“反动作家”的恶谥。不过，80 年代末期和 90 年代初，张爱玲的文学史地位却有了显著提升。或许，这种兴盛的主要原因并不是政治，但却绝对与政治有关。张爱玲能够逐渐受到国内批评界和文学史界的一致认可，很大程度上是受到夏志清《中国现代小说史》的影响，而众所周知，夏志清这本文学史著作的初衷有着明确的政治因素，其立场也具有较鲜明的政治意识形态色彩。

相比之下，三人之中萧红的文学史地位起落较小。这当然与她创作的民族政治色彩有关。在大的民族政治环境没有改变的情况下，她作为具有

---

① 黄修己：《20 世纪中国文学史》，中山大学出版社 1998 年版，第 359 页。

强烈爱国主义色彩的抗战时期“东北作家群”中的一员，不可能被文学史湮没。但在对萧红具体作品的解读和定位中，仍然可以看到政治的复杂影响。简单地说，长期以来，在以政治为中心的评价标准主导下，由于思想主题与抗战政治的高度一致，也因为作品最初出版时鲁迅的“序”和胡风的“跋”所赋予的政治定位，尽管艺术上颇为幼稚，萧红的处女作《生死场》一直被视为萧红的代表作品，而她真正的巅峰之作《呼兰河传》不但一直遭到忽视，而且也受到包括众多批评家的否定。其中，茅盾所写《〈呼兰河传〉序》是最有代表性的：“在这里，我们看不见封建的剥削和压迫，也看不见日本帝国主义那种血腥的侵略。”① 这一观点成为人们长期对该作品认识和评价的基调，并直接影响到萧红在文学史上的地位。至少在20世纪90年代之前，萧红的文学史地位基本上被限定在“爱国主义作家”的范畴之内，而氤氲于这一评价之上的，则是诸如“强烈的感伤”和“个人主义”等负面符号。

二

如果说，在20世纪80年代之前的文学评价中起决定作用的往往是政治意识形态；那么，进入90年代后，政治相对有所退隐，商业文化的权力因素就起了更大的作用。商业文化影响的表现之一，是利用其经济地位所带来的媒体影响力拥有并推广自己的文学趣味和文化价值观，并按照它的标准来决定什么样的文学是美的、什么样的文学样式能够流行，进而对时代的文学艺术风尚形成巨大效应。商业文化的影响在表现方式上有别于政治的极端和强力，但其实质却完全一样。一个典型标志是，在政治上的倡导和推广下，新中国成立前后的女性文学界，相当盛行以丁玲为代表的“祛女性”风格，像女性色彩较强的茹志鹃就受到批评和贬斥，而进入90年代，由商业文化所推崇和倡导的柔美趣味在中国文学界占据了主导地位。

---

① 茅盾：《〈呼兰河传〉序》，《茅盾论创作》，上海文艺出版社1981年版，第336页。

张爱玲是这一文化影响的最大受惠者。张爱玲可以说是20世纪90年代以来文学史上急剧兴起的现代作家（唯一可堪比较的是沈从文。但沈从文在大众中的热度显然远不如张爱玲，影响广度上更难以比拟），轰轰烈烈的“张爱玲热”且不说，仅国内学者撰写的张爱玲的个人传记就有多本，她早年佚散作品的重新发现也受到新闻界热炒，包括由她的作品改编的电影和电视亦被市场青睐有加。在这种情况下，张爱玲的文学史地位显著上升。几乎所有的现代文学史著作都将张爱玲作为重点作家予以推出，各种“20世纪著名作家”的排行榜中，张爱玲的名字往往出现在非常醒目的前列位置。

所有这些，与张爱玲本身的创作成就以及长期为政治所遮蔽，其价值没有被充分认可有直接关系，同时，与特定的现实经济、文化的契合也不可分割。首先，张爱玲的主要创作是在“上海沦陷区”的独特政治环境下产生的，那是一种相对距离政治较远的环境，而且，她的创作也自觉与政治保持一定的距离，故而在整个新文学中，她的创作显得颇为另类。这一点，对长期在政治氛围下生活的人们难免会出现一种特殊的吸引力，令人产生某种好奇与向往。其次，张爱玲的创作游离于政治边缘，蕴含着散淡、轻松和游戏的心态，它既暗合商业文化的原则，也能够符合现时代人们将文学（文化）当作精神宣泄物的重要要求，人们对它的喜爱是自然的。当然，这中间还包括张爱玲生活中的一些其他的因素，如她的传奇家世、虽然悲剧却不乏浪漫的爱情，以及她流星般的成名经历等，都很契合商业文化的要求。此外，还有不可忽略的一点：她是一名上海作家，作品写的也是上海，代表着上海文化的许多倾向和要素。作为中国经济最发达的区域，作为受西方文化影响最早也最快的地域，在商业文化时代，上海的文化品位具有时代风向标的意味——上海需要张爱玲，张爱玲也借助了上海，二者产生了共赢的效果。

与张爱玲的乍然兴起相对比，20世纪90年代的文化对于丁玲来说，则是一场灾难，二者的命运形成了鲜明对照。关于此，已有学者进行过思考。例如，王富仁就分析过为什么现在的人们更喜欢张爱玲而不喜欢丁玲，认为这主要缘于丁玲作品的政治性，那是个“太危险的世界，一个令我们自身难保的世界"[1]。这一看法自然有其道理，但我以为，还不仅仅如此，更重要的原因还是经济和文化趣味的影响。丁玲作品较强的政治色彩决定了它所适应的只能是革命文化（左翼文化），与商业文化（市民文化）有着天然而剧烈的反差，它当然不可能受到商业（市民）文化的青睐。从这个意义上说，上海文化在造就张爱玲巨大影响力的同时，也必然疏离丁玲。文化起着"看不见的手"的决定性作用，批评家和文学史家们不过是承担着这只"手"的服务者而已。

如前所述，与政治的强力相比，商业文化对文学影响的方式要柔软一些，因此，它所留给文学的空间相对来说要宽松一些，文学也可以借之适当地发展和回归自己。典型如萧红，在 20 世纪 90 年代的文化语境中，以往过多的政治束缚一定程度上被解脱，人们对萧红的认识更进一步地回归文学，对她文学个性、文学成就的认识也更为深入。还是以对萧红代表作的认定为例，90 年代之后，人们对《呼兰河传》的评价越来越高，学者们认识到，《呼兰河传》所表现的不只是民族主题，还有更强的人道主义，特别是女性关怀主题[2]，无论是思想高度还是艺术价值，《呼兰河传》都大大地超过了相对粗糙的《生死场》，甚至可以说是整个现代文学 30 多年中的杰出作品。随着这一认识的深入和评价的客观，人们对萧红的文学地位也有了更高的认定，读者面和影响力逐渐加大。当然，这种情况与商业文化因素也不是完全无关，萧红的复杂身世和感情生活也赢得了大众对她的更多关注，但毫无疑问，文学认识的深化是最根本的原因。

三

中国新文学的历史还不到百年，对于正在进行历史化和经典化过程中的新文学来说，对于其中的作家们来说，价值认定的"过程性"是一个必需的阶段。作家作品能否成为经典，以及成为什么样的经典，各种权力的

---

① 李向辉：《批评的批评：萧红研究回顾》，《兰州大学学报》2000 年第 4 期。

② 王富仁：《三十年代左翼文学东北作家群端木蕻良之一》，《文艺争鸣》2003 年第 1 期。

介入是必然的事情。特别是新文学历史上的许多作家本身就与政治、市场等因素有着不可分割的密切关系，要完全排除它们的影响，完全从纯文学角度来认识作家作品，既是不可能甚至也不是非常合适的方式。因此，新文学的作家价值和地位随时代文化的演变而发生改变是正常的，文学外因素适度介入文学评价也是自然的事情。从这个角度讲，丁玲、萧红、张爱玲三人文学史评价的复杂变迁有其时代的合理性，或者说其中包含着某种现实的生存法则。而且，客观来看，这些不同文化因素的影响也并非全是弊端，它们以不同立场上的目光和要求，如同一面面镜子，凸显出作家作品的不同侧面，对我们更全面地认识作家的创作特点和文学成就，是很有意义的。或者说，从长远看，这种复杂多变的评价本身就是一个特殊而严厉的淘洗过程，能够让作家的卓异处和庸俗处得到更清晰地辨析和认定，其价值意义自然能够体现得更加明晰。

但是，我以为，从三个女作家的文学批评和文学史评价变迁历史来看，其所介入的外在权力因素还是太强了。至少在当前背景下，它可能会对某些读者产生一定的误导，会对文学史建设产生一定的负面影响。

1. 严重影响到对作家的客观认知

如近年来对萧红的认识，如前所述，以往的文学批评家都批评萧红作品的政治色彩太弱，而近年来许多人更竭力淡化其政治色彩，拼命挖掘和彰显其女性意识，甚至将她定位为一个女性主义作家。这种认识显然是不完备的，而且与萧红的创作主体也不相吻合。换句话说，正如有学者指出的，虽然萧红作为一个感情敏感而细腻的女性作家，其创作会自然地呈现出某些女性意识和创作特征，但是，她从来都不是一个自觉的女性主义者，她的创作视野比单一的性别意识要更为广阔和深远，其文学史价值也不能局限于此一领域[①]。再如对丁玲的认识，虽然丁玲以《莎菲女士的日记》成名，但她创作的成熟和高峰肯定是在 20 世纪 40 年代之后，《我在

---

① 关于萧红的评价历史，我认同王彬彬《关于萧红的评价问题》（《中国现代文学研究丛刊》2011 年第 8 期）对萧红研究的某些分析，但并不赞同该文得出的萧红文学水平不高的结论。我认为对作家文学成就的评价应该建立在对作品细致解读的基础上，不然，有可能会以一种误读代替另一种误读。

霞村的时候》《在医院中》和《夜》等作品既具有较深的人道主义思想，艺术方面也很圆熟，完全属于现代小说经典。《太阳照在桑干河上》应是这一创作的余绪和深化，虽然它受时代的限制，不可能在政治上否定土改运动，也不能完全摆脱政治运动的影响，但作品不是对政治的简单图解，更揭示了政治中的复杂以及政治与人性的纠缠。它对土改运动给予乡村复杂关系的影响，以及对人物心理的准确捕捉和细致表达，都是非常突出的，是一部具有历史深度的作品。许多学者以丁玲早期作品来代表其创作全貌，在解读《太阳照在桑干河上》等作品时，也忽略了其与政治、社会因素的关联，将重点放在黑妮这样的人物形象上，甚至以女性主题来代替政治主题，显然有失偏颇。其实，作为一种文学主题，政治无所谓好与坏，关键看作家怎么写，写得怎么样。同样，在对张爱玲的认知中也有明显的偏差。简要地说，张爱玲创作中本来具有较强的荒凉和绝望气息，但是在90年代的商业文化中，这些特点基本上被有意无意地忽略掉。

2. 严重影响到对作家的文学价值认定

应当说，三位作家的创作各有特点。就思想方面说，丁玲侧重表现时代图景，具有一定的社会历史含量；萧红熔个人感受与时代主题于一炉，以女性独特的个性展示历史；张爱玲则深入女性心灵，于文化当中剖析人性的复杂和阴暗，具有独到的犀利和深刻。从艺术上说，张爱玲的长处在写实，擅长心理和景物描写；萧红的特点则在抒情，在其作品中可以清晰地看到作家的心灵投射，并因此而获得独特的艺术感染力；张爱玲是以犀利深刻见长，透彻的人性烛照，尖锐的人性揭示，再辅以女性作家独特的细致和女作家少见的冷峻，确实是现代女作家中突出的另类。但三人也分别有自己的局限：丁玲过多侧重政治角度，人性关怀和人性揭示稍显简略；萧红作品的艺术磨合尚不很充分，有略显青涩处；张爱玲作品艺术上老到，但多少存在刻意的痕迹，特别是在人性表现中缺乏善的光芒和理想精神。简单说，在我看来，三位作家各有自己的思想和艺术偏向，但在创作成就上却并不存在太大的差别，基本上属于同一层次的作家。但是，当前文学史对三位作家的定位却存有相当显著的差异，我认为这是不够严谨，或者说是缺乏足够文学权威性的。

四

更值得关注的是，当时，外在权力过度影响文学批评和文学史建设的情况并没有随着较严厉政治环境的变迁而消失，相反，其影响力度和广度甚至较以往更加严重，形式和范围上也有新的发展。它已经超出了作家作品评价的范围，扩展到了对整个文学发展的多个方面。

1. 政治因素的影响愈发广泛

较之“十七年”到“文化大革命”结束前的近 30 年文学，现在的文学批评与文学史建设当然没有那么强的政治压力，而且近年来，人们还对以往严厉政治背景下形成的文学认识偏见进行了辨析和纠偏。然而，这并不意味着政治因素就此撤出文学评价的舞台。它可能更潜在，但却可能更普遍；它的方式更婉转，却并不见得更弱小。事实上，当前的主流文学评价机制诸如文学评奖、文学项目扶持等，政治依然起着绝对的主导作用。此外，大学中的文学活动也被以 CSSCI 为主导的学术评价机制蒙上了强烈的体制色彩。以文学史著作作为典型，由于高等学校高度体制化，大学中的文学史课程也带上严重的体制色彩，文学史著作完全被纳入到高等学校教育体制当中，政治方面的要求自然是严格的，还有，包括内容安排、结构范式等都受到严格限制，更遑论在出版社、教材等级、使用范围等方面都要受到教育体制的强力左右。可以说，当前中国现当代文学史著作呈现较严重的模式化倾向，很少能够见到作者鲜明的学术个性和价值立场，体制化是最根本的原因。

不仅如此，同样严重的是，政治化的批评方式和思维模式依然严重存在于当前的文学批评和文学史研究中。在很多问题上，它们较之“十七年”和“文化大革命”时期的文学批评活动只存在观点上的不同，方式却几乎一样，政治及其方式依然起着主导性影响。以对丁玲的认识为例，如前所述，丁玲是一个政治色彩较浓的女作家（早期创作在其生涯中毕竟短暂），以往文学评价对丁玲政治价值的片面认可存有政治主导的不恰当因素，但是，近年来因为作家的政治色彩而对其作品进行全盘否定，同样是一种政治化的思维方式在起主导作用。这种方式对作家的认识只能是从一个极端走向另一个极端。还是以《太阳照在桑干河上》为例，当前人们对这部作品的贬斥和误读实际上是严重遮蔽了作品的真实价值，既不公允，也不客观。当年司马长风对该作品的评价在今天依然有着针对性："这部小说一直得不到公允的品鉴，多一位是典型的政治小说，其实并不尽然。基本上是政治小说，……但是在人物、思想、情节诸多方面，都表现了独特的个人感受，颇有立体的现实感，读来甚少难耐的枯燥，具有甚高的艺术性。同时，作者贯注了全部的生命，每字每句都显示了精雕细刻的功夫。"①

2. 商业文化和其他权力因素正形成合谋

商业文化是当前社会的主导性文化，而且，它不是孤立地存在，是与政治权力、学术权力等都有不同程度的合谋，它们共同主导着当前的文学批评和文学史评价。以文学评奖为例，政治文化是主导性的要求，但商业文化也经常有不同程度的介入，商业文化的趣味通过对批评家的影响渗透到评奖理念中，商业文化的利益原则通过评奖中的复杂关系乃至贿赂方式体现出来。当然，反过来，商业文化也能够从获奖活动中得利。另一个受商业文化渗透的是学术权力，当前社会学术权力的运作主要借助于与政治权力和商业文化的合谋，文学批评中的红包现象早已为人所诟病，但比这更严重的，是文学批评和文学、学术活动的严重圈子化和体制化。其典型表现是出现了一些"学术山头"，这些学者将手头的学术权力极端化、个人化，个别学者更借以谋取个人利益，于是，个人的喜好与利益取舍成为许多文学批评和学术评价的风向标。它带来的直接后果首先是不公正，同时还严重影响到批评和学术的氛围，导致出现"劣币驱逐良币"的效应。

政治权力、商业文化与学术权力的合谋，使文学自身的评判权力受到极大影响。甚至可以说，在当前的文学评价中，文学自身的因素已经被严重边缘化、逼仄化了，这也直接影响到那些被评价的对象——文学创作者们。在这种环境下，一些作家可能会为迎合某些趣味，甚至迎合某些个人

① 司马长风：《中国新文学史：下》，昭明出版社 1978 年版，第 120 页。

写作，那些追求独立的作家则可能会对文学和文学史的意义产生怀疑，对文学的敬畏和执着也可能受到影响。当然，它更大的影响还是对文学的未来 。一方面，它会影响到真正的文学爱好者和文学的未来市场。人们在一个匮乏评价标准（准确地说是一个被扭曲和异化的标准）的时代中阅读文学，会逐渐丧失对文学审美魅力的感受，并进而失去对文学的信任。真正好的文学被不恰当地抛弃，文学的读者市场也会越来越小，最终的受伤害者只能是文学本身。另一方面，年轻的作家、批评家和学者在这样的环境中成长，面临如此巨大的外在权力，只能做非此即彼的艰难选择：要么随波逐流，成为政治、商业或学术权力的臣服者和投靠者；要么被边缘化，成为权力的牺牲品。这样的结果将是文学水准的衰退，是文学审美能力和创造能力的萎缩。[①] 虽然从长远来说，文学有自己的坚韧和刚强，但是在具体情境下，相比于政治、商业意识形态的巨大力量，文学是柔弱的，是很容易受到伤害的。在现在这样一个外在权力异常强势的时代，文学如何改善生存处境，文学评价和文学史建设如何回归自身，这或许是一个比较复杂的问题，但其中最关键的因素，还是文学从业者们自己。只有自己真正独立了，才会有力量改变别人和整体环境。道路虽然很艰难，却是无法回避的选择。

① 贺仲明：《关于新文学评价标准的思考》，《上海文学》2012 年第 7 期。

文本研究与中国现当代文学学科之发展[①]

中国现当代文学学科自20世纪50年代初建立以来，已经有半个多世纪的历史了。在众多学者不懈的努力和探求之下，该学科的科学性和严谨性已经基本得到确立，学科地位也在不断提升。但是，该学科的发展也存在一定问题。近年来，就有许多学者对学科的现状表示不满，试图寻找学科发展的新方向和新方法。最近十多年，现代文学研究界的一个关注热点就是"学科生长点"问题，更有不少学者对学科历史做出了认真细致的反思，在学科历史、学科文献、学科规范等方面进行了种种有意义的倡导和探索。[②] 应该说，这些工作都是非常有意义的。然而有所遗憾的是，它们多集中在史料、文学史建设等文学的外在领域，却很少涉及学科建构的重要基础——文学文本。我以为，对于当前中国现当代文学来说最重要的工作，也是对未来学科发展影响最大的问题，应该是文本研究。

正如德国著名学者狄尔泰对人文科学的论述："作为存在及按照历史中事物的理性而实践的人文科学……即由这些论述的三个层次构成：事实、命题、价值判断和规则。而且，历史、抽象理论和实践的关系作为一

① 本文2007年发表于《南京师大学报（社会科学版）》第5期。

② 如多次"中国现代文学学术生长点"和"中国现代文学文献问题"学术会议的召开，多种《中国现代文学史学史》的出版，以及"学术规范问题"讨论在学术界的广泛开展等。

个共同特性遍及于人文科学之中。”① 人文学科的建立和发展需要明确的内涵、外延，独立的特征、历史和传统，更需要有稳固的评价标准，树立有持续影响力的经典。文学学科自然也是如此。例如中国古代文学就是一个比较成熟的学科，尽管它的研究对象距现在已很遥远，但它依赖于其稳固的历史、传统、规范和经典，以及研究者借助新的思想和方法对这些经典作品不断做出新的阐释，使之焕发出崭新的魅力。这是古代文学作品能够超越时空得到不同时代人们喜爱的原因，也是古代文学学科不断发展，保持持久生命力的重要基础。

由于多种原因的影响，中国现当代文学学科在这些方面存在着比较大的不足。这首先体现为文学评价标准混乱，缺乏系统、统一的文本规范。长期以来，中国现当代文学研究一直以“思想内容”为文学评价的首要标准，艺术方面受到普遍的忽略，而所谓的“思想标准”内涵又非常狭窄，基本上是以政治观念为主导，时代局限性很大，缺乏持久和稳固的影响力，这自然影响了文学标准的确立。而以白话文为承载物的新文学，历史积淀相对来说比较薄弱，文学评价标准也始终在西方文学和中国传统之间徘徊，没有形成一套行之有效的理论话语与文学规范。正是受这些因素的影响，中国现当代文学的评价标准始终没有真正建立起来，文学研究也似乎成了一个没有标准的自由竞技场。到底什么是好的文学，好在何处，经常只是凭研究者的主观臆断或政治评价，随意性很大。比如散文，以前都是尊朱自清、冰心的优雅华丽为典范，以鲁迅的“载道”传统为正宗，杨朔也拥有颇高的地位。但是近年来，情况有了 180 度的变化，周作人的“言志”传统赢得主流地位，散文语言和结构的标准由精致优美转变为自然通畅，朱自清等人的地位也被周作人、汪曾祺等人取而代之。文学文体的规范性也是如此。最典型的是新诗，标准如此之多之杂，几乎就像不存在标准，甚至分不清到底哪是诗歌，哪不是诗歌，更遑言究竟哪是好诗与劣诗了。再如散文的概念，它的内涵和外延始终处在变化当中，完全不能给人一个清晰的文体范围和文体特征。

① 狄尔泰：《人文科学导论》，赵稀方译，华夏出版社 2004 年版，第 27 页。

其次，表现在经典文本的匮乏上。这并不是说中国现当代文学没有经典作品，在将近一个世纪的发展中，现当代文学中也出现了不少优秀作品，堪可作为经典。问题是因为我们没有形成统一的科学的评价标准，研究者不能清晰地对这些文本的思想和美学特点进行总结，确立它们的经典位置，而往往是随波逐流，随意地判断作家作品的成就和文学地位，经典作家作品的文学地位不能得到稳固和确立。例如鲁迅，我们都把他作为中国现代文学的经典作家，但是，他之成为经典作家的理由和贡献却往往被遮蔽在幕后；我们只看到他被作为“伟大的革命家”的政治评价和“国民性批判”思想家的文化评价，却不明确其文学上的真正价值所在。例如对鲁迅的文学语言，我们的文学史都说鲁迅的语言好，但它究竟好在何处，却几乎无人细致清晰地阐释，以至于中学老师和中学生普遍在心理上排斥鲁迅的文学，称其佶屈聱牙，最难教也最难懂（更不用说学习了）。再如对鲁迅的思想，我们一直将鲁迅文学的思想价值局限在批判国民性和批判现实性上，其实他的思想深度要远比这深刻和复杂，只是我们的研究者没有将它们充分揭示出来。至于鲁迅之外的更多现当代文学经典作家作品，则往往经历着历史翻云覆雨的演变，随历史变迁而随意地变换自己的文学地位。忽而是“鲁郭茅巴老曹”，忽而是沈从文、张爱玲、金庸，但都没有给出使人信服和得到公认的充分理由。在这种情况下，中国现当代文学事实上已经失去了经典作家和经典文本，该学科也成了一个匮乏经典的学科。

我们并不是要僵化现当代文学的评价标准，对于一个尚年轻的学科来说，持续的争论和甄别、认真地剖析和比较，是非常必要的工作。问题是我们当前的研究界没有或很少进行这方面的工作，而是盲目且简单地忽视文本研究，并在研究中简单且粗暴地运用个人化的文学标准，从而进一步加剧了标准的混乱和规范的失衡。

当前文学研究的中心是文化研究，并不是说文化研究不重要，甚至可以说文学研究向文化的转向存在着时代文化的必然性。在社会文化的发展下，文学在时代文化中所占的位置越来越小，文学的标准、文学的范围越来越模糊，也越来越宽泛。这是许多学者将研究目光转移到泛文学的领域，从文化角度来研究文学的原因。但是，完全脱离文本去进行文学研究，将进一步加剧文学标准的混乱，也会进一步导引文学研究的空疏化。其最直接的后果是学科失去了界限，也将最终失去自己。这里我想对一种观点进行批评，一些学者声称他们之所以将文学研究做成文化批评，是因为现当代文学的文学水准太低，没有研究的价值。殊不知不进行必要的、认真的文本研究，文学标准不能得到确立，文学价值和文学成就也不可能得到提升，其结果是恶性循环，最后的受害者只能是文学。我们既然以文学为业，就没有理由忽视文学研究，否则就是对自己职业的不尊重。

还有一些文学研究者将视野停留在以往的“思想内容”标准上，以简单的文化价值判断来替代认真细致的文本解读，或者是将自己的研究基础建立在西方文化强势学者判断的基础上。我们的研究历史中，曾经出现过政治权力严重影响文学研究的情况。在今天，依然有许多学者停留在同样的方法上，只不过是像翻烙饼一样，将以往的政治偏见简单地翻过来而已。而一些西方学者依靠文化强势所建立的文化批评模式和文化标准也在对许多研究者产生巨大影响。以“十七年文学”研究为例，对这一阶段文学的研究是当前中国现当代文学的学术热点，但是，很多研究者都是从政治或文化观念出发。如福柯所说的：“人们已习惯于沿着逆向的路线对前事追本溯源，习惯于重构历史传统，习惯于沿着进化的曲线前行，习惯于将目的论投射于历史。”① 他们采用政治上的拨乱反正方式，所做的工作不过是从昔日的“否定”走向了今天的“否定之否定”而已。政治的简单化和文化决定论，严重影响了对此时期文学的细致研究，其文本价值和文学史意义基本上仍处于被忽略状态。

这种轻视文本的研究方式，已经严重地影响和危害着中国现当代文学学科的发展。最直观的表现是，当前文学研究中普遍而严重地存在着标准混乱、自说自话的现象。比如对张爱玲、丁玲、萧红等女作家的评价就非常明显。以往对张爱玲的忽略固然包含有政治的偏见，但今天将她抬得那么高，将丁玲贬得那么低，也是很不正常的事情。事实上，她们三人各有

---

① 福柯：《重新解读伟大的传统——文学史论研究》，《知识考古学》，社会科学文献出版社 1993 年版，第 109 页。

自己的文学特点，基本上属于同一层次的创作。另外，对茅盾、郭沫若、端木蕻良等作家的评价也存在着类似的情况。至于当前的文学批评，更是主观随意性非常强，“酷评”和吹捧之作屡见不鲜。这固然有批评者素质的原因，但与缺少稳固的规范和标准制约也有直接而深刻的关系。

此外，它还会对当前的文学创作和文学欣赏产生不利影响。因为现当代文学学科未能建立起明确的文学标准，没有树立起真正的文学典范，作家们就很难明确找到自己的学习对象，甚至不明白什么是好，什么是不好。其结果或者是盲目向西方作家学习，或者是低水平重复，最终自然是文学质量的衰退。当前文学中许多粗制滥造的作品流行，呈现出质量的严重不平衡和粗疏状态，现当代文学学科建设上的缺陷应该承担一定的责任。同样，文学标准的混乱，也使读者不能养成正确的评判标准，不能体会到现当代文学作品真正的美和价值所在，不能对作品做出正确的价值判断，也影响他们对文学的关注和热爱。文学标准的混乱导致文学魅力的被遮蔽，必然使文学被社会边缘化。

中国现当代文学文本研究的匮乏有深刻的历史现实根源，也需要在大量的实践中做细致的探索和认真的总结。我认为，中国现当代文学学科的文本研究工作需要侧重这几个方面的工作。

1．建立文学的独立标准，确立新文学的真正经典

正如前所说，现当代文学学科的文本研究之所以衰微，文本规范之所以未能很好地建立，一个重要的原因是政治和文化研究、政治和文化标准代替和侵占了文学的阵营。要真正振兴文本研究，必须重新认识文学的标准是文学，而不是政治、经济，也不是文化。文学是有自己独立品格的精神产品，它有自己独特的思想意蕴和评价标准。就思想意蕴而言，它的内涵比文化批判要更为深邃，它的关怀可能是整个人类的，而不仅仅是某一时段或阶级的，而其独特的感动人类心灵的美学内涵，也具有超越时空的特性，它的评价标准比一定时段的政治、文化要更高，也更为深远。失去了文学的独特性，也就失去了文学本身，也自然难以建立起现当代文学的评价标准，难以使文本研究深化。只有在这一前提下，我们才能真正地进行深入的文本研究，才能真正确立文学的标准和规范，确立真正的文学经

典。还是以鲁迅为例，鲁迅的经典地位建立在其文学成就基础上，其独特的文学意义就应该得到充分认识。他的思想价值具有深邃的意义，像《孤独者》《伤逝》《故乡》《孔乙己》等作品，就表现了知识分子在新旧时代交替之际的彷徨和悲哀，蕴含着深刻的孤独感，对人性的体会和表达都是超越具体时空的。而且，在小说、散文的表现艺术上，鲁迅也取得了自己独到的成就。可以说，我们只有从文学本身来理解鲁迅，才能真正认识鲁迅的文学价值和文学地位，才能真正确立鲁迅作品的经典性。延伸开去，我们只有从文学本身出发，才能准确地给所有的现当代文学作家作品进行定位，才能确立具有持久性的文学标准和文学经典。

2. 新的视野和研究方法

方法的创新是文本研究深入的前提。我们以往的文学评价和文学标准一直是比较固定和陈旧的，它们的内在渊源是比较单一的苏俄文学和传统现实主义理论，其局限和片面性是很明显的，也严重影响和限制着我们文本研究的深度和准确度。所以，今天的文本研究，最迫切的事情也许是要更新我们的评价话语和研究方法。我们不能将视野和方法继续停留在“中心思想”“语言风格”“结构方式”的简单分析上，而是需要真正具有现代意识的，从深层次考察文本艺术探索的理论实践。客观上，这当然直接关联着中国文艺理论的建设情况，但作为文学研究者，我们不能简单地依赖于其他学科，要独立地进行理论上探索和创新。吸取理论学科研究的成果并诉诸实践，是现当代文学学科研究取得发展的重要前提。真正优秀的文学研究，应该是有领先于文学创作的思想观念而不是跟在创作后面亦步亦趋，应该引领文学创作潮流而不是只跟在创作后面为它做总结。只有拥有了新的理论和话语，我们才能真正深入地做好学科的文本研究，才能对文学潮流起引领作用。这方面的工作当然艰难，却是无可回避的任务。具体而言，我认为，我们要接近西方文学批评的前沿和深刻处，更应该将中国传统文学批评方法运用起来，脱离对西方文学批评模式的简单模仿，在立足本土文化基础上形成独立而深刻的中国式的文学批评话语。

3. 文本细读与现当代文学的整体研究

文本细读已经为许多中国现当代文学学者所淡忘了，一个重要的原因是学术界对它持淡漠的态度。当前的各家学术期刊，愿意刊登文本细读型论文的微乎其微。学科研究生做文本细读方面的论文，也往往会因“选题过小”而被否决。事实上，要建立文本的规范，确立文学的经典，最基本的方法就是文本的细读。只有细致认真地甄别和分析，才能够明确经典之价值体现在何处，才可知道现当代文学文体的标准和规范之所在。我们希望细读式的文本研究能够在中国现当代文学研究中占据一席之地。中国现当代文学的整体研究其实是一个老问题，也是一个人为造成的问题，但是一直没有得到很好的解决。[①] 从学科规范和发展来说，整体研究势在必行。因为整个中国新文学的发展还不到一百年，其中的经典作品并不多，从现代到当代，文体的变化、语言的演绎，都有许多经验可以参照，也有许多共同的教训可以总结，许多问题更是一直连贯起来，对整个现当代文学的研究和创作产生关联性影响。如果只看现代或当代一面，很难看得清楚，也不利于对新文学的总结和规范的确立。

深入的文本研究，对于中国现当代文学学科的发展意义将是长远的，也有迫切的现实意义。首先，它将进一步提升学科的规范性和理论性，完善学科的科学性建设。因为中国现当代文学已经有了近一个世纪的历史，其创作规范的形成，其文本经典的确立，应该已经是水到渠成的事情。以之为研究对象的中国现当代文学学科非常迫切地需要进行清晰的科学定位，文学创作也需要进行深入的总结，达到一个更高的境界。其次，它将很好地开拓中国现当代文学学科的研究空间，因为在文本研究方面，存在着许多以往研究所忽略却是很重要的研究点和研究空白，在研究人员日趋庞大、学术空间比较局促的现实背景下，可望成为一个新的学术增长点。它们将使我们从新的层面上认识现当代文学作品，清点现当代文学的遗产，也能进一步促进学科的繁荣。

---

① 贺仲明：《新世纪的中国现代文学研究反思》，《南京师范大学文学院学报》2005 年第 3 期。

文本阅读能力与中国现当代文学教学[①]

在当前的背景下来谈文本阅读能力似乎是一件不合时宜的事情，因为在文学界（尤其是中国现当代文学界）的研究和教学中，文本阅读正越来越被人们所忽略和轻视。学者们所热衷的，也是各家学术期刊上主要刊载的，是各种时髦而宏大的“现代”或“后现代”文化思潮和文化批判，很少有针对具体文学作品的研究。教学方面也一样，文学思潮和史料知识占据了相关课程的主要内容，各种考核也以文学史知识为主体，课堂上的文本分析则越来越走向简单化和程式化——因为教师（研究者）不重视对文本的研究，很难有作品分析的独立见解，就只能以教材上的结论作为“定论”来规范，从而严重制约了学生自由思考的空间和学习兴趣。受其影响，大学生和研究生在论文选题时往往会选择那些“更具综合性”和“宏大意义”的思潮研究，因为他们的老师早就告诫他们说具体作家作品的研究“格局太小”“价值不大”。可以说，文本的阅读似乎正在远离文学研究和教学的“大雅之堂”。

这其实是一个很大的误区。因为虽然由于社会阶层化的深入、文化网络的完善，文化环境对文学发展的影响意义越来越为人们所认识，在文学研究中拓展文化的视角很有必要，也是具必然性的事情。但是，文学的根本毕竟是作品（文本），文学的魅力、影响和意义也主要来自于作品，离

① 本文 2006 年发表于《江海学刊》第 3 期。

开了作品，也就不存在什么文学史，文学思潮、文学环境也失去了依附的基础。作为文学研究来说，最基本的无疑是对作品的研究，只有深入地阅读、分析和发掘文学作品的意义、魅力，才能真正体会出文学的真义，才能生发出对各种文学思潮与文化思潮的研究。如果失去了文学作品研究的基础，将思潮、文化作为研究的主体，也就丧失了文学研究最基本的内涵和特征，沦为其他研究的附庸。

文学教学更应该重视文本，应该将文本阅读作为大学生一个重要的能力培养。因为首先，正如有学者所说："文学课教学的目的不仅仅在于教给学生文学知识，更在于使学生获得文学审美能力、文学想象能力以及写作能力。大学中文系学生的培养目标应该是使学生具有深厚的人文知识、深刻的人文思想、敏锐的审美感悟能力、丰富的想象能力和较强的写作能力。"① 大学生的学习，不完全是职业性，更是一种素质教育，他们学习文学这门课程，也不完全是为了研究，更主要是为了提高文学素养和文学审美能力。这种素养和能力不可能在文化空谈中提高，它只有依靠大量文学作品的阅读和分析，在阅读实践中得以不断地深化。其次，即使是对那些将来有可能从事专业研究的学生来说，大学也只是一个重要的基础学习阶段，对他们而言，最重要的是培养良好的学习习惯，打下坚实的文学阅读基础。因为在他们未来的专业学习与研究中，不可能再有大学时代那么多的时间和精力去阅读广泛的作品，而他们将要接触和掌握的各种文学理论和方法，必须有丰富文学作品阅读的接受前提，否则就只能是凌空蹈虚，纸上谈兵。

具体到中国现当代文学专业，由于这一学科的独有特点，强化文本研究，尤其强调大学教育中文本阅读能力的培养，更有其迫切性和重要性。

这首先是因为中国现当代文学的审美经验和规范尚未成熟，需要在大量的文本阅读实践中建立和完善。由于时间的相对短促，也由于现当代文学是借西方文学的血脉、从中国传统文学中脱胎而出的新生形式，与中国古典文学比较起来，它包括语言和文体形式在内的创作实践都是相当年轻

---

① 王卫平：《师范大学文学课教学的困惑、问题与出路》，《北京大学学报》2003年第5期。

的，作品鉴赏的标准、文本审美的范式，都还没有达到科学和稳固的高度。即使是所建立起来的文学经典，也还没有得到足够的时间淘洗。对于一个正走向成熟的学科来说，建立起真正科学的审美规范和文学标准，完成其经典化进程，是其当务之急，这需要对文本的阅读和相关研究，大量的文本阅读实践是其不可缺少的前提。这当中，在大学教育中提倡文本阅读，重视对大学生文本阅读能力的培养，将为这一实践的持续和深入发展奠定长远的基础。

以现代散文为例，尽管现代散文的成就很高，当前社会的散文创作也很繁盛，但到底什么是好的散文，甚至什么是散文，标准始终很混乱。同一篇散文，在不同的阅读者那里，在“载道”或者“言志”的不同标准审视之下，评价很可能会完全迥异。许多所谓的散文经典，也屡屡受到不同意见的非议——散文只是一个例子，在现代小说、戏剧，尤其是在新诗领域，都存在着不同程度的价值混乱。这种情况迫切地需要有审美和经典的规范来明确，需要以文本阅读和研究为基础。

其次是因为现当代文学史的文本解读和作家评价存在着相当严重的误区，需要在阅读实践中得到纠正。由于时段的切近，特别是由于与之相伴随的强烈政治文化的影响，中国现当代文学学科的文本解读和评价上存在着不少问题，甚至有误读现象，这严重地影响着人们对真实的文学历史和文学作品的认识。比如文学史上对朱自清《荷塘月色》的理解，一般都局限在其政治影射意义上，但从现在得到的资料和研究看，这显然是一种误读。再如对现代文学史上叙事诗的评价，一般都沿用以前的政治观点，高度认可政治色彩强烈的《王贵与李香香》，而对那些文学成就和艺术价值更突出的作品则很少提及。作家方面也一样，如孙犁的创作风格其实是多样化的，但受政治观念的影响，一般的文学史都只谈到风格清新的《荷花淀》类型，对另一风格的《琴和箫》《秋千》等作品却缺乏应有的关注，局限了对孙犁的认识和评价……这些作家作品的理解和评价将改变现有的现当代文学史写作，而这种认识不是空谈（我们现在的许多文学史著作之所以存在着那么多的问题，正是因为“空谈”太多），而是需要充分的文本阅读，需要切实而稳固的文本阅读研究和教学实践为基础。

再次是因为现当代文学文本阅读能力的培养将对学生的文学兴趣和多种现实应用能力起到促进作用。在中文系的课程中，现当代文学是学生比较感兴趣的，其作品也是大学生最喜欢阅读的。然而，正如温儒敏先生谈到的，受时代文化的影响，现在的大学中文系学生已经普遍失去了对文学的热情，也缺少阅读作品的动力。① 要改变这种现状，教师需要引导学生去体会和认识文学的全部魅力，其中最重要的方式就是注重文本阅读实践，以文学作品本身的魅力去感染学生，培养他们对文学的热爱，建立起对文学的信心。而由于现当代文学作品与现实社会的关系密切，文本上的阅读分析与对现实社会的关注和对社会的认识紧密联系在一起，大量的文本阅读实践，将促进大学生进一步认识我们的社会文化和社会现实，激发他们的社会关怀热情。而且，由于文本阅读能力的重点在于对现代文本的分析综合，然后进行适当的表达，这事实上也是现实生活中几乎所有的写作能力所共同需要的，也是大学生需要强化培养的重要思维方式，因此，文本阅读的训练也成了大学生整体写作和思维能力的训练。最后，文本阅读能力的培养还将促进大学生文学史课程的学习，因为文学史不是抽象的概念历史，而是鲜活的文学作品历史，通过大量的文本阅读，学生能够借助文本进行深刻的形象记忆，从而比较容易而又牢固地掌握文学史的相关知识。

中国现当代文学的文本阅读能力不是一个孤立的能力，而是综合着多方面的知识和内容，其本身也可以分为几个过程：首先是对文本的理解，即读懂作品，知道作者想通过作品说什么、在说什么。这需要有较细致全面的文体知识，更需要有广泛的阅读经验。其次是对文本的分析能力，即判断出作品的好坏，并知道好在何处、不好在何处、思想和艺术表现上有何特点和缺陷。这也需要相应的文学史知识、文学理论知识的基础。最后是表达能力，即用文字或口头将自己的阅读体会有条理地表达出来。它要求一定的文字功底和写作能力，掌握一定的研究性表达习惯。

相对应地，中国现当代文学教学对学生阅读能力的培养，也应该从多

---

① 温儒敏:《现代文学课程教学如何适应时代变革》，《北京大学学报》2003 年第 5 期。

方面入手，全面地培养。

首先是提倡学生广泛而大量地阅读作品，提高他们对文本最直接的感悟能力和辨析能力。只有在广泛的文本阅读基础上，才能够辨别出何者为优、何者为劣，才能够造就对文学的敏锐感悟力。所以，这里要特别指出，我不太赞同现在大学中广泛实行的给学生提供“阅读书目”的做法。提供“阅读书目”固然可以给学生免除寻找作品的困难，但同时也囿限了学生的视野，尤其是使他们失去了独立选择的要求和能力，限制了他们认识的空间和进行自我判断的训练，他们往往很容易将视野局限在“阅读书目”中，跟在教师（或文学史）的观念后面亦步亦趋。

其次，要采用多种方法，培养学生大胆创新精神、深入分析以及与现实相联系的能力。正如前面所说，中国现当代文学的规范性和经典性还很匮乏，学生们对文学作品自由解读和思考的空间很大，因此，在教学中要特别鼓励学生敢于怀疑和独立思考的精神，引导他们排除各种习见（包括文学史上的观点），真正从文本出发，独立地进行鉴赏、分析和评判。文学史上一些评判上存在争议和有特色的作品，包括各种“经典”，如茅盾的《子夜》、郭沫若的《天狗》、赵树理的《小二黑结婚》等，都特别适合拿出来给学生作为阅读讨论的范本，鼓励学生进行多方位的阅读和讨论。这既能激发学生们的创新思维，又能促进他们对文学历史的认识。

比较也是一种重要的方法。如将文学史上评价各异的同类作品进行比较，如叙事诗，就可以将冯至、田间、李季等的作品让学生一并阅读，仔细剖析其特点，让学生自己去评判其高下。再如将类似题材的作品进行比较，像张爱玲的《金锁记》、吴组缃的《菉竹山房》、施蛰存的《春阳》、汪曾祺的《珠子灯》，都写了女性遭遇不幸婚姻、长期寡居的故事，但她们每个人陷入这种境况的原因不一样，结局也不一样，她们所应该承担的责任也不相同，作家的叙述态度也有明显的歧异。通过比较阅读，学生对文本的兴趣大大增加，对作品的理解和认识也得到了自然深化。

关联现实也应该是一种重要的培养方法。因为现当代文学的学科特点是与现实关系密切，学生喜爱阅读本学科作品也是因为它的强烈现实特点，因此，在训练学生文本阅读能力时，应该将当前文学中比较热门的、引起争议的作品（如武侠小说作家金庸、少年作家韩寒等）拿出来阅读和讨论，并鼓励学生参与文学界正进行的各种讨论，从而拓展学生的阅读视野，提高他们认识问题和评判事物的能力。

最后，应该鼓励学生增强理论兴趣和学习文学史知识，培养他们的写作能力。文学阅读能力需要多方面的知识，与文学感悟能力、分析能力、写作能力也有着密切的联系。可以说，要想正确、深入地理解作品，必须以相当好的文学理论素养、文体知识、文学史知识和多方位的思想素养为基础。反过来，大量的阅读实践也可直接促进学生的文学史学习和文学理论的运用，更可以培养学生的独立思考能力和创新精神。因此，在阅读能力培养中，一定要指导学生注意阅读相关文学史知识、文学理论知识，有意识地将阅读实践配合文学史和理论的学习。此外，还应该要求学生将文本阅读实践用书面或口头形式表现出来，通过举办读书报告会等形式，指导学生写作阅读笔记和研究性文章，汇报自己的阅读实践。这样，学生不只是阅读能力提高了，口头表达能力、文字表达能力也提高了，文本阅读的综合目标就可望实现。

沙上筑塔，岂可安稳[1]

——简评顾彬《二十世纪中国文学史》

在中国文化传统中，历史具有崇高的地位，因此，人们对历史的书写提出了很高的要求。唐代著名学者刘知几在《史通》中提出史才、史学、史识之说，基本上可以作为人们对历史书写者要求的集中体现。在中国传统文化观念中，一名优秀的史学家，既要有考核史料和表达历史的能力，又要有广博的知识；既要掌握充分的史料，还需要有睿智的审察历史的能力，有辨明是非的见识和胆识。顾彬的《二十世纪中国文学史》自出版后，在学界产生了不小的反响，书中的不少观念和方法受到多位学者的推崇。我以为，对于这样一部由西方汉学家所撰写的现当代文学史著作，当然需要给予足够的重视，但也应该进行更全面客观的辨析，扬其所长，避其所短，以促进人们对中国现当代文学的充分了解，以及更好地进行文学史写作。

一

刘知几的《史通》把史学作为历史学家的首要要求，是有充分道理的。历史书写必须建立在真实、严谨而丰富的资料基础上。缺乏史料，也就无所谓历史的严肃、真实和完备，所有论断就难以牢固地建立起来，其

① 本文 2017 年发表于《中国文学批评》第 1 期。

著作也就难以得到人们的尊重和信任。

文学史著作的写作属于个人行为，作者的史料搜集和情况掌握也只是“得失寸心知”，外人不可能找到非常切实的证据。但是，只要对文学史著作进行认真的梳理和辨析，是能够看出作者资料掌握情况的。辨析顾彬的《二十世纪中国文学史》，可以发现其在史学方面有比较明显的不足，这直接导致了它在文学史书写中存在的诸多讹误和缺憾。

其一，文学史知识和历史知识的错误。在该文学史中，存在不少文学史知识的错误。这其中包括一些似是而非的说法。比如 1915 年的“文学革命”；比如对 20 世纪 20 年代诗歌创作的描述和判断，“除了冰心以外，优秀的抒情诗久久没有出现”。[①] 只要略微熟悉中国现代诗歌史，都会知道这种描述远非确切。最典型的错误是对“京派文学”的阐释。该著作在介绍京派文学时，丝毫没有阐释其形成和命名的原因，也没有介绍京派文学的文学主张和审美特征，而是将京派文学与文学研究会做简单的对应。这与真实文学史的复杂性显然相去甚远。而且，在介绍京派文学的作家创作时，作为代表作家进行细致介绍的居然是艾芜，却完全忽略了沈从文、凌叔华、林徽因等真正的京派作家。

同样，在 20 世纪中国社会历史方面，该文学史也有类似缺陷。文学与历史的密切关系自不待言。特别是 20 世纪初的中国，文学与政治的关系特别复杂，文学的发展几乎每一步都受到同时期政治文化历史的深重影响。不熟悉这个时期的政治历史，就几乎不可能深刻理解这个时期的作家，对作品的价值意义也难以进行准确的评判。顾彬对此并非没有意识，他的文学史著作也很注意将文学与社会政治进行关联。但是，匮乏依然常见于其中。典型如对 20 世纪中叶中国“土地改革”运动的辨析。作品在最初谈到这一概念时，明确指出“土地改革”的时间是 1950—1952 年，但在此后的叙述中，又将农业合作化运动纳入到“土改”运动当中，将它们共同表述为“土改”书写。[②] 尽管从广义上来说，将“土地改革”和农业合作化运动统称为“土地改革”并没有大的问题，但是我们都知道，农业合作

---

① 顾彬：《二十世纪中国文学史》，华东师范大学出版社 2008 年版，第 30 页。

② 顾彬：《二十世纪中国文学史》，第 261、266 页。

化运动的时间应该至少持续到 1956 年。而且，在中国当代历史范畴中，“土改”的一般指向并不包括农业合作化运动。这充分反映作者对这段历史的阶段性演变过程，特别是其中的曲折和复杂，并不是很熟悉。

历史知识的错误直接导致对一些作家作品认识上的失误。比如，在谈到李准的《不能走那条路》（书中误为《不能走这条路》）时，说该作是“以合作社建设为题材，当时很有影响，颇能代表用文学作品为党的路线方针作注解的创作方法”[①]，但是实际上，直至作品发表的 1953 年 11 月之前，中共中央所提倡的都还是互助合作运动，没有进入合作社阶段。《不能走那条路》的故事内容和思想主题也都是在强调农民之间的互助合作。

其二，该文学史未能在全面梳理文学发展历史的基础上，严格而有序地展示文体创作的演变过程，将真正优秀而又具代表性的作家作品纳入其中，建构起具有独立文学立场的文学史观。

虽然被命名为《二十世纪中国文学史》，但是，在其中很难看到 20 世纪中国文学发展的基本面貌和轮廓，因为它的叙述很不均衡，更不全面，远不是一部完整的文学史，而是一些随意挑选的片段史。以最基本的文体发展而论，它都严重缺乏严谨性和完备性。比如它对散文创作的介绍，如果说在现代文学的各个时期，它还多少浮光掠影有些涉猎的话，那么，到了当代文学部分，它就似乎完全忘记了这一文体，几乎没有提及。同样，对戏剧创作的介绍也相当零散，各个时期之间的关联更是丝毫没有，从中既寻找不出发展演变的基本脉络，更不用说捕捉内在的变迁轨迹。

特别是在作家作品的选择上，该文学史显示出很强的随意性和主观性，基本上看不到对作品品质和文学史代表性的认真考量。在谈论 20 世纪 20 年代文学时，像胡适、周作人这样的新文学主将，只是在很小范围内提及。特别是当代文学时期，许多在文学史上有重要影响的作家作品完全被排除在外。与之对应的是，一些并不具有重要地位的作家却得到作者的钟爱，给予长篇的介绍和分析。而且，在介绍这些作家时，该文学史很少考虑其与文学史整体、与同时期创作群体的关系。最典型如对 80 年代以来创

① 顾彬：《二十世纪中国文学史》，第 267 页。

作群体的介绍，包括“寻根文学”“先锋文学”“新写实小说”等，只是选择几个作家（而且不一定有代表性）进行展示，既没有对这些创作群体面貌的还原，也没有对其总体特征进行基本的概括。历史的丰富性、复杂性都完全处于被遮蔽的状态。对作家作品的介绍，也存在着比较随意和混乱的情况。比如它对冰心和叶圣陶创作的介绍，基本上没有介绍其最好、最具代表性的作品。特别是叶圣陶，其早期创作毫无疑问是在知识分子题材领域，如在《潘先生在难中》等作品中对“灰色人生”的书写，但是该文学史根本没有提到这些创作，只是对其早期作品《一生》做简单分析了事。

优秀的文学史应该有自己独立的文学史观，而这必然要建立在对作家作品具有创造性的价值判断上。但是，顾彬的《二十世纪中国文学史》对作家作品的界说很少有创新的思想，大多沿用旧说，从中依稀可以看到夏志清的《中国现代小说史》、王德威等海外汉学家的思想和观点的影响。比如，该文学史对“十七年文学”立足于政治意识形态上的简单否定，对钱锺书、张爱玲创作特点的论述，对巴金“理想主义”的贬斥，基本上是套用夏志清小说史的观点。

再如对20世纪80年代“伤痕”“反思”“改革”小说的界说和评述。在今天，学术界对这一阶段创作的认识已经有了很大发展，包括对命名的超越，对内涵的阐释。但是，该文学史却还是完全沿袭之前的观点，基本上没有吸收近年来中国国内研究界的成果，存在着严重的片面和简单化缺陷。比如对“伤痕文学”完全做政治解读：“伤痕文学完全是在为新政策服务……伤痕文学作家通过作品对党表示感谢。”① 显然是以偏概全，至少是忽略了知青等作家所书写的以倾诉内心痛苦为主的创作——既然它采用了通常的“伤痕文学”概念，并且在阐释这一概念时沿用的理由与我们没有二致，那么，就应该遵循这一概念的基本内涵，才能对其做出准确的界定和判断。

顾彬文学史之所以出现以上讹误，史料匮乏显然是最基本的原因。以

① 顾彬：《二十世纪中国文学史》，第311页。

前述对“京派文学”的阐释为例，作者在文学史中有这样的陈述：“关于京派代表作家的研究，迄今为止的参考文献还少有涉及……我们以直到最近才重新被发现的废名为例……这里的有关信息常常也很匮乏或不尽如人意。”[①] 由此可知，顾彬对京派文学的认识和书写所依靠的材料主要来自于翻译成德文的作品，许多材料和观点都是远远滞后于国内学术界的。在当代中国文学的汉语研究语境中，对京派代表作家研究的参考文献不可能“少有涉及”，废名也不是最近才被重新发现。

结合该文学史其他多处的讹误，虽然我们不能贸然断定顾彬的汉语阅读范围狭窄，但却基本可以断言，顾彬对20世纪中国文学，特别是当代文学的阅读基本上是建立在翻译成德文的作品基础上，此外最多还有一些学者或专家为他所作的介绍和推荐，而其知识来源有相当部分来自于海外汉学家的现有研究成果和文学史著作——这一点，陈晓明教授早有过判断：“顾彬的研究主要是建立在西方汉学的基础上，其理论依据和引述的材料，都是出自西方汉学。前面提到的夏志清、普实克、葛柳南、高利克以及李欧梵和王德威等人的著作对本书的影响较大。当今西方中国现当代文学研究的大量成果都在顾彬的这部文学史中得到表现。”[②] 对于一部文学史著作来说，这样的缺陷显然是严重，甚至是致命的。

二

史识是《史通》对历史研究提出的第二条要求。史识可以决定材料的应用程度。卓越的史识，可以在一定程度上弥补史学上的某些缺陷，更能够提升对历史认识的高度。遗憾的是，也许是过于自信，也许是历史资料匮乏所导致的盲目，顾彬的《二十世纪中国文学史》在史识上表现出比较明显的弱点。

其一，不是立足于中国文学本身的文学观念。一部书写外国文学史的

---

① 顾彬：《二十世纪中国文学史》，第146页。

② 陈晓明：《“对中国的执迷”：放逐与皈依——评顾彬〈二十世纪中国文学史〉》，《文艺研究》2009年第5期。

著作，一个重要前提就是对其文学主体的尊重，特别是从其传统关系中进行认识。只有如此，才是真正立足于本体的文学史观，也才能真正深入展示文学的发展历史。在该文学史的“序言”中，顾彬表现出了这一意识。他非常明确地指出中国文学是一种令人尊重的、与西方文学不完全相通的独特文学，并强调20世纪中国文学与中国传统文学的关系。作者的态度似乎很客观，立足于文学本身来阐释，也特别注意尊重中国文学传统的独特性，试图从中国文学立场上来进行书写。

然而实际上，该文学史在具体写作中却没有真正体现出上述观念。它基本上以西方文化为主导，是西方视野对中国文学的审视。无论是阐释中国新文学的产生，还是阐释其发展，作者的观念都停留在费正清的“冲击—回应”学说中，没有对中国文学内在的嬗变意愿给予充分的关注，只是把西方文学当作唯一的动力和源泉。在评论作家作品时，它所借用的依据要么是西方经典文学作品，要么是西方学者的评述，也没有充分注意到传统文学的内在变革，将文学作品的价值放在中国文学自身的背景中来考察。换言之，顾彬的文学史表面上说尊重中国文学传统，但实际上却根本没有将20世纪中国文学置于传统文学的广阔背景中来考察，更没有指出作家创作与传统文学的复杂关系。像周作人、废名、吴组缃、施蛰存、汪曾祺等与传统文学有着千丝万缕联系的作家，在这里基本上没有得到阐释和分析。也正因此，该文学史对孙犁创作的内在精神和艺术特色完全忽略不计，只用一句“对于一些人来说他甚至是新中国的伟大叙事者之一，而从西方视角上看来上述那篇短篇小说只是平庸的战争制作”就草草敷衍而过。在讨论阿城的《棋王》时，虽然略述了其与中国传统文化的关系，但在轻描淡写的笔法之外，却牵强地将其与一位德国作家的创作联系起来。①

特别需要讨论的是顾彬文学史对20世纪中国作家“对中国的执迷”缺陷的批评。该文学史在整体上批评20世纪中国作家，指出缺乏世界性视野、过于执迷于中国自身是其重大缺陷。“‘对中国的执迷’表示了一种整齐划一的视野，它将一切思想和行动统统纳入其中，以至于对所有不能同

① 顾彬：《二十世纪中国文学史》，第200－201、343－344页。

祖国发生关联的事情都不予考虑。……现代中国文学和时代经常是紧密相连的特性和世界文学的观念相左，因为后者意味着一种超越时代和民族，所有人都能理解和对所有人都有效的文学。”“而想在为中国目的写作的文学和指向一个非中国读者群的文学间做到兼顾，很少有成功的例子。”①

但这其实是一种明显站在中国文学之外的立场。因为无论从历史还是现实看，任何文学都是首先“执迷”于现实，关怀并反映现实最迫切和最深重的要求，在“执迷”的深入和深切中传达出对人性和弱小者的关怀——正如不存在抽象的人性，也不存在抽象的世界性关怀。托尔斯泰、陀思妥耶夫斯基对俄罗斯处境的焦虑和探询，叶芝、乔伊斯的作品与爱尔兰民族独立的复杂纠结，显克微支、肖洛霍夫、索尔仁尼琴、库切等作家对于各自民族危难的深切关注和忧虑，莫不如此。甚至完全可以说，正是具有了深切的民族忧患和关怀意识，才造就了这些伟大作家和作品的深厚魅力，抵达了文学和思想的高峰。退一步说，每一个作家有不同的创作理念，执着于民族和社会问题，只能说是一种文学的类型或特点，它区别于那些纯文学创作，绝对不应该是文学的缺陷。事实上，所谓真正的“纯文学”是否存在，是否存在超脱于民族和社会之上的文学，都值得怀疑。当然，这并非说20世纪中国文学没有“执迷”方面的缺陷，但我以为其中真正值得反思的，是作家是否有真正的“执迷”，以及执迷于什么？以一句“对中国的执迷”就在整体上否定20世纪中国作家的选择和文学品质，显然是简单而粗暴，也是违背文学基本原理的。

由此，我们很容易想到顾彬在文学史之外多次对中国当代文学的发言，特别是其提出中国当代作家应该将“学习英语”作为首要任务。他的理由是中国作家语言贫乏，只有学习西方语言，才能提高作家们的语言能力，进而走向世界文学。当代中国作家在整体上也许确实存在语言欠丰富的缺陷，但是，依靠学习外语来提高作家的民族语言能力显然是荒唐的想法，特别是对于有着悠久文化传统和独特语言特点的汉语文学来说更是如此。我丝毫不怀疑顾彬希望中国文学走向世界愿望的真诚，但正是在其真

① 顾彬:《二十世纪中国文学史》，第7页。

诚背后，可以看出顾彬文学观念的西方主导色彩多么深刻而强烈。

其二，自我矛盾和逻辑混乱。前面已经谈到过顾彬的西方主导思想与他在序言中所表达的“中国独立文学传统”二者之间存在着严重的不一致。除此以外，该文学史的文学标准还有许多自相矛盾的地方，一些论述更存在逻辑上的混乱。

在“前言”中，该文学史提出入选作家和评价作品的三条标准是“语言驾驭力、形式塑造力和个体精神的穿透力”。但是，除了在对个别作家评述时提到“语言驾驭力”的特点（比如对冰心小说评述时谈到其语言塑造。但非常遗憾的是，即使是对冰心，在对其富有创造性的“小诗”形式做出高度评价时，也基本没有对这一文体的创造性内涵进行分析），绝大多数情况下，它很少在语言和形式层面展开，更没有对“个体精神穿透力”展开充分的分析。它在评述作家作品时主要讨论的还是其思想层面的内容。这并不是说文学的思想层面不重要，而是说顾彬没有真正实现他在“前言”中给自己定下的目标和标准，没有真正贯彻自己的文学观。

逻辑上的混乱又如“华语文学”概念。该文学史在谈论1949年后的中国文学时，因为这一时期的海外出现了比较多的华文作家，就表示“更倾向于使用‘华语文学’的概念”，认为“这种文学已经走向世界，不再仅仅属于中国”，于是，“‘唯一一种中国文学’的说法因而不再成立，我们只能采取‘用华语（汉语）创作的不同文学’的提法”。[①] 对于一部以国度命名的文学史来说，仅仅因为出现了国籍与创作语言不一致的情况，就突然抛开国度限制，提出以语言为中心的文学范畴，在逻辑上显然是非常荒唐的。因为如果以类似理由来写文学史的话，就可以完全不用英国文学、美国文学等概念，可以统称为“英语文学”了，因为像顾彬所提出的理由——作家国籍和创作地分离的情况，很普遍地存在于各国文学史中，远非中国文学的个例。

作家作品分析上的逻辑问题更为严重。最为典型的误读是对鲁迅的认识和阐释。鲁迅是顾彬的文学史中最认可和受推崇的作家，但是，正如陈

---

① 顾彬：《二十世纪中国文学史》，第233页。

晓明所指出的：鲁迅对中国现实的关切最为执着和深切，显然完全与顾彬的“执迷于中国”理论相背离，于是，该文学史就采用对鲁迅曲解的方式，将鲁迅定位为“与他的时代”保持“反讽性距离”的代表作家。[①] 对于以关切和介入现实为主要特点，为此在后期而不惜放弃小说创作，将主要精力转入针砭现实的杂文创作的鲁迅来说，这样的角色定位很难得到一般读者的认同，更不符合鲁迅的真实生活和文学创作。

对巴金的价值评判也存在类似逻辑矛盾。该文学史对巴金的文学价值持基本否定的态度，一个重要的理由就是巴金在严格意义上不是一个作家，而其依据主要来自巴金的自我陈述：“巴金的计划很简单：为生活而写作，为苦难者代言。不是为了文学，而是为了人类，他愿意燃尽自身。”[②] 姑且不说如果从该文学史“对中国的执迷”批评的角度看，巴金的这种追求恰好实现了对它的突破，不应该被否定，反而应该得到高度评价，即使从文学逻辑来说，也很难说巴金的写作方式就与文学的原则相悖——即以该文学史中提到的巴金引为导师和榜样的卢梭而论，我们谁能够否认卢梭不是文学史上一位优秀的、有影响和成就的作家？另外，一个作家自谦自己不是一个文学家（或者一个好的文学家），就能够由此断定他的创作不是文学，就没有文学价值吗？

此外，该文学史中还时常可见一些似是而非的观点和结论，缺乏相应的论述和依据。比如，在谈论鲁迅的《怀旧》时，它指出“这篇小说虽然使用的完全是文言，却显露出了现代的特色。因此暂且抛开语言形式而论，它同样称得上是一篇现代短篇小说”。但是在文学史中，只有这个论断，却看不到丝毫的论述，也没有阐述任何理由。再如对茹志鹃《百合花》的解读，将之完全解读为爱情、三角恋故事，可以说充满着臆断和猜测，却无丝毫的理由阐释。同样，在谈到《金光大道》主人公“高大泉”命名时，它直接将其解读为“高大全”。[③] 也许作品的人物命名确实有这样

---

① 陈晓明：《“对中国的执迷”：放逐与皈依——评顾彬〈二十世纪中国文学史〉》，《文艺研究》2009 年第 5 期。

② 顾彬：《二十世纪中国文学史》，第 121 页。

③ 顾彬：《二十世纪中国文学史》，第 21、271－272、294 页。

的意图，但是在文学史叙事时，直接将人物命名进行置换，却不够严肃，也违背文学批评和研究的一般逻辑。

三

指出顾彬文学史的缺陷，并非完全否定这部文学史的价值。顾彬说过他对中国文学充满感情，“四十年来，我将自己所有的爱都倾注到了中国文学之中”，我以为是可信的，而且，在这部文学史中也可以感受到顾彬对中国文学的关切之情。一个德国学者能够如此热爱和关注中国文学，花费大量精力来撰写中国文学史，本身就是一件好事，值得充分肯定和尊重。另外，《二十世纪中国文学史》有其突出的优点，充分体现了外国学者从其视角审视中国文学的特点。典型如对一些作家作品的认识和分析，既体现了作者很好的文学感悟力和文学才华，也显示了其跨文化视野的启迪性。事实上，尽管处处拿西方文学来对照中国文学的方法对于一部文学史来说不是很恰当，但其比较方法还是很有价值的。一个西方学者所写的中国文学史，存在一些缺陷也属正常，我们在认识其不足的同时，更需要宽容和理解。

但是，指出其缺陷确有其必要性。因为文学史写作绝对不同于一般的文学鉴赏和文学研究，特别是在中国文化语境中，文学史具有很重要的意义。“入史”与否，代表作家的成就和作品的价值，而历史的论断，也往往影响人们的价值判断。甚至影响到作家创作的倾向和文学的发展方向。所以，顾彬文学史著作的价值不能代替其缺陷，换句话说，其史学与史识上的缺陷严重影响了其价值，使其失去了一部文学史著作所需要的客观性，难以具有真正深入而持久的价值。

更值得反思的，还有顾彬文学史被许多人追捧的现象。如前所述，顾彬的文学史自有其优点，但是，它远非一部优秀的、值得特别推崇的文学史著作。但自从它被翻译引进，一时之间好评如潮，许多学者对其进行积极的推介，其史学、史识上的失误却很少有人指出和批评。我以为，最主要的原因是对西方学者无条件的推崇和崇拜，是我们当前文学创作和学术研究中严重泛滥的“汉学心态”——一切都以西方汉学研究为圭臬，在思想观念、研究方法上都深受其影响，乃至被其主宰。在当前，这一心态已经渗透到文学创作和文学研究的方方面面，严重影响和制约着文学的发展。①

另外，从20世纪中国文学史撰写的角度来说，顾彬的文学史著作也有可以在更大范围内进行总结和反思的地方。从整体上说，20世纪中国文学史的书写质量并不高，其中的一些问题也存在较大争议，特别是在当代文学史的书写上，更是缺乏优秀的文学史著作。国内文学史书写存在的问题形态和程度与顾彬文学史也许不完全一样，但也存在一定的相通之处。

首先是史料的简单化和泛滥问题。由于中国现当代文学史受到较多政治文化影响，很多历史资料还处在待解密状态。对于这些有争议、待明确的复杂历史，文学史写作不应该贸然下结论，立足于确定的文学历史和创作本身来进行解读。否则，将未确定的历史资料运用于文学史中，很容易就会陷入误区当中。比如“文化大革命”前的文学史，像《海瑞罢官》《刘志丹》这样的作品，其创作背后是否包含有一定的政治诉求（无论其意义是正面还是负面，其存在是主观还是客观），在还没有准确结论之前，也许不宜简单下结论，将它们作为绝对的文学事实来叙述。

在另一些情况下，史料的泛滥和随意也出现在部分文学史写作中。比如史料的庸俗化和琐屑化在不同程度上存在，一些文学史热衷于描写作家的私生活和各种奇闻轶事——这固然可以提高人们对文学史的兴趣，但却忘记了文学史最根本的是文学的历史，是文学创作、文学人物、文学语言的历史，从而影响了真正文学史的建构。此外，还有一些停留在口头上的、不可靠的传闻——典型如关于“如果鲁迅还活着”的各种资料——如果没有真正有效的证据，我以为也不能进入文学史写作中。

其次是文学观问题。一是西方主体的文学观。虽然很多文学史的作者是中国学者，但也可以看到较强的西方文化和西方文学主导的价值观。比

---

① 贺仲明：《当前中国文学的本土化与西方化问题——以一次作家文学阅读调查为中心》，《文艺争鸣》2015年第6期；温儒敏：《文学研究中的“汉学心态”》，《文艺争鸣》2007年第7期。

如在文学标准上，一些文学史完全排斥民间文学和“通俗文学”，甚至像路遥这样虽然有强烈社会责任意识，却在审美上略微偏离主流文学传统的作家，也基本被逐出文学史之外——我并不反对文学的精英意识，但却主张更宽容和开放的姿态，特别是在审美层面，呼唤多元的文学观念和文学形态。尤其是在今天，网络媒体对传统文学概念和写作方式产生巨大冲击的情况下，注重文学与大众的关系，重视文学的大众接受，是文学保持其社会影响和发展活力的重要前提。对此，文学史写作显然应该给予重视并进行适当的调整。再如对与传统文学创作的关联上。旧体诗词的人史问题固然是其中的重要方面，但在文学史书写中关注现当代文学与中国传统文学的密切关联，梳理其与传统文学之间的血脉关系，也许是20世纪中国文学史作者们更应该注意，也是更艰难的任务。因为只有如此，才有可能真正继承和发扬中国文学的独特个性，恢复和重建中国文学的独特形象，使其在世界文学舞台中占据真正独立的一席之地。二是个人偏见的充斥。当前，中国现当代文学史的数量庞大，但许多写作却非常草率，缺乏应有的严肃书写态度。特别是现在，权力和经济利益渗透到文学史写作和出版中，一些学者完全不顾文学史写作的严肃性和责任感，轻率而随意地进行文学史写作，对许多作家作品的甄选和价值评判完全凭主观判断，随意性极强。其质量低下、内容粗疏不说，人情因素和经济利益也蕴藏其中。我们经常可以看到哪个地方的学者出面编写和出版文学史，就会特别偏重和抬高那个地域的创作。更不时传出有作家因为不满在文学史中的位置和篇幅问题与文学史作者闹意见、生纠纷的新闻。在这种情况下，文学史的质量自然是每况愈下，优秀的文学史著作越发难以诞生。

文学史代表着经典化、历史化，它既为作家所看重，也为大众所关注，在一定程度上会影响甚至引导文学发展的方向。所以，文学史的撰写应该非常慎重和严肃，它既需要有深入独立的思想意识、客观公正的学术品格，也需要以全面、扎实、丰富的史料为基础。只有如此，文学的真实面貌才能得到充分的展示，真正好的文学也才能被凸显出来，文学史写作才能真正实现披沙沥金、揄扬涤荡的功能，才能承担起在时代文学中的基本职责和任务。这是顾彬的《二十世纪中国文学史》给我们最大的启示和警示。

后　　记

本书收录的是我除“乡土小说”和“本土化”两个专题之外的绝大部分现代文学研究论文。这些论文的最早写作时间在 1994 年。也就是说，书中的论文写作时间跨度有近 30 年之久。在今天看来，部分论文的观点已经有过时之嫌，但它们毕竟是我个人一个阶段的学术印记。存着敝帚自珍的心理，还是把它们收录进来了。

这些论文都曾在学术期刊上正式发表过。除一篇文章曾收录到我某一专题著作中，其他文章都是首次收入到论文集出版。在此真诚感谢那些刊发这些文章的学术期刊和编辑师友们。

还需要说明的是，《中国现代文学中“父亲”形象的嬗变及其文化意味》一文是我与大学同窗、现南京大学王爱松教授的合作成果。王教授对我早年的学术成长帮助甚多，把它收录进来，也是对一段美好学术友谊的纪念。

贺仲明

2022 年暮春于伶仃洋畔